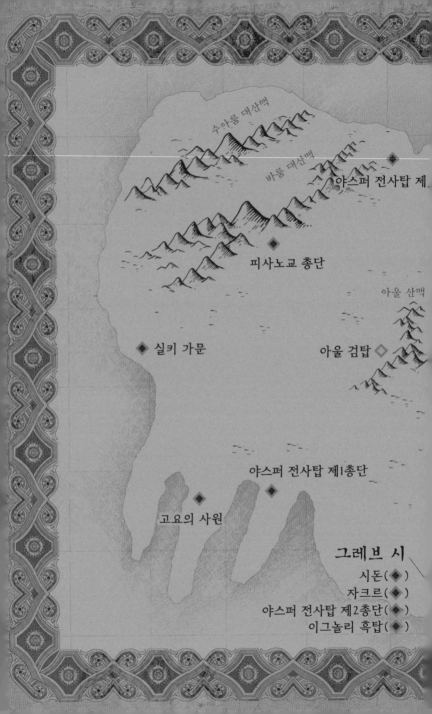

추이라 북산맥

추이라 대초원

추이라 남산맥

이올라 시

피요르드 시
쿠퍼 가문(◇)
은화 반 닢 기사단(◇)
모레툼 교황청(◇)

솔노크 시

솔 강

둥 시
마탑(◇)

원시림

라폴리움 시
라폴 도서관(◇)

트루게이스 시

뉴브로도 시
아바니 가문(◆)
수의 사원(◆)

◇ 백 진영
◆ 흑 진영
◈ 중립 진영
● 도시

언노운월드 대륙 전도

ETAN
이탄

ORIGINAL FANTASY STORY & ADVENTURE

쥬논 판타지 장편소설

dream books
드림북스

이탄 3 세계의 파편

초판 1쇄 인쇄 2020년 11월 20일
초판 1쇄 발행 2020년 12월 4일

지은이 쥬논
발행인 오영배
편집 편집부
일러스트 필연
표지 · 본문 디자인 오정인
제작 조하늬

펴낸곳 (주)삼양출판사 · 드림북스
주소 서울시 강북구 도봉로 173
대표 전화 02-980-2112 **팩스** 02-983-0660
편집부 전화 02-987-9393 **팩스** 02-980-2115
블로그 blog.naver.com/dreambookss
출판등록 1999년 3월 11일 제9-00046호

ⓒ 쥬논, 2020

ISBN 979-11-283-9993-0 (04810) / 979-11-283-9990-9 (세트)

드림북스는 (주)삼양출판사의 판타지 · 무협 문학 브랜드입니다.

E타안

ORIGINAL FANTASY STORY & ADVENTURE

쥬논 판타지 장편소설

③

세계의 파편

dream books
드림북스

목차

사대신수

『성혈의 바하문트』

—신수: 날개 달린 사자

—상징: 공포

—속성: 흙(土), 피(血)

『불과 어둠의 지배자 샤피로』

—신수: 광기의 매

—상징: 탐욕

—속성: 불(火), 어둠(暗), 나무(木)

『포식자 하라간』

—신수: 투명 마수

—상징: 타락, 나태

—속성: 얼음(氷), 균(菌), 물(水)

『둠 블러드 이탄』

—신수: 냉혹의 뱀

—상징: 파멸

—속성: 금속(金), 빛(光)

발췌문

까마득한 태고에 신과 악마가 전쟁을 벌였다. 신은 다른
세상으로부터 이 땅에 내려와서 백성들에게 물과 불과 바
람 등을 선물했다.

　이를 질투한 악마가 땅 속 깊은 곳으로부터 기어 올라와
서 신의 발꿈치를 물어뜯었다. 악마는 거대한 도마뱀의 형
상이었으며, 백성들은 이 악마를 '태고의 도마뱀'이라 부
르며 두려워하였다.

　뒤꿈치를 물린 신이 우레를 터뜨리고 번개를 내리찍어
악마를 공격했다.

　악마는 피를 철철 흘리면서도 악착같이 신의 발꿈치를

물고 늘어졌다. 악마가 낳은 여섯 마리 자식들도 함께 달려들어서 신을 공격했다.

결국 신이 악마에게 죽었다. 죽은 신의 육체가 뿔뿔이 흩어져 여러 개의 파편이 되었다.

긴 혈투 끝에 적을 거꾸러뜨린 악마가 커다란 포효를 터뜨리며 승리를 자축하고 있을 때였다. 알 수 없는 공간으로부터 9개의 꼬리를 가진 고양이가 홀연히 나타나 악마를 잡아먹었다.

악마의 자식들은 고양이가 두려워서 다시 땅 속 깊은 곳으로 숨어버렸다.

—간용음이 수집한 고대의 전설과 신화 중에서 발췌

제1화
간씨 세가 복귀

Chapter 1

간씨 세가의 깊숙한 곳.

꼽추노인 운보는 붉은 액체 속에 담긴 이탄의 머리통을 다른 곳으로 들고 왔다.

그 앞에는 간세진의 망령목과는 비교도 되지 않게 크고 웅장한 망령목이 존재했다. 이 망령목은 무려 56개의 가지를 뻗은 상태였다.

운보는 56개의 망령 가운데 하나를 골라서 신중하게 떼어내었다.

이탄이 운보의 행동을 차원 너머에서 지켜보다가 몸서리를 쳤다. 가지에서 똑 떨어진 망령이 울부짖는 소리가 이탄의 귀에 생생하게 들리는 듯했다.

"이런 빌어먹을 간씨 세가 놈들."

이탄이 창문 앞에 뒷짐을 지고 서서 이빨을 갈았다. 그것만으로 부족하여 이탄은 한 번 더 욕을 퍼부었다.

"이런 찢어 죽일 놈들."

그래도 이탄이 할 수 있는 일은 없었다. 차원 너머 간씨세가에서 벌어지는 사건에 이탄이 개입하기란 불가능했다.

이탄이 지켜보는 가운데 운보가 일을 서둘렀다. 운보는 가지에서 떼어낸 망령을 붉은 액체에 담근 다음, 약품 처리를 했다.

다행히 이번에도 약품 처리가 잘 되어 망령이 소멸되지는 않았다.

"휴우우. 아슬아슬했구나."

운보는 이마에 흐르는 땀을 소매로 훔쳤다.

"이제 이 녀석을 간철호 님의 망령목에 옮겨 달아야지."

운보의 표정이 어딘지 모르게 씁쓸해 보였다.

"그래. 어서 서두르게."

운보의 등 뒤에서 위엄에 가득 찬 음성이 흘러나왔다.

"엇? 의장님. 오셨습니까?"

꼽추 노인 운보가 꾸부정한 등을 더욱 꾸부정하게 굽혀 인사했다.

'누구지?'

이탄은 새로 등장한 사내를 눈여겨 보았다.

30대의 외모를 지닌 사내는 간씨 가문을 상징하는 주홍색 갑옷을 입고 주홍색 망토를 두른 차림이었다.

운보는 이 사내를 '의장님'이라고 불렀다.

'의장? 간씨 가문에서 의장이라고 불릴 만한 사람이 누가 있지?'

이탄이 사내의 정체를 궁금해하였다.

운보의 입에서 곧 사내의 정체가 밝혀졌다.

주홍색 갑옷을 입은 사내의 이름은 간철호였다. 당대 가주인 간성주로부터 장차 세가를 물려받을 후계자이자, 간세진의 할아버지인 바로 그 간철호가 탑의 지하 망령목 군락지에 모습을 드러낸 것이다.

간철호는 부친이자 가주인 간성주를 이미 뛰어넘었다고 알려진 무인이었다. 그는 간씨 세가 무력의 최고봉인 동시에, 간씨 가문이 아시아 전역에 펼쳐 놓은 사업체를 총괄하는 의장이기도 했다.

그 무서운 사내가 턱으로 망령목을 가리켰다.

"어서 접붙이기를 하게."

"네, 의장님."

운보가 땀을 뻘뻘 흘렸다.

이탄은 비로소 깨달았다.

"이런! 바로 저놈 때문에 이 사달이 벌어졌구나. 저자가 망령목에 이상한 짓을 하라고 시키는 바람에 내가 골로 갈 뻔했어."

차원 너머에서 간철호를 노려보는 이탄의 두 눈이 벌겋게 달아올랐다.

그러는 사이 운보는 이탄의 머리통을 약품 속에서 꺼내어 간철호의 망령목에 매달았다.

찌—이—이—이—이이잉!

날카로운 공명음과 함께 이탄의 혼백이 차원 너머와 연결되었다.

"후으으으읍!"

간철호가 숨을 깊게 들이쉬었다. 이탄의 혼백과 망령목 가지가 연결되면서 신선한 싸이킥 에너지가 간철호의 뇌 속으로 빨려들어 왔다. 간철호는 강렬한 희열에 두 눈을 지그시 감았다.

"끄으읏."

반면 이탄은 어금니를 꽉 물었다.

잠시 끊겼던 망령목의 연결이 재개되었다.

이탄은 자신이 새로운 망령목에 접속했음을 느끼게 되었다. 간세진의 망령목보다 훨씬 튼튼하고, 강하며, 억센 새

망령목 말이다. 그 기괴한 나무가 이탄에게서 갈취한 에너지를 간철호에게 전달했다.

"후으읍, 신선하군."

간철호가 흡족하게 웃었다.

그 사이 운보는 약품통에 담긴 머리통 하나를 들고 간세진의 망령목으로 달려갔다.

"크흐흑, 의장님의 망령목에서 떼어낸 이 망령을 어서 세진 도련님의 망령목에 붙여야 해. 그렇지 않으면 세진 도련님의 망령이 16개에서 15개로 줄어든단 말이다. 크흐으윽."

운보가 자리를 뜬 사이, 간철호는 이탄과의 연결을 더욱 단단하게 체결했다.

이탄이 얼굴을 잔뜩 구겼다.

'빌어먹을. 내가 또 채굴기 신세가 되는구나. 간씨 세가 놈들은 내 영혼에 마음대로 빨대를 꽂아놓고 쪽쪽 빨아먹는데, 정녕 나는 이 망할 굴레를 벗어날 방도가 없단 말인가?'

그때 한 가지 아이디어가 이탄의 뇌리를 스치고 지나갔다.

'아차! 분혼기생이 있었지.'

이탄은 오래 전 라팔 도서관에서 영혼의 일부를 다시 간씨 세가로 돌려보내 복수하는 상상을 한 적이 있었다.

갑자기 그 아이디어가 이탄의 머릿속에 샘솟았다.

이탄은 곧장 아이디어를 실행에 옮겼다.

부글 부글 부글.

이탄의 혼백이 마구 끓어올랐다. 기포처럼 분열된 혼백의 조각 하나가 망령목을 향해 힘차게 헤엄쳤다.

'내 혼이 차원을 넘어 이곳 언노운 월드로 넘어왔다면, 거꾸로도 가능하지 않을까? 내 분혼을 간씨 세가로 돌려보낼 수 있지 않을까?'

이것이 이탄의 판단이었다.

이탄이 만들어낸 희끄무레한 분혼 하나가 차원을 넘어 본래의 세상으로 힘차게 헤엄치기 시작했다.

Chapter 2

스라라라락—.

이탄의 혼백으로부터 떨어져 나온 분혼 한 조각이 언노운 월드를 떠나 차원을 거스르더니 간씨 세가의 망령목 속으로 빠르게 헤엄쳐 나갔다. 과거 이탄의 망령이 간씨 세가를 떠나 언노운 월드에 정착했던 과정을 거꾸로 거슬러서, 이탄의 분혼 한 조각은 간씨 세가의 탑 지하 깊숙한 곳의 망령목 속으로, 그리고 다시 간철호의 뇌 한복판으로 파고들었다.

마치 영혼으로 만들어진 벼락이 내리꽂히듯이 번쩍!

지독한 원한을 품은 망령이 저주를 퍼붓듯이 강렬하게!

'커헉.'

간철호가 피를 한 모금 토했다.

'끄어억, 끄억, 끄억.'

고꾸라지듯 그 자리에 주저앉은 간철호가 사지를 벌벌벌 떨었다. 간철호의 입에서는 단 한 마디의 소리도 새어나오지 않았다. 간철호의 목 주변에 울긋불긋한 핏줄이 곤두섰다.

한 시간 전 이탄이 언노운 월드에서 그랬던 것처럼, 간철호의 두 눈이 180도 휙 돌아가 흰자위만 보였다. 간철호의 온몸은 간질병에 걸린 사람처럼 마구 경련했다.

'끄으으어억, 안 돼. 끄어억.'

아무도 모르게 은밀하게 망령을 접붙이기하러 온 터라 간철호의 주변엔 아무도 없었다. 무섭게 핏줄이 돋은 간철호의 손이 망령목을 향해 간절하게 뻗었다.

콰득.

갑자기 간철호의 손이 기괴한 각도로 뒤틀렸다. 간철호는 어떻게든 망령목을 향해 기어가려고 했으나, 몸이 말을 듣지 않았다.

'저 망령. 새로 매단 저 망령을 떼어내야 해. 끄으윽.'

정신이 아득한 와중에도 간철호는 이 고통의 원인을 정확하게 짚어내었다.

하지만 분혼이 이를 허락하지 않았다. 이탄의 혼백으로부터 분리되어 나온 분혼은 어느새 간철호의 영혼에 엉겨서 한 덩어리로 녹아 붙었다.

'끄어억, 끄어어억. 누가 좀. 누가 좀 도와줘. 끄어억.'

간철호의 영혼이 발버둥 쳤다.

콰르르르르—.

간철호의 싸이킥 에너지가 폭주하듯 사방을 휘몰아쳤다.

하지만 그 싸이킥 에너지도 결국 이탄이 보낸 분혼의 통제를 받기 시작했다. 이탄의 분혼은 악착같이 숙주에게 달라붙어 결국 기생에 성공해버렸다.

마치 싸마니야의 딸 밍니야가 숙주 신세가 되어 이탄의 꼭두각시로 전락한 것처럼, 이제 간철호도 이탄의 조정을 받는 꼭두각시가 된 셈이었다.

뿌득, 뿌득, 뿌드드득.

역방향으로 뒤틀렸던 간철호의 팔다리가 다시 정상 상태로 돌아왔다. 바닥을 기던 간철호가 몸을 툭툭 털고 멀쩡하게 일어났다.

간철호의 두 눈이 빛을 번쩍 토했다.

"이게…… 내 몸인가?"

간철호가 어색한 듯 자신의 두 팔을 내려다보았다. 손으로는 자신의 얼굴과 몸을 더듬었다.

이윽고 무언가를 깨달은 듯 간철호가 얼굴을 잔뜩 구겼다.

"으윽. 더러워."

간철호의 갑옷 가슴 부위는 조금 전 그가 토한 이물질로 인해 더럽혀진 상태였다. 갑옷으로부터 역한 냄새가 솔솔 풍겼다.

그것만이면 말도 안 한다. 실크로 만든 간철호의 속바지에는 배설물이 묵직하게 자리했다. 속바지 앞쪽에서도 축축한 지린내가 났다. 차마 말로 표현할 수 없는 찝찝한 기분에 간철호가 두 주먹을 부르르 떨었다.

"이 더러운 놈."

버럭 소리를 지른 뒤, 간철호가 두 손을 가슴께에서 모아서 양옆으로 쭈우욱 잡아당기듯 벌렸다.

후왕!

간철호의 몸에서 폭발하듯이 솟구친 마나가 상체와 하체에 묻은 이물질과 배설물들을 분자 단위로 분해하여 싹 날려버렸다. 냄새도 덩달아 사라졌다.

"이제 좀 괜찮아졌군."

이렇게 중얼거린 뒤, 간철호는 고개를 좌로 한 번 우로 한 번 뚜두둑 소리가 나도록 꺾었다. 간철호의 앞에는 56개의 가지를 활짝 펼친 망령목이 유령처럼 서 있었다.

"망령……목인가?"

묘한 눈으로 망령목을 바라보던 간철호가 등을 홱 돌렸다.

그때 운보가 후다닥 달려왔다.

"의장님, 무슨 일이십니까? 이상한 소리가 들려 달려왔습니다."

운보가 황급히 물었다.

간철호는 대답이 없었다. 그저 바람 소리가 날 정도로 등을 홱 돌려서 탑의 가장 아래층을 벗어날 뿐이었다.

횃불 하나를 손에 들고 어두운 계단을 오르는 간철호의 얼굴이 어딘지 모르게 으스스해 보였다.

간철호의 입술 사이에서 아주 미세한, 귀에 들리지 않을 정도로 조그만 목소리가 새어 나왔다.

"돌아왔다. 이 망할 놈의 간씨 세가에 내가 드디어 돌아왔어."

순간 간철호의 두 눈에서 강렬한 안광이 폭사되었다.

분혼기생이 성공하였다.

차원을 넘어서.

아시아의 대군벌 간씨 세가의 심장 한복판으로.

Chapter 3

저벅, 저벅, 저벅, 저벅.

신체 균형이 딱 잡힌 사내가 아홉 겹의 문을 차례로 지났다.

간철호였다.

각 문의 좌우에서 대기 중이던 미녀들이 간철호가 지나갈 때마다 문을 스르륵 열어주고 또 닫아주었다. 간씨 세가의 재력이면 충분히 자동문을 달 법도 하건만, 세가의 수뇌부들은 사람이 직접 문을 여닫는 전통방식을 고집했다.

문턱을 지날 때 간철호는 단 한 번도 발걸음을 멈추거나 걷는 속도를 늦추는 법이 없었다. 그는 마치 문이 없는 것처럼 발걸음을 내디뎠고, 행동에 거침이 없었다. 미녀들은 간철호의 발걸음에 딱 맞춰 문을 열어야 하기에 잔뜩 긴장했다. 만약 조금이라도 행동이 늦거나 빨라서 간철호의 호흡이 헝클어진다면, 그 즉시 미녀의 목숨은 끝장이었다.

아홉 겹의 문을 지나 간철호가 도착한 곳은 간씨 세가의 깊숙한 내실이었다.

"의장님, 오셨습니까?"

간철호가 내실에 들어오자 미녀 4명이 달라붙어서 주홍색 갑옷을 해제해 주었다. 간철호는 미녀들이 시중을 드는 동안 손가락 하나 까딱하지 않았다.

4명의 미녀들이 간철호의 속바지와 속옷마저 모두 벗겼다. 간철호는 발가벗은 차림으로 내실 옆 욕탕에 들었다.

대나무와 바위, 난초로 꾸며진 욕탕은 답답한 실내가 아니라 위쪽이 탁 트인 노천탕이었다. 하지만 일반 노천탕과 달리 위쪽을 제외한 사면이 모두 강화유리로 막혀 있어 외부로부터의 접근은 불가능했다.

간철호는 노천탕 중앙에 위치한 히노끼 원목 욕조에 몸을 담갔다. 펄펄 끓는 온천수에서 계란 썩는 듯한 냄새가 살짝 풍겼다. 온천수에 유황 성분이 많이 함유되어 있어 이런 냄새가 나는 것이었다.

온천수는 미끌미끌하고 뜨거웠다.

간철호가 몸을 담그자 4명의 미녀가 옷을 훌렁 벗고 욕조 밖에서 대기했다. 히노끼 원목 욕조는 20명이 동시에 몸을 담가도 자리가 남을 만큼 넓었으나, 간철호 단 한 명만이 이 넓은 시설을 독점했다.

몸을 담그는 동안 간철호는 미녀들을 거들떠보지도 않았다. 거꾸로 미녀들이 간철호의 탄탄한 몸을 연신 힐끗거렸다.

간철호의 나이는 올해로 75세였다.

하지만 얼굴만 보면 30대 중반에도 미치지 못하는 것 같앉고, 신체 나이는 더더욱 젊어서 20대의 건장한 몸을 연상시켰다. 간철호의 키는 181센티미터에 몸이 날렵하고 근육은 오밀조밀했다.

욕조 옆에 놓인 모래시계가 주홍빛 모래를 모두 아래로 내려보냈다. 간철호가 욕조에 몸을 담근 지 30분이 지났다는 뜻이었다.

"의장님, 근육을 풀어드리겠습니다."

욕조 뒤에서 시립 중이던 미녀들 가운데 한 명이 공손히 아뢰었다.

촤악!

간철호는 말없이 몸을 일으켜 욕조 옆 안마대 위에 엎드렸다. 4명의 미녀가 간철호의 팔과 다리, 등과 허리에 달라붙어 열심히 안마를 시작했다. 간철호의 근육이 워낙 딴딴하여 여인들은 꽤나 진땀을 흘려야 했다.

하지만 아무도 힘들다는 소리를 하지 못했다. 간철호의 눈 밖에 나는 순간 그녀들뿐 아니라 가족들까지 모두 위험해지기 때문이었다.

미녀 한 명이 간철호의 등에 올라앉아 손으로 목덜미를 주무르는 가운데, 정장 차림의 사내가 노천탕으로 들어왔다.

검은 양복에 주홍색 넥타이를 맨 사내였다.

사내는 눈이 옆으로 찢어지고 콧등이 굽어 인상이 사나워 보였다. 왼쪽 이마부터 입술까지 길게 흉터도 있어 더욱 흉포하게 느껴졌다. 사내의 키는 190센티미터에 어깨가 딱 벌어져 접하는 것만으로도 위압감이 장난이 아니었다. 그 사나워 보이는 사내가 간철호 앞에서는 순한 양처럼 돌변했다.

"의장님, 저 서원평입니다."

흉터 사내 서원평이 안마대 앞 10미터 위치에서 정중하게 두 무릎을 꿇었다.

서원평은 간씨 세가의 최정예 무력부대 가운데 하나인 백호대의 대장이었다. 간씨 세가에서는 청룡대와 백호대, 주작대, 현무대를 운용하고 있는데, 이 가운데 청룡대는 가주인 간성주가 직접 부리고 있었고, 나머지 백호대와 주작대, 현무대는 간철호의 명을 따랐다.

간철호는 서원평에게 눈도 돌리지 않았다. 서원평은 간철호가 먼저 입을 열 때까지 고개를 숙이고 묵묵히 대기했다.

한참 만에 간철호가 입술을 떼었다.

"무슨 일이냐?"

"내몽고 지역에 파견을 나가 계신 셋째 도련님으로부터 지원 요청이 들어왔습니다. 그곳의 철도 사업체가 시베리아 놈들과 시비가 붙은 모양입니다."

"시베리아? 코로니 말이냐?"

간철호가 엎드렸던 몸을 반쯤 돌렸다. 간철호를 안마하던 미녀들이 한 발 뒤로 물러서서 공손히 허리를 숙였다.

서원평은 발가벗은 간철호를 감히 올려다보지 못하고 고개를 숙인 채 대화했다.

"제가 직접 셋째 도련님의 이름으로 접수된 지원 요청서를 확인해 보았습니다. 그랬더니 코로니 군벌 쪽에서 내몽고의 철도 사업체를 집적거린 모양입니다."

"멍청한 놈."

간철호가 입꼬리를 비스듬하게 비틀었다.

"송구합니다."

서원평이 황급히 고개를 숙였다.

간철호는 고개를 가로저었다.

"너 말고. 영수 놈 말이다."

간철호의 입에서 언급된 간영수는, 간철호의 셋째 아들이었다. 간철호는 간영수에게 철도 사업 분야를 맡겼는데, 결과가 신통치 않아 내칠까 말까 고민 중이었다.

간철호가 상체를 일으켜 안마대에 똑바로 앉았다.

서원평은 여전히 고개를 푹 숙인 상태였다.

간철호가 떠보듯이 물었다.

"원평아, 네 생각은 어떠냐? 영수 놈이 철도를 계속 맡을 깜냥이 되는 것 같으냐?"

서원평이 당황했다.

"의장님, 제가 어찌 감히 셋째 도련님의 능력을 평가할 수 있겠습니까? 과한 질문이십니다."

"흥."

간철호가 코웃음을 쳤다.

서원평은 더더욱 당황하여 노천탕 바닥에 이마를 대었다. 욕조에서 흘러넘친 물이 서원평의 양복과 얼굴을 흠뻑 적셨다.

Chapter 4

간철호는 그런 서원평을 물끄러미 내려다보다가 다시 입을 열었다.

"내몽고에 대한 지원은 없다."

"네에? 하오나 의장님. 내몽고의 철도는 그 지역 철광 개발과 맞물려 있어 단단히 지킬 필요가 있습니다. 현재 사태를 방치하면 시베리아 놈들이 오판을 하고 점점 더 깊게 들어올 것입니다."

"집적거리게 둬."

간철호가 냉정하게 끊었다.

"네에?"

"내버려 두면 영수 놈이 어떻게든 막아내겠지."

"하오나 의장님, 그러다 제대로 막지 못하면 셋째 도련님의 위상이 추락할 수도 있습니다."

"그것도 놈의 팔자다. 위상이 추락하면 당연히 철도 사업을 회수하여 다른 녀석에게 맡기면 그만이다."

간철호는 단호했다. 여러 여자들로부터 9명의 아들과 8명의 딸을 둔 간철호는 자식에 대한 애정이 거의 없다시피 했다. 반면 간철호의 자식들은 어떻게든 부친의 눈에 들기 위해 물밑 경쟁을 하는 처지였다.

결국 서원평은 간철호의 뜻을 받들 수밖에 없었다.

"알겠습니다. 의장님의 말씀대로 내몽고의 지원 요청을 무시하겠습니다."

"그 건은 되었고, 네게 따로 시킬 일이 있다."

"말씀하십시오."

"16년 전에 탑에 들어온 아이가 한 명 있는데, 그 녀석에 대한 뒷배경 좀 조사해오너라."

"16년 전이라고 하셨습니까? 그 아이의 이름이 무엇입니까?"

서원평이 고개를 살짝 들었다.

간철호는 대수롭지 않다는 듯이 뇌까렸다.

"이탄이라고 했던가? 뭐, 그런 이름이더라."

"이탄. 네. 알겠습니다. 정보망을 가동해서 상세한 보고서를 만들겠습니다."

서원평이 고개를 숙여 대답했다.

간철호가 그만 나가보라는 손짓을 보냈다.

서원평은 생김새와 달리 눈치가 빨랐다.

"의장님, 편히 쉬십시오. 저는 이만 물러나겠습니다."

서원평이 물러나고 간철호가 다시 안마대에 엎드리자 4명의 미녀가 달라붙어 안마를 재개했다. 그녀들이 간철호의 어깨와 허벅지, 종아리를 힘껏 주무르는 와중에 단정한 차림의 40대 여자가 또각 또각 또각 하이힐 소리를 내면서 들어왔다.

"의장님, 비서3실장입니다."

스스로를 비서3실의 실장이라고 밝힌 여인은 정장 타입의 검은색 투피스를 입고 주홍색 브로치로 장식을 한 차림이었다. 그녀의 이름은 주소연이라고 했다.

노천탕에서 보고를 한 것이 한두 번이 아닌 듯, 주소연은 간철호의 발가벗은 몸을 보고도 눈 하나 깜짝하지 않았다.

간철호로부터 10미터 정도 떨어진 곳에서 발걸음을 멈춘 주소연은 차트를 들고 간철호에게 브리핑을 시작했다.

간철호는 안마를 받으면서 주소연의 보고를 귀로 들었다.

"이상입니다. 의장님. 저에게 따로 지시하실 일이 있으십니까?"

보고를 모두 마친 주소연이 마지막으로 물었다.

간철호가 살짝 고개를 들었다.

"내일 아침에 특별한 일정이 있던가?"

주소연이 간철호의 스케줄 표를 확인하여 대답했다.

"내일 아침 7시에 원로분들과 조찬 모임이 있으십니다. 10시에는 발렌시드 대사와 면담이 있으시고, 11시부터는 신형 무기 시연회에 참석할 예정이십니다."

"전부 다 뒤로 미뤄."

"네?"

의외의 명령에 주소연이 눈을 동그랗게 떴다.

간철호가 고개를 다시 안마대에 파묻고 웅얼거렸다.

"내일 오전 일정을 모두 비우라고. 따로 할 일이 있으니까 내일 오전 중에는 아무도 나를 방해하지 마라."

뉘 말이라고 거역할 것인가. 주소연이 즉각 스케줄 표를 고쳤다.

"알겠습니다. 원로분들께 연락하여 조찬모임을 다음 주로 연기하겠습니다. 발렌시드 대사는 면담 일정을 오후로 미루고, 신형 무기 시연회 참석은 일단 취소하겠습니다."

"그래."

보고를 끝낸 주소연이 노천탕에서 물러났다.

안마를 마친 간철호는 다시 내실로 돌아왔다.

미녀 4명이 간철호에게 가운을 걸쳐주었다. 옷 시중까지 다 받은 간철호가 그녀들에게 그만 나가보라는 손짓을 했다.

"의장님, 쉬십시오."

미녀 4명은 군소리 없이 내실 밖으로 나갔다.

홀로 방에 남은 간철호는 딱딱한 의자에 앉아 정원의 풍경을 물끄러미 보았다. 물레방아와 연못, 대나무로 장식된 정원은 정갈하고 고급스러웠다. 처마 밑에 매단 풍경이 바람이 불 때마다 땡그렁 땡그렁 청명한 소리를 내었다.

간철호는 소슬바람을 느끼며 지그시 눈을 감았다.

"어디 보자."

간철호의 머릿속에는 그동안 간철호가 공을 들여 연마한 마법들과 무술 지식들이 실타래처럼 돌돌돌 풀려나왔다. 간철호는 그 지식들을 하나씩 끄집어내어 곱씹어 보고 또 되새김질했다.

이미 알고 있는 지식들이라고는 하지만, 다시 꺼내어 되새기니 그 맛이 새로웠다. 간철호가 아닌 이탄의 시각에서 되새김질하기에 더욱 새롭다고 느껴지는 것일지도 몰랐다.

그렇다!

지금의 간철호는 어제의 간철호가 아니었다. 간철호의 영혼에 이탄의 분혼이 기생하면서 모든 사고방식과 행동이 이탄의 색깔로 채색되었다. 엄밀하게 말해서 간철호는 더 이상 간철호로 남아 있지 못했다. 그가 곧 이탄, 혹은 이탄의 분신인 셈이었다.

이탄의 관점에서 평가했을 때, 간철호의 무력 수준은 언노운 월드의 이탄보다는 월등히 더 강했다.

단, 이것은 은화 반 닢 기사단의 성기사 이탄보다 더 강하다는 의미이지, 듀라한인 이탄보다 강한 것은 아니었다. 듀라한인 이탄은 지금 어느 정도 강한지 짐작도 가지 않는 수준이었다.

이탄은 간철호의 주요 스킬들, 즉 무력의 근간이 되는 비결들부터 먼저 살폈다.

Chapter 5

간철호의 첫 번째 비결은 (진)마력순환로였다.

이것은 이탄도 익숙한 분야였다. 강제로 망령이 되기 전, 이탄은 탑에서 마력순환로를 배웠다.

그러나 이탄이 배운 마력순환로와 간철호의 (진)마력순환로는 현저하게 차이가 났다. 마나를 순환·증폭시키는 효율 면에서 보았을 때, 이탄이 알고 있는 마력순환로가 효율 1퍼센트의 증폭을 시켜준다면, 간철호의 (진)마력순환로는 효율이 9퍼센트는 너끈히 넘었다.

"효율이 무려 아홉 배나 차이가 나는구먼. 이왕 망령으로 만들어 부리려면 좀 좋은 것을 알려줄 일이지. 쯧쯧쯧."

이탄이 혀를 찼다.

그러는 와중에 간철호의 몸에 새겨진 (진)마력순환로가 우두둑 우두둑 저절로 변하기 시작했다.

언노운 월드에서 이탄은 기존의 마력순환로에 복리증식의 권능을 더하여 새로운 마력순환로를 만들어내었다. 마나를 복리로 불려주는 이탄만의 특별한 마력순환로였다.

그 경험이 지금도 작동했다. 이탄은 간씨 세가의 (진)마력순환로에 복리증식의 무지막지한 권능을 융합하여 마나 증식의 효율을 극대화하는 작업에 돌입하였다.

희한하게도 붉은 침의 권능들, 즉 복리증식이나 분혼기생, 적양갑주는 이탄의 분혼이 차원을 뛰어넘어 이곳 간씨 세가로 돌아온 이후에도 그대로 적용되었다.

그뿐만이 아니었다. 이탄이 언리더블 바이블에서 습득한 만자비문의 효과도 차원을 뛰어넘어서 이탄의 영혼에 찰싹 붙어 다녔다.

덕분에 이탄의 (진)마력순환로는 복리증식의 권능에 만자비문의 중첩 효과도 동시에 받게 되었다.

콰르르르—.

(진)마력순환로를 따라 강맹하게 흐르던 간철호의 마나가 어느 순간부터 복리로 마구 불어나기 시작했다. 이어서 그 마나가 꽈배기 문자와 같은 형태를 갖추면서 음차원의 기운을 무럭무럭 차용해 왔다.

콰르르르르르르르르르르—

(진)마력순환로를 따라 순환하는 마나는 얼마 지나지 않아 봇물 터지듯이 불어났다. 그러면서 간철호가 보유했던 마나 전체가 음차원의 마나로 물들어갔다. 이것은 마치 투명한 물에 검은 물감이 한 방울 떨어져서 물 전체를 시커멓게 오염시키는 듯한 과정이었다.

간철호가 보유한 모든 마나가 음차원의 마나로 전이된 순간, 이탄은 고개를 위로 들고 눈을 지그시 감았다.

"스으으으읍— ."

허파로 공기를 깊게 빨아들이는 이탄의 눈가에 희열의 빛이 스쳐 지나갔다.

다시 눈을 떴을 때 이탄의 눈동자 속에는 파괴적이고 음습하며 사납기 이를 데 없는 음차원의 기운이 넘실거렸다. 이탄은 그 기운을 속으로 갈무리하면서 머릿속으로 공식을 하나 떠올렸다.

기존 공식
간철호의 마나 증식량 = [간철호의 마나 총량
+ 56개의 망령들이 채굴해온 에너지] X (진)마력
순환로의 효율

어제까지 간철호는 이 기존 공식에 따라 꾸준히 마나 총
량을 늘려왔다.
그런데 이탄이 개입하면서 공식이 다음과 같이 바뀌었다.

새로운 공식
간철호(이탄)의 마나 증식량 = [간철호의 마나
총량 + 56개의 망령들이 채굴해온 에너지 + 만자
비문의 후광 효과] X [붉은 침의 복리증식 효과 +
(진)마력순환로의 효율]

기존 공식과 새 공식의 차이는 말로 표현할 수 없을 만큼
컸다. 이탄은 시험 삼아 마나를 몇 바퀴 순환해 보았는데,
그 격차가 온몸으로 확연하게 느껴졌다. 제자리에 가만히
앉아서 마나를 순환시키는 것만으로도 이탄은 무섭게 강해

졌다. 그것도 매 1초 1초마다 끝없이 마나가 증폭되었다.

"이거 살벌하구먼. 이러다 몸이 빵 터지는 것 아냐? 하하하."

이탄의 입에서 헛웃음이 나왔다.

물론 실제로 이탄의 몸이 터질 염려는 없었다. 차원을 넘어서 따라온 붉은 금속, 즉 적양갑주의 권능이 이탄을 보호하는 덕분이었다.

이탄은 (진)마력순환로에 이어서 간철호의 두 번째 무력 비결을 살폈다.

"광정이라."

광정(光精)이라는 것은 빛의 정수, 혹은 빛알갱이라 불리는 절대 권능이었다.

이 무시무시한 스킬은 사실 간씨 세가의 것이 아니었다. 간씨 세가를 포함한 오대군벌이 세상을 지배하기 이전, 온 세상을 단독으로 통치했던 쥬신 대제국의 황가비법이었다.

간철호는 쥬신 황가의 옛 황릉에서 이 스킬을 얻은 뒤, 아무에게도 알리지 않고 혼자서 연마를 해왔다.

체내의 모든 마나를 단 한 톨의 빛알갱이 속에 응축하고 또 응축하여 몰아넣은 다음, 그 빛알갱이, 즉 광정을 날려서 적을 격살하는 이 무술은, 쥬신의 역대 황족 중에서도 익힌 사람이 거의 없다고 알려진 무시무시한 비법이었다.

마나의 총량이 어지간히 많지 않고서는 감히 배워볼 엄두도 내지 못하는 비법이 바로 이 광정이었다.

간철호도 광정을 연마하기만 했을 뿐, 실전에서 사용한 적은 없었다. 하지만 간철호는 자신했다.

'오대군벌의 총수들을 포함하여 세상 그 어떤 초인도 내가 펼쳐내는 광정을 막지는 못할 것이다. 다시 말해서 내가 마음만 먹으면 세상 그 누구도 죽일 수 있어.'

이것이 간철호의 자신감이었다.

다만 광정에는 치명적인 약점이 존재했다. 체내의 모든 마나를 불어넣어 광정을 형성한 다음, 그것으로 적을 공격하고 나면 그 후는 대책이 없었다. 거의 10분 넘게 마나 고갈에 시달려야 하기 때문이었다.

간철호는 그래서 늘 주홍색 갑옷을 입고 다녔다. 만약의 경우 광정을 사용한 다음 무기력해졌을 때 신변을 보호하기 위해서.

광정에 이은 간철호의 세 번째 무력은 흙 계열의 원소마법이었다.

원래 간씨 세가는 흙 계열의 원소마법과 클레이 골렘 제작에 강점을 둔 곳이었다.

이러한 특성이 간철호의 대에 이르러서 완전히 꽃을 피웠다. 간철호는 흙과 관련된 모든 종류의 마법에 능통할 뿐 아니라, 보조 계열로 중력마법을 익혔다. 이 둘의 궁합이 아주 잘 맞아 세상 사람들은 간철호를 '대지의 소서러'라고 불렀다.

안타깝게도 이탄은 원소마법을 배운 적이 없었다. 탑에서도 이탄에게 원소마법과 같은 귀한 지식을 전수하지는 않았다.

하지만 숙주인 간철호의 지식과 경험이 기생자인 이탄에게도 그대로 전승되었다. 이탄은 전승된 것들을 빠르게 자신의 것으로 소화했다. 이탄이 챙긴 흙 계열의 원소마법만 따져도 무려 여덟 가지나 되었다. 평소 간철호가 갈고 닦은 8개 마법이 이탄의 손아귀에 넝쿨째 들어온 셈이었다.

Chapter 6

8개 마법 가운데 첫 번째는 지각 속 맨틀을 뒤흔들어 지진을 불러일으키는 궁극의 마법, 어쓰퀘이크(Earthquake: 지진)였다.

8개 마법 가운데 두 번째는 흙으로 거대한 손을 빚어 적을 공격하는 어쓰 핸드(Earth Hand: 대지의 손)였다.

세 번째는 어쓰퀘이크의 소형화 버전인 소일 웨이브(Soil

Wave: 흙의 파도)였으며, 네 번째는 흙 속에 적을 파묻어 버리는 것으로 툼(Tomb: 무덤)이라 불렸다.

8개 마법 가운데 다섯 번째는 바닥을 질척하게 만드는 머디(Muddy: 진흙화).

여섯 번째는 흙의 벽이라 불리는 방어마법 소일 월(Soil Wall: 흙의 벽).

일곱 번째는 역시 방어마법 계통인 소일 쉴드(Soil Shield: 흙의 방패).

마지막 여덟 번째 원소마법은 흙 계열 방어마법 가운데 가장 정교한 컨트롤을 요구하는 소일 아머(Soil Armor: 흙 갑옷)였다.

과거 간철호는 이상 8개의 흙 계열 원소마법에 중력마법을 적절히 섞어서 사용하곤 했다. 이탄도 8 + 1개의 마법을 우선적으로 챙겼다.

이어서 이탄이 파악한 간철호의 네 번째 무력은 그가 보유한 클레이 골렘 군단이었다.

간철호는 놀랍게도 자신의 아공간 속에 무려 1,000기의 클레이 골렘 군단을 숨겨놓고 있었다. 간철호는 이 골렘 군단을 '병마용'이라 불렀는데, 이는 고대 아시아 지역에서 유래한 명칭이었다.

"이런 것까지 남겨주다니, 완전 땡큐지."

이탄은 병마용마저 꿀꺽 접수했다.

병마용에 이은 간철호의 다섯 번째 무력은 다름 아닌 소일 드래곤(Soil Dragon: 흙룡)이었다.

평소 흙과 동화되어 있다가 간철호가 원할 때 소환되는 이 소일 드래곤은, 사실 간철호의 것이라기보다는 간씨 세가의 가주들에게 대대로 전해져 내려오는 수호룡이었다.

간씨 세가의 당대 가주인 간성주는 10년쯤 전 간철호에게 이 수호룡을 물려주었다. 수호룡은 간철호와 피로 연결되어 오로지 간철호의 말만 들었다.

"오늘 수확한 것들을 한번 정리해 볼까나? 흐흐흥~."

이탄이 콧노래를 흥얼거렸다. 이탄의 머릿속에는 다음과 같은 명단이 하나 작성되었다.

1. (진)마력순환로의 업그레이드 버전

2. 쥬신 황가의 비법인 광정

3. 흙 계열 원소마법 8개+중력마법 1개

4. 아공간 속에 감춰져 있는 1,000기의 클레이 골렘, 병마용

5. 간씨 세가의 수호룡인 소일 드래곤

이탄은 상대의 골수를 빼먹는 심정으로 이 다섯 가지를

꿀꺽 집어삼켰다. 그는 간철호로부터 이 귀한 것들을 강탈하고도 전혀 미안해하지 않았다.

"간씨 놈들이 나에게 한 짓을 생각하면 이건 약과야. 나는 마땅히 이 정도 보상은 받아야 한다고."

이것이 고리대금업으로 유명한 모레툼 신관의 셈법이었다.

이탄은 여기서 한 발 더 나갔다.

"아니지. 고작 이 정도로 만족할 수는 없지. 두고 보자. 내가 아주 간씨 세가의 모든 것들을 탈탈 털어주마. 세상 끝까지 등에 빨대를 꽂아놓고 꿀을 빨아줄 테다. 흐흐흐흥~."

기분이 좋아진 이탄이 콧노래를 불렀다.

간철호의 영혼은 이제 한낱 숙주로 전락하여 더 이상 아무런 사고도 할 수 없고 희로애락도 느끼지 못하였다. 그럼에도 불구하고 간철호의 영혼은 이탄의 사악한(?) 중얼거림을 듣고는 부르르 몸서리를 쳤다.

이탄이 간철호의 다섯 가지 핵심 무력을 자신의 것으로 소화하는 데는 꼬박 열여덟 시간이 걸렸다. 늦은 저녁부터 시작하여 다음 날 점심이 지나도록 간철호, 아니 이탄은 내실 밖으로 나오지 않았다.

세가의 그 누구도 간철호를 방해하지 않았다.

"중요하게 할 일이 있으니 아무도 접근하지 마라."

지난밤 간철호가 내린 명령 때문이었다.

덕분에 간철호의 주변은 밤새도록 조용했다. 뿐만 아니라 다음날 아침까지도 고요함은 계속되었다.

침묵이 깨진 것은 시계바늘이 오후 3시를 가리킬 무렵이었다. 아침과 점심을 모두 거른 간철호가 내실 방문을 벌컥 열어젖혔다.

"배가 고프구나."

간철호가 문을 열자마자 내뱉은 첫 마디가 바로 이거였다.

귀엽게 생긴 소녀가 쪼르르 달려왔다.

"의장님, 어떤 음식을 올릴까요? 전속요리장이 세 종류의 음식을 대령해 놓고 있습니다."

소녀는 말투가 또랑또랑했다.

간철호의 기억에 따르면, 이 소녀의 이름은 이서현이었다.

나이는 방년 14세.

이서현은 지금은 멸망해 버린 쥬신 황가의 먼 방계 핏줄이라고 하는데, 정확한 것은 아니었다.

다만 간철호는 이서현이 쥬신 황가의 방계 핏줄이라고 믿고 싶어 했다. 물론 어떤 근거에 의해서 이서현의 혈통이 쥬신이라고 믿는 것은 아니었다. 단지 간철호는 멸망한 황가의 고귀한 핏줄을 시녀로 부린다는 것에 쾌감, 혹은 우월감을 느꼈다.

실제로 간철호는 쥬신 황가에 유난한 집착을 보여 왔다. 그동안 간철호가 취한 여자들 가운데는 쥬신 황가와 관련된 여자들이 다수 있었으며, 그런 여자들이 노예시장에 나오면 간철호는 반드시 사들였다.

이서현도 그중 하나였다. 간철호는 적당한 때가 되면 이서현도 자신의 여자로 취할 생각이었다. 다만 아직 상대가 어려서 놔둘 뿐이었다.

간철호가 파충류의 눈매로 이서현을 훑어보았다.

겁을 먹을 만도 하건만, 이서현은 꽤나 당찼다.

"세 종류 중에 무얼 드시겠습니까?"

이서현이 다시 물었다.

간철호, 아니 이탄이 고개를 갸웃했다.

"세 종류? 어떤 것이 있지?"

이서현이 빠르게 대답했다.

"쥬신 황궁에서 유행하던 스타일의 전복죽이 첫 번째입니다. 두 번째는 암송아지의 연한 부위를 구운 스테이크이고, 세 번째는 간장으로 간을 한 면요리입니다."

"셋 다 가져와라. 조금씩 맛을 봐야겠다."

이탄은 음식에 한이 맺힌 상태였다. 듀라한이 된 이후로 음식이라는 것은 입에도 대보지 못해서였다.

그 와중에 전복죽, 암송아지 스테이크, 간장 면요리라는 요리명을 듣자 배에서 난리가 났다. 이탄의 목구멍으로 군침이 꿀꺽 넘어갔다.

"곧 대령하겠습니다."

이서현이 냉큼 대답하고는 전속요리장에게 쪼르르 달려갔다.

Chapter 7

이탄은 이서현의 뒷모습을 물끄러미 보다가 주소연에게 시선을 돌렸다. 간철호를 섬기는 비서3실장 주소연은 서류철을 하나 옆구리에 끼고 방문 밖에서 이탄을 기다리던 중이었다.

"의장님."

"무슨 일이냐?"

이탄이 심드렁하게 물었다.

주소연이 어제 올렸던 보고를 되짚어주었다.

"원래 오늘 오전에 발렌시드의 대사와 면담 일정이 잡혀 있으셨습니다. 그런데 의장님께서 말씀하셔서 그 일정을 오후로 미뤄놓았습니다."

"오후 언제?"

"이미 시간은 조금 지났습니다. 외관 응접실에서 대사가 기다리는 중인데, 어찌할까요?"

주소연이 조심스레 간철호의 기분을 살폈다.

간철호, 아니 이탄이 눈썹을 스윽 찌푸렸다.

"배가 고픈데."

"그럼 식사를 먼저 하십시오. 발렌시드의 대사에게는 좀 더 기다리라고 전하겠습니다."

주소연이 냉큼 대꾸했다.

이탄이 그 말에 동의했다.

"그래. 좀 더 기다리라고 해."

"옛."

주소연이 똑 부러지게 답하고는 이탄의 앞을 물러나왔다.

이탄은 슥슥 목을 돌려 근육을 푼 다음, 다시 내실로 들어갔다. 목이 붙어 있다는 것이 조금 어색한 이탄이었다.

잠시 후, 전속요리장과 이서현, 그리고 서너 명의 시녀들이 바퀴 달린 카터에 세 종류의 요리를 싣고 나타났다. 요리장은 내실 테이블 위에 전복죽과 반찬 몇 가지, 스테이크와 샐러드, 수프 일체, 그리고 간장 면요리와 후식과일을 모두 세팅했다.

금으로 만든 번쩍거리는 식기들이 이탄의 눈을 호강시켰다. 세 종류 요리의 냄새가 이탄의 코를 만족시켰다. 이탄은 식접시에 음식을 조금씩 덜어서 골고루 맛보았다.

'그래. 이거지. 이게 사람이 사는 맛이지.'

괜스레 가슴이 울컥했다. 이탄의 혀가 입안에서 춤을 추었다.

어린 시절 이탄은 주정뱅이 부친의 손에서 자라면서 제대로 된 음식을 먹어본 적이 없었다.

탑에서 훈련을 받을 때 이탄은 영양가 높은 음식을 골고루 섭취했으나 이처럼 맛이 있지는 않았다.

언노운 월드에서 이탄은 아무런 음식도 먹지 못하였다.

평생 처음 접하는 미각의 향연에 이탄은 눈물이 날 것 같았다. 이탄은 많이 먹지는 않았으나 꼭꼭 씹어서 식재료 본연의 맛을 최대한 즐겼다.

"맛있군."

식사를 마친 후 이탄이 전속요리장을 칭찬해주었다.

감격한 요리장이 털썩 무릎을 꿇었다.

"의장님께서 이토록 맛있게 드시니 소인의 복입니다. 앞으로 더욱 정진하여 좋은 요리를 올리도록 하겠습니다. 으흐흑."

전속요리장의 눈에서 눈물이 흘렀다.

이탄이 이맛살을 찌푸렸다. 이탄은 우는 소리 듣는 것을 무척이나 싫어하였다.

"요리장님……."

눈치가 빠른 이서현이 요리장의 소매를 잡아끌었다.

전속요리장이 뾰족한 모자를 고쳐 쓰고 눈물을 홱 훔쳤다.

"죄송합니다, 의장님. 소인이 하늘 같으신 의장님 앞에서 주책을 부렸습니다."

이탄이 손을 휘휘 저었다. 쓸데없는 말 늘어놓지 말고 어서 사라지라는 뜻이었다. 이서현이 재빨리 뒷정리를 하여 내실에서 물러나왔다.

늦은 점심을 마친 이탄이 주소연의 안내를 받아 외관 건물로 나왔다. 간씨 세가 본관은 총 19개의 건물로 이루어졌으며, 그 정문 앞에는 10층 높이의 외관 건물이 떡하니 자리했다. 이탄은 외관 3층의 응접실로 향했다.

응접실 안에서 대기 중이던 에코르 대사가 벌떡 일어나 이탄을 맞았다.

"의장님."

"기다리게 해서 미안하오. 거기 앉으시오."

이탄이 먼저 상석에 앉았다.

에코르 대사는 이탄의 앞쪽 대각선 방향에 착석했다. 에코르 대사의 뒤쪽에는 통역관이 자리했다. 이탄의 통역은 주소연이 맡았다.

이탄의 눈에 비친 에코르는, 190센티미터가 넘는 장신에, 몸이 바짝 마르고, 밤색 콧수염을 미끈하게 기른 신사였다. 낯빛도 유난히 창백하여, 마치 언노운 월드의 언데드를 연상시켰다.

"그래, 대사께서 여기까지 어쩐 일이오?"

이탄이 눈을 살짝 깔고 에코르를 보았다.

발렌시드의 통역관이 이탄의 질문을 에코르에게 전달했다. 에코르의 답변은 주소연이 통역하여 이탄에게 전했다.

"최근 붉은 곰이 팽창정책을 쓰고 있어 여왕 폐하의 수심이 깊다고 합니다."

주소연이 언급한 '붉은 곰'이란 시베리아의 군벌 코로니를 의미했다. 또한 여왕은 발렌시드의 여제로 추앙받는 지배자 빅토리아를 지칭했다.

이탄은 어제 서원평에게 들은 이야기를 떠올렸다.

"붉은 곰 녀석들이 요새 여기저기서 말썽이군. 내몽고에서도 분탕질을 치더니. 쯧쯧쯧."

발렌시드의 통역관은 이탄의 뇌까림을 고스란히 에코르에게 전했다. 에코르가 눈을 번쩍 빛냈다.

주소연이 에코르의 말을 다시 이탄에게 통역해 주었다.

"역시 의장님과는 말이 잘 통한다고 합니다. 붉은 곰이 분수를 모르고 날뛰어서 우리 양 군벌이 모두 골치가 아픈 것 아니겠습니까? 그러니 앞으로 아시아의 간씨 세가와 유럽의 발렌시드가 손을 잡고 공동대응을 하면 어떻겠느냐고 의사를 물어왔습니다."

이탄의 대답은 시큰둥했다.

"뭐, 그동안에도 우리 가문과 발렌시드는 그럭저럭 친하게 지내왔잖아? 서로 혼인도 맺고 말이지."

이탄의 말마따나, 빅토리아의 조카뻘 되는 여자가 간철호의 사촌동생과 혼인을 하였다. 간철호의 둘째 딸은 발렌시드의 유력 가문으로 시집을 가기도 했다. 그 밖에도 양 군벌은 의외로 서로 혼인을 한 경우가 많았다.

"에코르 대사는 그 수준을 넘어서는 혈맹관계를 말하고 있습니다."

주소연이 이탄의 뒤에서 속삭였다.

"풋!"

이탄이 코웃음을 쳤다.

Chapter 8

대제국 쥬신이 붕괴한 이래 세상은 무법천지였다. 약한 자는 언제나 그렇듯이 강자의 먹이가 되어 왔고, 생존을 위한 배신과 협력이 반복되었다.

"이런 살벌한 분위기에서 오대군벌 가운데 두 곳이 손을 잡는다? 그게 가능할 것 같아? 그 즉시 나머지 3개 군벌이 연합하여 우리를 죽이려고 들 텐데?"

이탄의 말이 맞았다. 오대군벌은 오랜 시간 서로가 서로에게 칼을 겨눈 처지였다. 국제적인 관점에서 조망해보면, 오대군벌 사이에 국지전이 벌어지지 않은 적은 단 하루도 없었다. 그러면서도 오대군벌은 절대 전면전을 펼치지 않았다. 서로 싸우기는 하되, 심하게 싸우지는 않는 것이 오대군벌 사이의 철칙이었다.

오대군벌끼리 연합하는 경우에도 이와 비슷한 철칙이 통용되었다. 오대군벌은 서로 느슨한 연합은 하되, 완벽한 혈맹 관계를 입에 담지는 않았다. 자칫하여 나머지 군벌들을 자극할까 우려했기 때문이었다.

"그런데도 발렌시드가 우리와 혈맹을 원한다고? 그걸 어떻게 믿지? 혈맹이라는 것이 어디 그리 쉽나."

이탄이 입꼬리를 고약하게 비틀었다.

에코르가 기다렸다는 듯이 쏼라쏼라거렸다.

"헉?"

주소연이 눈을 동그랗게 떴다.

그녀뿐 아니라 이탄도 에코르의 말을 대충 알아들었다.

이탄의 눈도 딱딱하게 경직되었다. 이탄이 확인하듯 주소 연에게 물었다.

"대사가 뭐래? 혈맹의 증표로 누가 방문한다고? 릴리 트?"

"그렇게…… 들었습니다."

주소연이 당혹스럽게 대답했다.

릴리트.

아주 오랜 옛날, 그러니까 쥬신 제국이 탄생하기도 이전, 세상의 절반을 지배했던 무시무시한 여제의 이름이 바로 릴리트였다.

공포여제 릴리트.

그런데 지금 에코르가 언급한 릴리트는, 까마득한 과거 에 활약했던 공포여제를 의미하는 것은 아니었다. 빅토리 아가 가장 아끼는 손녀의 이름 또한 릴리트였다.

빅토리아가 자신의 손녀에게 릴리트라는 이름을 붙여준 것은, 자신의 손녀가 그 옛날 공포여제처럼 막강해지기를 희망해서였다.

그 바람대로 릴리트 발렌시드는 다방면에서 특출한 성취 를 보였다. 특히 무력만큼은 빅토리아 다음갈 정도라는 소 문이었다. 발렌시드의 직계혈족들 가운데 릴리트의 무력은 단연 독보적이라는 뜻이었다.

그렇지 않아도 릴리트는 빅토리아 여제의 애정과 관심을 듬뿍 받으면서 성장했다. 사람들은 릴리트가 장차 빅토리아의 뒤를 이어서 발렌시드를 통치할 거라고 믿었다.

릴리트는 그만큼 중요 인물이었다. 굳이 등급을 매기자면 SS급. 간철호가 간씨 세가의 심장인 것처럼, 릴리트는 발렌시드의 심장이었다.

'그 심장이 간씨 세가에 온다고? 그깟 혈맹 나부랭이를 위해서?'

아무리 생각해도 이건 말이 안 되는 소리였다. 지금까지 SS급, 즉 오대군벌의 가주나 차기 가주가 타 군벌을 방문한 사례는 없었다.

"대사, 지금 나를 놀리는 거요?"

이탄이 에코르를 향해 섬뜩한 기세를 퍼부었다.

에코르가 식은땀을 흘리며 고개를 좌우로 흔들었다. 주소연이 에코르의 말을 통역하여 다시 이탄에게 전달했다.

"감히 의장님을 놀리다니요. 그건 절대 아니라고 합니다. 릴리트 발렌시드도 간씨 세가를 방문하는 것에 동의했답니다. 만약 간씨 세가가 발렌시드와 혈맹을 맺는 것에 동의한다면, 그녀는 기꺼이 이곳에 오겠답니다."

"허어."

이탄이 의미 모를 탄식을 뱉었다.

이탄은 에코르를 빤히 쳐다보다가 말을 던졌다.

"생각할 시간이 필요하군. 세가 주요 인사들의 의견을 한 번 들어보고 답을 했으면 좋겠는데 말이야."

주소연이 이탄의 말을 에코르에게 전했다.

에코르가 선뜻 고개를 주억거렸다.

"의장님 말마따나 당장 이 자리에서 결정 날 사안은 아니지요. 얼마의 시간이 필요하십니까?"

이것이 에코르의 질문이었다.

그 말을 전해 들은 이탄은 손가락으로 관자놀이를 긁적이다가 손가락 5개를 펼쳤다.

"5일."

이건 통역도 필요 없었다. 에코르가 곧바로 답했다.

"알겠습니다. 5일 뒤에 의장님을 다시 찾아뵙겠습니다."

에코르가 자리를 털고 일어섰다.

이탄이 마주 일어나 에코르와 악수했다. 에코르의 손바닥에는 여전히 식은땀이 흥건했다.

"에이, 더러운 놈."

에코르가 물러난 뒤, 이탄은 물수건을 달라고 해서 손에 묻은 에코르의 땀부터 닦았다. 그러면서 이탄은 주소연에게 몇 가지 업무를 하달했다.

"일단 가주님부터 찾아뵈어야겠다. 그분께서 지금 어디에 계신지부터 파악하고, 조심스럽게 알현요청을 넣어봐."

"네, 의장님."

"원로들과도 상의할 필요가 있겠지?"

"그렇게 하시는 것이 모양새가 좋을 것 같습니다."

주소연이 냉큼 대답했다.

이탄이 고개를 주억거렸다.

"주 실장이 그렇다면 그런 거겠지. 그러면 원로들과도 미팅 일정을 잡아."

"말씀대로 따르겠습니다."

주소연이 빠릿빠릿하게 이탄의 지시 사항을 메모했다.

이탄은 은근한 목소리로 한 가지를 덧붙였다.

"한데 말이야, 비선 채널을 동원하여 뒷조사 좀 한번 해봐라."

"발렌시드 말입니까?"

주소연이 눈을 반짝 빛냈다.

이탄이 고개를 주억거렸다.

"그래. 발렌시드 말이야. 그 코쟁이 놈들이 무슨 꿍꿍이인지 한번 알아볼 필요가 있겠어. 발렌시드에 크게 내분이라도 일어난 것인가? 그래서 외부의 조력이 필요한가? 아니면 우리를 함정에 끌어들여서 엿 먹이려는 속셈인가? 그것도 아니면 진짜 우리와 혈맹을 맺고 2대 3의 싸움을 한번 해보자는 거야?"

"제가 다른 채널을 동원해서 조사를 해보겠습니다."

"믿는다."

이탄이 주소연의 어깨를 툭툭 두드렸다.

Chapter 9

이탄은 머리가 아픈 것은 질색이었다. 원래 이탄은 간씨 세가를 망쳐서 복수할 것인지, 아니면 간씨 세가를 더 융성하게 키운 다음에 통째로 먹어버릴 것인지를 고민 중이었다. 그 와중에 복잡한 상황이 더해지는 것을 이탄은 원치 않았다. 일거리를 주소연에게 넘겨버린 뒤, 이탄이 다른 결심을 했다.

'일단 이곳 일은 분혼에게 맡겨두고, 나는 언노운 월드에 신경을 써야지. 지금 당장은 그곳이 더 급해.'

이탄은 간씨 세가의 업무에 잠시 신경을 끄고 언노운 월드에 집중하기로 마음먹었다.

한데 이 결심이 오래지 않아 무너졌다.

[세계의 파편이 나타났다.]

이탄의 머릿속에서 갑자기 소리가 울렸다.

'뭐야? 아나테마가 어떻게 여기까지 쫓아왔지?'

이탄이 어리둥절하여 눈을 껌뻑거렸다. 이탄의 영혼에 박힌 붉은 침의 권능들, 즉 복리증식, 적양갑주, 분혼기생과 같은 능력들은 차원을 넘어 이곳 간씨 세가까지 따라온 상태였다. 이어서 바이블 속의 만자비문도 이탄의 분혼을 악착같이 따라왔다. 이는 이탄도 이미 알고 있는 바였다.

'하지만 아나테마까지 쫓아왔다고?'

[아나테마? 그게 무어냐?]

이탄의 뇌리 속에서 또 다시 목소리가 울렸다.

'응?'

이탄이 귀 기울여 들어보니 이 뇌파는 아나테마 영감탱이의 카랑카랑하고 음험한 목소리와는 달랐다. 보다 웅장하고 낮은 주파수의 울림이었다.

'넌 누구지?'

이탄이 물었다.

[누구냐고? 피의 계약자여, 지금 나를 알아보지 못한다는 말인가? 그게 질 나쁜 농담인가? 아니면 계약을 파기하자는 뜻인가?]

목소리의 주인공이 어이가 없다는 기색을 내비쳤다.

이탄이 재빨리 간철호의 기억을 더듬었다.

'아! 수호룡.'

목소리의 주인공은 다름 아닌 간씨 세가의 수호룡 알리어스였다.

이번엔 수호룡이 당황하였다.

[어라? 너는 누구냐? 너는 정상적으로 피의 계약을 계승한 자가 아니구나. 으으응? 그건 또 아닌데? 뭔가 이상하구나. 너의 피는 분명히 간씨 일족이 것이 맞는데? 나와 계약한 피가 맞고, 나와 계약한 영혼임에 분명해. 그런데 뭔가 이상하구나. 한번 알아봐야겠다.]

수호룡 알리어스는 이미 이탄의 의식 속으로 파고든 상태였다. 피의 계약 덕분에 수호룡과 간철호는 서로의 의식 속을 드나들 수 있는 상태였다. 그런데 이탄의 분혼이 간철호의 영혼에 기생하면서 피의 계약 또한 자동으로 물려받았다.

수호룡의 정신체는 단지 이탄의 의식에만 깃든 것이 아니었다. 아예 이탄의 뇌 속으로 파고들어 와 낱낱이 파헤치려 시도했다.

설령 이탄이 반항을 한다고 해도 수호룡은 그 반항을 무시할 생각이었다. 수호룡은 강제로라도 이탄의 정체를 밝히려고 들었다.

그 시건방진 행동이 붉은 금속을 자극했다.

추롸라라락!

붉은 금속은 당장에 비늘을 곤두세우며 일어났다. 그리곤 눈 깜짝할 사이에 수호룡 알리어스를 에워싸 버렸다. 정확하게 표현하자면, 이탄의 의식 속으로 침투한 수호룡의 정신체를 포위했다.

수호룡 알리어스도 잔뜩 자극을 받았다.

[이런 건방진 놈, 감히 이 알리어스의 행사에 반항하려는 것이냐?]

수호룡이 이탄의 뇌리 속에서 거대하게 몸체를 부풀렸다.

아니, 부풀리려고 들었을 뿐 실제로 부풀리지는 못했다.

[꿰엑!]

그 즉시 붉은 금속이 수호룡을 휘감아 뼈를 으스러뜨리고 뿔을 꺾었다. 수호룡의 주홍색 비늘도 와드득 짓뭉개졌다.

[꾸웨엑, 꾸웰. 꾸워어어어억.]

수호룡이 붉은 금속 속에서 발버둥 쳤다.

붉은 금속은 꿈쩍도 하지 않았다. 오히려 점점 더 조여들면서 수호룡 알리어스를 옥죄었다.

하긴, 고대문명을 멸망으로 인도한 불멸악마종 아나테마마저 단숨에 제압하는 것이 붉은 금속이었다. 그 정도를 넘어서 음차원 전체를 지름 25센티미터의 공으로 압축해버리는 무지막지한 존재가 바로 붉은 금속이었다. 간씨 세가의 수호룡 따위가 발버둥 친다 한들 붉은 금속에게 통할 리 없었다.

[꾸에에에엑.]

결국 수호룡 알리어스는 온몸의 뼈가 다 으스러진 상태로 쭈욱 뻗어 버렸다. 붉은 금속은 그제야 스르륵 물러났다.

피투성이가 되어 축 늘어진 알리어스가 이탄 앞에서 바들바들 떨었다.

이탄이 수호룡에게 다시 물었다.

'세계의 파편이 무엇이냐?'

수호룡은 대답하지 않았다. 자존심 때문에라도 쉽게 대답할 수 없었다.

그럴 줄 알았다는 듯이 붉은 금속이 일어났다.

츄라라라락—.

붉은 금속은 빙글빙글 회전하면서 거대한 창의 모습을 갖추었다. 그 창에서 뿜어지는 살기가 수호룡의 혼백마저 찢어버릴 듯 강렬했다.

[히익!]

수호룡이 기겁했다.

이탄이 붉은 창으로 수호룡의 심장 부위를 겨눈 채 말문을 열었다.

'이 공간은 나의 뇌 속이고, 너는 수호룡 알리어스의 정신체일 뿐 본체는 아니지. 따라서 나의 뇌 속에서 네가 갈가리 찢겨나간들 네 본체는 무사할 것이다. 이렇게 생각하지?'

[윽.]

'그럼 한번 겪어보려무나. 정신체가 갈가리 찢겨나가도 본체가 무사한지 아닌지.'

이탄의 폭언이 떨어지기 무섭게 붉은 창이 휘리리릭 회전하면서 날아갔다. 붉은 창이 노리는 곳은 수호룡의 심장이었다.

다른 한편으로는 빈 허공에서 또 다른 붉은 금속이 나타나 수호룡 알리어스의 팔다리와 날개를 꽉 구속했다.

[끄아아악.]

혼백이 찢기는 듯한 공포에 수호룡이 악을 썼다. 죽음을 예감한 수호룡이 두 눈을 질끈 감았다.

Chapter 10

수호룡 알리어스는 눈을 꽉 감고 붉은 창이 심장에 파고들기만을 기다렸다.

'풋.'

이탄이 그런 상대를 비웃었다.

수호룡 알리어스가 감았던 눈 하나를 살짝 떴다.

벼락처럼 날아오던 붉은 창이 수호룡의 심장 바로 앞에
서 딱 멈춘 채 빙글빙글 회전 중이었다.

[크윽. 나를 가지고 놀다니.]

치욕적인 희롱에 수호룡이 부글부글 끓었다. 하지만 붉
은 금속에게 온몸이 구속당한 터라 수호룡은 마음대로 반
항하거나 움직일 수 없었다. 심지어 이 굴욕적인 상황에서
도망치지도 못했다.

이탄이 거듭 물었다.

'대답해라. 네가 말한 세계의 파편이 무엇이냐?'

[……]

수호룡은 여전히 묵묵부답이었다.

이탄이 피식 입꼬리를 비틀었다.

'후후후. 과연 수호룡이로구나. 입이 무겁고 본래 계약
자를 생각하는 마음이 갸륵하니 마땅히 간씨 세가의 수호
룡이라 불려도 손색이 없겠어.'

[……]

뜬금없는 칭찬에 수호룡이 어리둥절해졌다.

이탄이 비릿한 웃음을 머금었다.

'그런데 이걸 어쩌나? 나는 간씨 세가에게 받을 빚이 아

주 아주 많은데? 일단 너의 정신체를 찢어버린 다음, 네 본체를 소환하여 껍질부터 벗겨야지. 수호룡의 비늘가죽이라면 제법 쓸모가 많을 거야. 그 다음 뼈도 추려야지. 수호룡의 뼈로 용아병을 만들건, 본 드래곤을 만들건, 요모조모 써먹어 봐야지. 어디 보자? 수호룡의 심장도 제법 가격이 나가려나? 그 밖에 장기들도 잘만 추리면 팔아먹을 만한 곳이 많을 것 같네. 눈알 따로, 혀 따로, 창자 따로, 폐 따로, 생식기 따로 떼어내서 조각조각 팔아치워야지. 사실 그렇게 도축해서 팔아봤자 별로 남는 것도 없어. 아까도 말했지만 나는 간씨 놈들에게서 받아낼 빚이 아주 많거든.'

[끄윽, 끅, 끅, 끅.]

수호룡 알리어스가 놀라서 딸꾹질을 했다. 수호룡의 기나긴 용생에 있어서, 이런 무지막지한 협박은 들어본 적은 없었다.

이탄은 단지 말로만 협박하지 않았다.

스르르륵—.

거대한 창 모양이던 붉은 금속이 뾰족한 갈고리와 식칼 모양으로 형태를 바꾸었다. 허공에 둥실 떠오른 거대 갈고리가 수호룡 알리어스의 뒷다리를 찍어서 위로 부우웅 떠올랐다.

[꿰엑?]

수호룡이 기겁했다. 수호룡은 마치 도축장에서 돼지를 거꾸로 매단 듯한 모습이 되어버렸다.

　사악!

　허공에 둥실 떠오른 붉은 식칼이 수호룡의 등 쪽 살갗을 서슴없이 베었다. 수호룡의 단단한 비늘이 붉은 식칼 날에 걸려 맥없이 잘려나갔다.

　[꾸웨에엑?]

　수호룡이 한 번 더 기겁했다.

　이탄이 지켜보는 가운데 붉은 식칼이 수호룡의 등가죽을 살살살 벗겼다. 서걱서걱 소리와 함께 피부가 돌돌돌 말려서 벗겨지는 느낌이 수호룡 알리어스를 극한의 공포로 몰아넣었다.

　[끄어억? 꾸워어억. 꾸워어억.]

　수호룡이 발버둥 쳤다.

　이탄이 새끼손가락으로 귓구멍을 팠다.

　'거참 시끄럽구먼.'

　그 즉시 허공에 붉은 구속구가 생겨났다. 둥그런 재갈에 띠를 매달아 놓은 듯한 구속구였다. 그 흉측한 구속구가 수호룡 알리어스의 이빨을 부러뜨리며 아가리 속으로 파고들더니, 목구멍을 콱 막아버렸다.

　[끄업.]

더 이상 수호룡의 입에서 우는 소리가 새어나오지 못했다. 붉은 식칼은 그 와중에도 수호룡의 등가죽을 계속해서 벗겨내었다.

피가 철철 흘러 수호룡의 상체를 흠뻑 적셨다.

물론 이것은 이탄의 뇌 속에서 벌어지는 일인지라 수호룡의 실제 몸이 상하지는 않았다. 하지만 산 채로 등가죽이 벗겨지는 그 생경한 느낌에 수호룡은 진저리를 쳐야만 했다.

[우우웁.]

수호룡이 빠르게 도리질을 했다.

이탄이 무심한 눈으로 수호룡을 바라보았다.

[우우우우우웁.]

수호룡 알리어스가 거꾸로 대롱대롱 매달려 고개를 빠르게 흔들었다.

이탄이 가볍게 턱짓을 했다. 수호룡의 입을 막은 붉은 재갈이 물거품처럼 사라졌다.

[크헉, 크허허헉. 크허억.]

수호룡이 가쁜 숨을 몰아쉬었다.

이탄은 아무런 질문도 없이 수호룡의 눈만 들여다보았다. 수호룡이 부르르 진저리를 치더니 떠듬떠듬 입을 열었다.

[허허헉, 헉헉, 헉. 세계의 파편. 그것에 대해서 내게 물

어보았느냐?]

이탄이 슬쩍 눈을 찌푸렸다.

퍼퍼퍽!

그 즉시 허공에 돋아난 거대 갈고리 2개가 수호룡의 배에 틀어박혔다. 붉은 금속으로 만들어진 갈고리들은 수호룡의 뱃가죽을 좌우로 벌려 산채로 배를 찢으려고 들었다.

[꾸웨에엑!]

수호룡이 혼비백산했다.

[마, 말이 헛나왔다. 아니. 헛소리가 나왔습니다. 혹시 세계의 파편에 대해서 물어보셨습니까? 이제부터 말씀드리겠습니다. 크허헉, 다 말씀드리겠습니다. 크허헉.]

고귀한 존재.

혹은 고고한 존재.

이것이 간씨 세가의 수호룡 알리어스를 가리키는 표현이었다.

다 필요 없었다. 압도적인 폭력 앞에서는 고귀함이나 고고함은 허무하게 스러지는 물거품에 지나지 않았다.

이날 수호룡 알리어스는 이탄에게 세계의 파편에 대해서 그가 알고 있는 모든 지식들을 털어놓았다.

Chapter 11

세계의 파편.

그것이 언제부터 생겨났는지는 알 수 없었다.

세계의 파편은 이 세계가 처음 생성되었을 때부터 존재했다는 말도 있었다. 별의 탄생과 함께 시작되었다는 이야기도 떠돌았다. 그 까마득한 태초를 목격한 사람은 아무도 없으므로 진실은 밝혀질 수 없는 것이었다.

세계의 파편이 총 몇 조각이나 존재하는지도 알 수 없었다. 현재까지 알려진 것만 따지면 8개였다.

이탄이 재차 확인했다.

'너는 그 파편들 가운데 대지 속성의 파편을 먹었단 말이지? 덕분에 네가 소일 드래곤이 되었고?'

[그, 그렇습니다.]

수호룡 알리어스가 떠듬떠듬 대답했다. 수호룡은 이탄에게 존댓말을 쓰는 것이 무척이나 자존심 상한 듯했다.

이탄이 다시 물었다.

'그리고 또 뭐라고 했지? 간씨 세가를 제외한 나머지 군벌들도 세계의 파편을 한 조각씩 가지고 있다?'

[맞습니다. 타 군벌의 수호룡들도 세계의 파편을 집어삼킨 덕분에 드래곤이 되었다고 알고 있습니다.]

'드래곤끼리 부딪친 적은 없고?'

[쥬신 제국 시절, 저는 에디아니의 수호룡과 싸운 적이 있습니다.]

수호룡의 대답이 이탄의 눈을 번쩍 빛나게 만들었다.

'호오? 에디아니? 미주 지역의 수호룡과 붙었다면, 그 결과는?'

[결과는…… 우물우물우물.]

수호룡 알리어스가 기어들어 가는 목소리로 대답했다.

이탄이 손으로 귓바퀴를 감쌌다.

'뭐라고? 잘 안 들려.'

수호룡 알리어스가 눈을 질끈 감고 대답했다.

[결과는…… 제가 밀렸습니다.]

'쳇.'

이탄이 같잖다는 듯이 수호룡을 보았다.

수호룡 알리어스가 억울한 듯 항변했다.

[당시에 제가 밀린 것은 제 능력이 부족했기 때문이 아닙니다. 저와 계약한 계약자가 에디아니의 계약자보다 약했기 때문에 밀린 겁니다. 푸욱, 푸욱, 푸우욱.]

화가 났는지 수호룡이 거센 콧김을 뿜었다.

이탄이 손을 휘휘 저었다.

'변명은 필요 없고, 에디아니의 수호룡에 대해서 말해

봐. 그놈은 어떤 녀석이지?'

[녀석은 물을 자유롭게 다루는 워터 드래곤이었습니다. 세계의 파편 가운데 물 속성의 조각을 삼킨 것이 분명합니다.]

'에디아니는 그렇다고 치고, 나머지 군벌의 수호룡들은?'

[나머지에 대한 정보는 부정확합니다.]

수호룡 알리어스가 도리질을 했다.

'내 그럴 줄 알았다. 하여간 뭐든 제대로 아는 게 없어요.'

[큭!]

이탄의 비웃음에 수호룡이 바르르 떨었다.

이탄이 질문을 바꾸었다.

'그럼 나머지 세 조각은 뭐지? 오대군벌의 수호룡들이 세계의 파편을 하나씩 나눠서 먹었다고 치면, 나머지 3개는 누가 가졌는데?'

[모릅니다.]

수호룡 알리어스가 이탄의 눈치를 살피며 말했다.

'쓰읍.'

이탄이 눈을 부라렸다. 그 즉시 붉은 금속이 다시 나타났다.

수호룡이 황급히 말을 이었다.

[진짜로 모릅니다. 진짜입니다. 다만 짐작 가는 바는 있습니다.]

'말해봐.'

[제 추측에 따르면, 쥬신 황가에서 조각 3개를 가지고 있었던 것 같습니다.]

'호오오, 쥬신 황가?'

수호룡의 추측은 그럴 듯했다. 쥬신은 무려 천 년간 전 세계를 지배했던 곳이었다. 그런 쥬신 황가에서 세계의 파편을 가지지 못했다면, 그것이 오히려 더 이상했다.

'어쩌면 3개가 아니라 그 이상을 가졌을지도 모르겠구나? 쥬신 황가에서 말이야.'

[그건 아닙니다. 얼마 전까지만 해도 파편은 총 8개였습니다. 저는 그 사실을 본능적으로 느낄 수 있습니다.]

'얼마 전까지만 해도? 그렇다면 지금은 파편이 늘었다는 뜻인가?'

이탄이 흠칫했다.

수호룡 알리어스가 처음 이탄의 의식 속으로 들어왔을 때, 세계의 파편이 등장했다는 말을 했었다. 이탄은 그 점을 캐물었다.

수호룡이 순순히 대답했다.

[맞습니다. 새로운 파편이 등장했습니다. 그 누구의 손도 타지 않은, 다시 말해서 아직 드래곤으로 변하지 않은 날 것 그대로의 파편입니다.]

'그건 또 어떻게 알지?'

이탄은 집요했다.

수호룡 알리어스가 자신 없는 말투로 대답했다.

[정확한 이유는 저도 모릅니다. 그냥 느낌이 그렇습니다. 세상에 새로운 파편이 등장했고, 아직 드래곤으로 변하지는 않았다는 것이 제 느낌입니다.]

'흐으음, 그렇단 말이지?'

이탄이 눈썹 사이를 찌푸렸다. 이탄은 팔짱을 깊게 끼고 곰곰이 생각에 잠겼다. 그렇게 고민하다가 한참 만에 다시 고개를 들었다.

'혹시 다른 수호룡들도 느꼈을까? 새로 등장했다는 파편 말이야.'

[정확하게는 모릅니다.]

'쓰으읍.'

이탄이 또 눈을 부라렸다.

수호룡 알리어스가 쩔쩔맸다.

[진짜로 모르기에 드리는 말씀입니다. 다만 제 짐작으로는 모든 수호룡이 파편의 등장을 느낀 것은 아닐 겁니다.]

'그렇게 생각하는 이유는?'

[거리가 멀리 떨어지면 제아무리 수호룡이라고 하더라도 파편의 등장을 알아차리기 힘듭니다.]

'새 파편이 어디에 등장했는데?'

이탄의 물음에 수호룡이 서북쪽 방향으로 시선을 돌렸다.

[서북쪽 멀리. 인간의 구역으로 말하자면 천산산맥 안쪽에서 파편의 기운이 느껴집니다.]

'엉? 천산산맥이라고?'

천산산맥은 아시아의 서북쪽 끝, 시베리아와 동유럽이 맞닿은 지역이었다. 지리적로는 아시아 권역에 속하지만, 거리상으로는 시베리아의 군벌 코로니에 가장 가깝고, 그 다음이 유럽의 발렌시드이며, 세 번째가 간씨 세가였다.

제2화

세계의 파편 쟁탈전 I

Chapter 1

이탄이 수호룡 알리어스를 추궁했다.

'뭐야. 네가 세계의 파편을 감지했을 정도면, 코로니의 수호룡은 더 빨리 감지했겠네? 그 다음 발렌시드의 수호룡이 발견했을 테고?'

[아마도 그럴 겁니다.]

수호룡 알리어스는 순순히 시인했다.

서원평의 보고에 따르면 최근 코로니 녀석들이 내몽고 지역을 집적거리기 시작했다고 한다. 간철호의 기억 속에서 코로니의 도발은 늘 있어 왔던 일이기에 이탄은 크게 신경 쓰지 않았다. 한데 수호룡의 말을 듣고 보니 찌릿하게 촉이 왔다.

'혹시 시베리아 놈들이 수작질을 부리는 것 아냐? 나의 이목을 내몽고 쪽으로 돌려놓고 막상 자신들은 천산산맥에서 세계의 파편 발굴 작업을 하는 것 아니냐고?'

이탄의 독백에 수호룡이 동의했다.

[코로니가 움직였습니까? 그렇다면 놈들에게 다른 꿍꿍이가 있을 가능성이 높습니다. 최소한 코로니의 수호룡은 파편의 등장 사실을 저보다 빨리 눈치챘을 테니까요.]

'그렇다면 혹시 발렌시드도?'

발렌시드의 후계자인 릴리트가 갑자기 간씨 세가를 방문한다고 한다. 이탄은 그 이유가 궁금했는데, 머릿속에 하나의 그림이 그려졌다.

간씨 세가의 이목을 온통 릴리트에게 돌려놓고, 남몰래 천산산맥으로 침투하여 세계의 파편을 훔쳐가려는 그림 말이다.

'이런. 거지발싸개 같은 놈들을 보았나. 이제 보니 시베리아 놈들뿐 아니라 유럽의 코쟁이들도 천산산맥에서 수작질을 부리려는 속셈이었구나. 캬아악! 감히 간씨 놈들의 소유물을 털어가려고 들다니. 이런 쳐 죽일 도둑놈들 같으니. 절대 용납할 수 없지. 내가 이렇게 두 눈 시퍼렇게 뜨고 살아 있는데 놈들이 도둑질하는 꼴을 보아줄 수는 없어. 간씨 세가의 것이라면 다 내 것이 되어야 한다. 나는 간씨 놈들에게 받아야 할 빚이 억수로 많단 말이다. 내가 채무 1순위이건만, 감히 누가 나의 것을 도둑질하려 든단 말인가? 크아악.'

이탄이 불을 뿜었다.

수호룡 알리어스는 솔직히 어이가 없었다. 그의 눈에는 이탄이나 코로나 발렌시드나 다를 바가 없었다. 다들 간씨 세가의 소유물을 욕심내기는 마찬가지였다. 하지만 수호룡은 감히 이런 비평을 이탄 앞에서 내뱉지는 못하였다.

이탄이 수호룡을 쏘아붙이듯이 노려보았다.

'야.'

[네?]

'천산산맥으로 가까이 가면 파편의 정확한 위치를 찾을 수 있겠나?'

수호룡이 떨떠름하게 대답했다.

[물론 가능합니다. 거리가 가까워지면 정확한 위치를 가늠할 수 있습니다.]

'좋아. 당장 가자.'

이탄이 자리를 박차고 일어섰다.

[네? 하지만 준비를 좀 해야 하지 않겠습니까? 그곳엔 이미 코로니의 수호룡과 발렌시드의 수호룡이 와있을 수도 있습니다.]

이탄이 게슴츠레한 눈으로 수호룡을 바라보았다.

수호룡이 움찔하여 말을 더듬었다.

[왜, 왜 그러십니까?]

'겁쟁이 같은 놈.'

[네에?]

'천산산맥은 간씨 세가의 권역이다. 자신의 권역에 들어온 보물도 지키지도 못하고 적들에게 빼앗길 정도라면 그건 머저리지. 네놈 같은 머저리.'

[크윽.]

모욕적인 말에 수호룡이 콧김을 뿜었다.

이탄은 수호룡이 분노하건 말건 신경 쓰지 않았다. 이탄이 통화버튼을 누르자 주소연이 바로 연결되었다.

"의장님, 찾으셨습니까?"

"서원평 들어오라고 해. 지금 당장."

이탄의 목소리에 기합이 빡 들어갔다.

"넵."

주소연도 덩달아 긴장했다.

투타타타타타—

헬기 프로펠러 돌아가는 소리가 격렬했다.

그런 헬기가 총 6대나 움직였다.

이탄이 탑승한 날렵한 헬기에는 2명의 조종사와 이탄, 서원평이 함께했다. 나머지 병력들은 5개의 수송헬기에 나눠 타고 날아왔다. 6개의 헬기가 마치 기러기 떼처럼 V자로 편대비행을 하며 타클라마칸 사막을 횡단했다.

이번에 이탄이 동원한 병력은 헬기 조종사들을 제하고도 총 100명이었다. 서원평이 이끄는 백호대 전원이 이번 군사행동에 동원되었다.

백호대원들은 서원평과 마찬가지로 깔끔한 블랙 슈트(양복)에 주홍색 넥타이를 착용한 모습들이었다. 다들 체격이 건장하고 위압감이 장난이 아니었다.

타클라마칸 사막 북쪽, 아시아의 지붕이라 불리는 천산산맥으로 접근하자 날씨가 갑자기 변덕을 부렸다. 하늘에 시커먼 먹장구름이 끼었다. 바람이 세차게 불었다. 편대비행을 하던 헬기들이 요동을 쳤다.

헬기 조종사들이 이탄을 돌아보았다. 날씨가 험한데 어떻게 하냐는 의미였다.

이탄이 턱으로 전면을 가리켰다.

"뭘 망설이나? 그냥 진입해."

"네, 의장님."

헬기 조종사들은 군소리 없이 이탄의 명을 따랐다. 간씨세가의 마크가 새겨진 헬기 부대가 천산산맥 상공으로 거침없이 파고들었다.

산맥으로 들어가자 바람이 더 강해지면서 헬기들이 위태롭게 흔들렸다. 이탄은 흔들리는 비행체 안에서도 표정 변화가 없었다.

[서북쪽 9시 방향입니다.]

수호룡 알리어스가 이탄의 뇌에 뇌파를 전달했다.

이탄이 알리어스의 말에 따라 헬기의 방향을 지시했다.

"서북쪽 9시 방향으로 기수를 돌려라."

"네, 의장님."

조종사들은 이탄의 명에 충실히 따랐다. 뒤를 따르는 수송헬기들도 허공에서 방향을 꺾어 이탄의 헬기를 뒤쫓았다.

Chapter 2

동서 방향으로 길게 드러누운 산맥을 따라 한참을 비행하자 가파른 봉우리가 하나 나왔다. 수호룡 알리어스가 다시 방향을 제시했다.

[북쪽 2시 방향입니다.]

이탄이 손가락을 2시 방향으로 뻗었다.

"북쪽 2시 방향. 저기 보이는 저 봉우리를 끼고 북쪽으로 올라간다."

"네, 의장님."

투타타타타─

헬기들이 방향을 전환하여 천산산맥 안쪽으로 깊숙이 진입했다. 봉우리와 봉우리 사이 계곡을 따라 전진하던 헬기 부대가 정지한 것은 산맥 서북쪽의 한 기슭이었다.

"여기서 스톱."

"넵."

헬기가 허공에서 정지하자 이탄이 서원평에게 눈짓을 보냈다.

"이곳이다. 애들을 내려보내."

"알겠습니다."

서원평이 무전기에 대고 명을 내렸다.

수송헬기 하단부가 철컹 열리면서, 99명의 백호대원들이 그대로 뛰어내렸다. 백호대장인 서원평도 헬기 문을 열고 망설임 없이 점프했다. 열린 문을 통해서 들어오는 맞바람이 엄청나게 거셌다.

이탄이 그 바람을 정면에서 안고 헬기로부터 뛰어내렸다.

슈와악─

칼바람이 살을 엘 듯이 파고들었다. 거센 풍압 때문에 백호대원들의 볼이 푸들푸들 물결쳤다. 적당한 높이에 도달하자 백호대원들이 일제히 낙하산을 펼쳤다.

지상을 향해 무서운 속도로 내리꽂히던 백호대원들이 낙하산에 의해 다시 공중으로 파앙 솟구쳤다. 그 다음 바람을 타고 서서히 낙하했다. 서원평도 대원들과 마찬가지로 낙하산을 펼쳐 목표지점으로 떨어졌다.

바람이 거세 낙하지점을 맞추기가 쉽지 않았다. 그러나 백호부대원들은 그 어려운 일을 능숙하게 해냈다.

이탄의 낙하 방식은 백호대원들과 약간 달랐다. 이탄은 낙하산을 메지 않았다. 지상을 향해 일자로 내리꽂히더니, 어느 한 순간 몸을 뱅글뱅글 회전하면서 바람을 탔다. 그리곤 무릎 한 번 굽히지 않고 땅바닥에 안착했다.

홀로 낙하산 없이 뛰어내린 덕분에 이탄이 가장 먼저 지상에 착지했다. 다른 백호대원들은 땅에 도착하려면 시간이 좀 걸릴 듯했다.

이탄이 착지한 땅에는 눈이 한 뼘쯤 쌓여 있었다. 뾰족뾰족한 침엽수 가지에도 눈이 한가득이었다. 횡횡 부는 바람이 나뭇가지와 부딪쳐 유령 소리를 내었다. 이탄은 서늘한 눈빛으로 주변을 둘러보았다.

[이 아래, 약 15도 각도로 비스듬하게 파고 들어가다 보

면 그 속에 세계의 파편이 있을 겁니다. 거리가 가까워서 그런지 파편의 기운이 아주 강하게 느껴집니다.]

수호룡 알리어스가 이탄에게 방향을 알렸다.

"좋아. 한 번 가보지."

이탄이 발을 번쩍 들었다가 대지를 쿵 내리찍었다.

후왕!

간철호의 마나가 이탄의 의지에 따라 움직여 배열을 맞추었다. 그 즉시 흙 계열 원소마법 가운데 하나인 툼 (Tomb)이 발동했다. 단단한 땅이 저절로 벌어져 지하로 통하는 구멍을 내주었다.

이탄은 빼꼼 뚫린 구멍 속으로 망설임 없이 몸을 날렸다.

슈와악—

수직낙하 하듯이 구멍 속으로 뛰어든 이탄은, 좁은 통로를 따라 하염없이 미끄러졌다.

그러던 어느 순간 주변이 확 넓어지는 것이 느껴졌다. 지하 깊숙한 곳에 자연적으로 발생한 공동, 즉 지하광장을 만난 것이다. 이탄은 지하광장의 천장을 뚫고 내려와 바닥에 안착했다.

철벅 소리와 함께 이탄의 발이 축축한 지하수에 잠겼다. 물의 깊이는 딱 발목을 적실 정도였다.

"이거 놀랍군. 땅속이 이렇게 밝을 줄이야. 하하하."

이탄이 헛웃음을 흘렸다.

그의 독백처럼 지하광장은 어둡지 않았다. 땅속 깊은 곳이라면 당연히 빛 한 점 없어야 정상인데, 지하광장 내부는 마치 영화 촬영장이라도 온 것처럼 서치라이트들로 가득했다.

단지 서치라이트만이 아니었다. 지하에는 사람들도 많았다. 이탄이 위에서 갑자기 뚝 떨어지자 그 사람들이 소리를 질렀다.

이탄의 귀에는 사람들의 외침이 낯설게 들렸다. 아시아 지역에서 쓰이는 언어가 아닌 탓이었다.

"이것들이 뭐라는 거야?"

이탄이 입매를 비틀었다. 비록 이탄은 상대방의 언어를 알아들을 수는 없었지만, 다음 네 가지는 확실했다.

첫째, 지하광장을 꽉 채운 자들의 외모가 아시아인이 아니라는 점.

둘째, 저들의 언어가 유럽 쪽은 아니고, 왠지 시베리아 느낌이라는 점.

셋째, 저 도적놈들이 감히 이탄의 것을 훔치러 왔다는 점.

넷째, 저 도적놈들은 곧 죽어 나자빠질 것이라는 점.

화악!

서치라이트 불빛들이 이탄을 향해 집중되었다. 강렬한 빛줄기에 이탄의 시야가 백색으로 물들었다.

이탄은 본능적으로 몸을 띄웠다.

조금 전 이탄이 서 있던 자리에 무언가가 날아와서 틀어박혔다. 이윽고 꽈드득 소리와 함께 이탄이 서 있던 자리가 뾰족뾰족한 얼음가시밭으로 변했다.

허공으로 점프한 상태에서 이탄이 시야를 회복했다. 온통 백색 천지이던 이탄의 시야에 적들의 모습이 포착되었다.

"버르장머리 없는 놈들."

양손을 허리 높이로 벌리고 두 다리를 일직선으로 뻗어 허공에 우뚝 멈춰선 이탄이, 한 순간 아래로 뚝 떨어졌다. 그리곤 두 발로 바닥을 가볍게 찍었다.

투웅!

둔중한 흔들림과 함께 지축이 뒤틀렸다. 지하공동 전체의 중력이 세 배로 급증하면서 적들이 휘청거리는 모습이 보였다.

중력이 3배가 되었다는 것은, 80킬로그램의 사람이 갑자기 240킬로그램이 된다는 소리였다. 갑자기 급증한 160킬로그램의 무게가 사람들의 척추를 삐끗하게 만들었다.

거기에 음차원의 기운이 더해졌다.

원래 살아 있는 인간은 음차원의 기운을 감당할 수 없었다. 무기력감과 공포, 뒤틀림, 생명력 고갈과 같은 온갖 부정적인 효과 때문이었다.

거꾸로 말해서, 인간에게 음차원의 기운을 쏟아부으면 그 대상은 곧 무기력증과 생명력 고갈에 시달릴 수밖에 없었다.

Chapter 3

이탄이 새삼 깨달은 사실인데, 중력마법과 음차원의 마나는 서로 꿀궁합이었다. 음차원 특유의 무기력증과 생명력 고갈 특성이 중력마법에 더해지자, 적들은 거의 두 배에 가까운 중첩된 고통에 시달려야만 했다.

다시 말해서 중력이 세 배로 가중되면서 80킬로그램의 사람이 느끼는 무게감은 240킬로그램이 아니라 그 두 배인 480킬로그램에 육박했다.

"큭."

"켁."

적들은 갑자기 허리와 어깨에 400킬로그램의 무게를 부여받게 되었다. 적들이 그 무게를 견디지 못하고 휘청거렸다.

이탄은 비틀거리는 적들 사이로 여유롭게 파고들었다.
그 다음 쾌속하게 오른손을 뻗었다.

"으헉?"

이탄에게 손목이 붙들린 자가 기겁했다.

이탄은 오른손으로 상대의 손목을 잡아당기면서 왼손으
로 상대의 어깨를 잡았다. 이탄이 붙잡은 부위에 무지막지
한 압력이 가해지면서 적의 어깨부터 팔목 사이가 빵빵하
게 부풀기 시작했다.

뼈엉!

사람의 살이 풍선처럼 부풀다가 터져버리는 공포란 말도
못 하게 컸다.

"끄아악."

팔을 잃은 자가 괴성을 질렀다.

옆에서 달려든 동료가 이탄을 향해 완드(Wand: 마법 지
팡이)를 겨눴다. 완드의 끝에서 새하얀 빛이 번득였다.

쩌저적!

벼락처럼 쏟아져 나온 하얀 빛이 공기를 얼리며 지그재
그로 날아와 이탄을 때렸다. 그런 빛이 한두 개가 아니었
다. 어느새 이탄을 에워싼 적들이 완드를 겨누고 얼음벼락,
즉 아이스 볼트(Ice Volt)를 난사했다.

쩌저저저적!

적 마법사들이 이탄에게 집중 공격을 퍼붓기는 했지만, 다들 수백 킬로그램의 무게를 어깨에 얹은 느낌이라 동작이 약간씩 굼떴다.

이탄이 퓨마처럼 부드럽게 도약했다. 조금 전 이탄이 서 있던 자리엔 얼음 벼락들이 무지막지하게 때려 박혔다.

허공에 잠시 부유해 있던 이탄이 다시 아래로 뚝 떨어지면서 두 발로 지면을 때렸다.

투우웅!

이탄을 중심으로 파문이 일었다.

주변 중력이 갑자기 세 배에서 다섯 배로 증가했다. 몸무게가 80킬로그램인 사람이 눈 깜짝할 사이에 400킬로그램이 된 셈이었다. 여기에 음차원의 효과가 가중되면서 적들이 느끼는 실감 무게는 800킬로그램으로 늘었다.

이 800킬로그램이라는 것은 순수한 체중의 증가 효과에 불과했다. 적들 가운데는 육중한 갑옷을 걸친 자들이 많았다. 그런 자들이 느끼는 무게감은 말도 못 하게 지대했다.

"크헉."

"으으윽."

중력을 견디지 못한 자들이 비명과 함께 무릎을 꿇었다. 몇 명은 아예 땅바닥에 얼굴을 처박았다. 이탄의 중력마법을 완강하게 버텨낸 자들도 손으로 자신들의 척추를 붙잡고 비틀거리는 것을 피하지는 못했다.

그나마 적들이 마나를 보유한 초인들이라 이탄의 중력마법을 버티는 것이지, 일반인이었다면 중력이 다섯 배가 된 순간 납작하게 엎드려 손가락 하나 까딱하지 못했을 것이다.

이탄이 비틀거리는 적들 사이로 뛰어들었다. 부드럽게 뻗은 이탄의 손이 적 한 명의 머리통을 움켜잡았다.

퍼석!

가볍게 이탄의 손이 닿는가 싶었을 뿐인데 어느새 상대방의 머리통이 곤죽처럼 뭉그러졌다. 이탄의 손가락 사이로 눈알 2개가 삐져나왔다. 허연 뇌수와 뻘건 피가 뒤범벅이 되어 흘렀다. 박살 난 두개골 파편이 이탄의 손아귀 사이에서 우수수 떨어졌다.

이건 살육의 시작에 불과했다. 이탄의 손이 허공을 훑고 지나갈 때마다 퍼석 퍼석 두개골 으스러지는 소리가 울렸다.

이탄은 비록 지금 간철호의 모습을 하고 있으나 그는 간철호가 아니었다. 만약 이탄이 간철호였다면 중력마법에 이은 흙 속성 원소마법으로 적들을 땅속에 파묻어 버렸을 것이다. 하지만 이탄은 그런 점잖은(?) 방식보다는 이렇게 하나하나 맨손으로 쳐죽이는 편을 선호했다.

이탄의 손이 또 다른 적의 목을 붙잡았다.

"우아악."

무지막지한 힘에 주르륵 딸려온 적이 완드로 이탄의 심장을 겨눴다.

그보다 한 발 앞서 이탄의 손이 상대의 목을 뿌드득 쥐어뜯었다. 목 줄기를 잃은 적의 머리통이 몸통에서 툭 떨어져 바닥에 나뒹굴었다.

이탄에게 팔을 붙잡힌 적은 팔뚝이 뜯겨나갔다. 이탄에게 옆구리를 붙잡힌 자는 옆구리 살과 함께 내장이 주르륵 뽑혀서 바닥에 나뒹굴었다. 이탄에게 머리통이 걸린 상대는 두개골이 으스러졌다. 턱을 붙잡힌 자는 턱을 잃었고 다리를 붙잡히면 다리가 뽑혔다.

이렇게 적 한 명 한 명의 신체를 해체하는 방식은, 광역마법으로 단숨에 쓸어버리는 것에 비해서 시간이 오래 걸리고 비효율적일 것 같지만, 그것이 주는 무자비한 공포는 차마 말로 표현할 수 없을 만큼 강력했다.

"끄어억, 끄억."

"우와아아악."

공포에 질린 적들이 사방으로 도망쳤다. 이탄의 몸에서 안개처럼 뿜어지는 음차원의 기운이 적들의 공포심을 무럭무럭 키워주었다.

사실 도망치기도 쉽지는 않았다. 강력한 중력마법 덕분에 적들의 걸음걸이는 무거웠다. 땅을 기다시피 하여 이 생지옥을 벗어나려고 해도 몸이 무거워서 속도가 나지 않았다.

반면 이탄은 이 묵직한 중력의 영향을 받지 않았다. 그는 숲속을 달리는 한 마리 퓨마처럼 사뿐하게 움직였다. 이탄이 소리 없이 다가와 손을 한 번 휘저을 때마다 적들의 뼈가 으깨지고 살점이 해체되었다. 지하광장 안에는 사람의 신체가 해체되는 파육음이 연신 울려댔다.

그 파육음을 들은 적들은 점점 더 미쳐갔다.

"끄아아아악."

"지옥이다. 지옥의 악마가 나타났어."

"살려줘. 제발."

적들이 고래고래 악을 썼다. 어떤 자는 무전기로 도움을 요청했다. 또 다른 자는 마구 완드를 휘둘러 지하광장 곳곳을 아이스 볼트로 때렸다. 반쯤 미쳐버린 적들의 눈에는 이탄이 잘 보이지도 않았다.

이탄은 유령처럼 어둠 속을 배회하며 사냥감들의 팔을 잡아 뽑고, 머리를 뽑고, 다리를 뽑을 뿐이었다.

그렇게 갈기갈기 해체된 인육의 파편들이 사방 곳곳에 널려 마치 지옥과 같은 풍경을 연출하였다.

Chapter 4

온통 피범벅이 된 이탄이 그 생지옥 속에 우뚝 서서 피 묻은 손으로 머리카락을 쓸어 넘겼다. 피로 만든 올백 머리가 이탄을 귀신들의 왕처럼 보이게 만들었다. 머리카락에서 흐른 피가 이탄의 얼굴 위로 주르륵 흘러내렸다.

다 죽었다.

지하광장에 침투한 적들 가운데 살아 숨 쉬는 자는 없었다.

끔찍한 공포 속에서 죽어간 자들은 사망 직전에 어둡고, 음습하고, 피폐한 에너지를 발산하였다.

이 또한 음차원의 에너지였다. 생명력을 갉아먹고, 사람의 뇌에 부정적인 생각이 깃들도록 만들며, 결국에는 생명체를 파멸로 이끄는 에너지가 바로 음차원의 에너지였다.

그 부정적인 에너지가 이탄에게는 감로수처럼 느껴졌다. 이탄의 (진)마력순환로가 저절로 발동했다.

투왕! 투왕! 투왕! 투왕! 투왕! 투왕! 투왕! 투왕!

(진)마력순환로에서 튀어나온 꽈배기 모양의 문자, 즉 만자비문이 지하광장의 여덟 방위를 점하고는 불길한 빛을 뿌려댔다.

죽어가는 자들이 내뿜은 음차원의 에너지가 그 8개 문자

안에 갇혀서 갈 곳을 찾지 못했다. 에너지는 이탄을 중심으로 빙글빙글 회전하다가 결국 이탄의 몸속 (진)마력순환로 안으로 흡입되듯 빨려 들어왔다.

사람을 산 채로 찢어 죽이고, 공포에 질려 죽은 자들이 내뿜는 부정적인 기운 한 방울까지 모조리 갈취한 뒤, 이탄은 두 팔을 축 늘어뜨리고 고개를 위로 들었다.

"좋구나."

이탄의 눈이 지그시 감겼다. 코끝에 피비린내가 훅 끼쳐 왔다. 이탄의 입에는 그윽한 미소가 걸렸다.

피, 파멸, 살육, 해체.

이런 키워드들이 이탄의 본성이었다. 언노운 월드에서는 어쭙잖은 신관 행세를 하느라 이탄의 본성을 제대로 드러내지 못했다.

그 답답함을 해소하기라도 하듯이 이탄은 지하 깊숙한 곳에서 한바탕 살육의 파티를 벌였다. 시원하게 날뛰고 나니 속이 후련했다.

[으으으. 이런 미친.]

수호룡 알리어스가 부르르 치를 떨었다.

눈을 감고 희열에 잠겨 있던 이탄이 눈을 번쩍 떴다.

'뭐라고?'

[아니, 아닙니다. 그나저나 빨리 세계의 파편을 찾아야

합니다. 저 안쪽에서 파편의 기운이 느껴집니다.]

당황한 수호룡이 재빨리 말을 돌렸다.

이탄은 수호룡이 가리킨 방향으로 발걸음을 옮겼다.

첨벙, 첨벙, 첨벙.

지하 밑바닥에는 수맥이 얕게 흘렀다. 덕분에 이탄의 발은 물에 흠뻑 젖었다. 수호룡 알리어스가 알려준 방향으로 전진할수록 지하수의 깊이가 깊어졌다. 어느새 이탄의 정강이까지 지하수가 차올랐다.

이탄은 아랑곳하지 않았다.

지하광장 막다른 곳.

갱도처럼 보이는 구멍이 하나 뚫려 있었고, 그 앞에 거대한 드릴이 장착된 굴삭기가 보였다. 굴삭기 주변엔 곡괭이와 서치라이트가 여러 개 널려 있었다. 갱도 안쪽은 거의 허리까지 물이 차 있는 상태였다.

"이것들이 대체 언제부터 두더지 노릇을 한 거야? 지하수가 방해가 되었을 텐데 꽤나 열심히 팠군."

이탄이 혀를 찼다.

그때였다. 갱도 안쪽에서 투탁거리는 소리가 들렸다.

[서둘러야 할 것 같습니다.]

수호룡이 이탄을 재촉했다.

이탄은 서원평과 백호대를 기다리지 않았다. 단독으로

갱도에 진입했다. 허리까지 찰랑거리는 지하수를 무시하고 갱도 안으로 한참을 들어가자 또 다른 지하광장이 나왔다.

"똑같군."

이탄이 낮게 중얼거렸다.

이 지하광장에도 첫 번째 광장과 마찬가지로 서치라이트가 설치되었다. 이탄은 갱도에서 빼꼼 고개를 내밀고 광장 안을 살폈다.

지금 광장에선 치열한 전투가 진행 중이었다. 하얀 백곰 가죽 코트를 걸친 사내가 오케스트라를 지휘하듯 완드를 휘저었다. 그때마다 둥그런 환이 튀어나갔다.

'마치 얼음벼락을 둥글게 휘어서 환으로 만든 것 같구나.'

이탄이 사내의 공격 수법을 유심히 살폈다.

하얀색 환이 회전할 때마다 빠지직! 빠지직! 얼음 벼락이 사방으로 난사되었다. 그런 환들 수십 개 수백 개가 주르륵 연결되어 체인의 모습을 갖추었다.

때마침 사내가 이탄 쪽으로 고개를 돌렸다.

'엇? 키셀로비치잖아?'

이탄은 곧바로 사내의 얼굴을 알아보았다.

백곰가죽 코트를 입고 아이스 체인(Ice Chain: 얼음 사슬)을 퍼붓는 사내의 이름은 키셀로비치.

그는 시베리아의 대군벌 코로니의 공식 서열 8위에 랭크된 인물이었다. 이탄은 간철호의 뇌에서 키셀로비치에 대한 정보들을 끄집어내었다.

이탄의 시선이 다른 쪽으로 옮겨갔다.

'그런데 누가 키셀로비치와 맞서 싸우는 거지?'

코로니의 서열 8위면 보기 드문 강자였다. 그런 초인과 맞서 싸우는 상대도 보통 인물은 아니라는 것이 이탄의 판단이었다.

지하광장 저편, 20미터쯤 떨어진 곳에서 뾰족한 사브레(검의 일종)를 지그재그로 휘두르는 여자가 보였다. 여자는 몸매가 날렵하고, 짙은 금발머리를 지녔다. 또한 여자는 사브레를 기가 막히게 잘 사용했다.

다만 얼굴에 노란 가면을 써서 정체가 확인되지 않는다는 점이 아쉬웠다.

노란 가면 여자가 사브레로 한 번 공간을 그을 때마다 키셀로비치의 아이스 체인이 파스스 부서져 나갔다.

그렇게 방어에 치중하던 여자가 가끔 한 번씩 반격에 나섰다. 노란 가면 여자의 사브레 끝에서 날카로운 빛이 맺힌다 싶더니, 그 빛이 무려 수십 미터를 날아와 키셀로비치를 기겁하게 만들었다.

'오러.'

이탄이 감탄했다.

상대가 오러를 자유자재로 펼치는 검수라면 키셀로비치
가 밀리는 것이 당연했다. 이탄은 좀 더 자세히 살펴보았
다.

Chapter 5

'상대가 되지 않는군.'

이미 키셀로비치의 어깨와 허벅지는 이미 피투성이였다.

'키셀로비치는 저래 봬도 코로니의 공식 서열 8위인데,
그런 강자를 저렇게 손쉽게 요리하다니. 저 여자는 정체가
뭘까?'

이탄은 노란 가면 속의 정체를 궁금히 여겼다.

그나마 키셀로비치가 꾸역꾸역 버틸 수 있는 이유는 부
하들의 도움 덕분이었다. 지하광장 곳곳에 포진해 있는 코
로니의 마법사들이 벼락처럼 뛰쳐나와 여자에게 아이스 볼
트를 날렸다.

빠지직! 빠지직!

강렬하게 날아간 얼음 벼락들이 여자의 사브레를 바쁘게
만들었다.

여자는 코로니 마법사들의 기습 공격을 사브레로 막아낸 다음, 다시 오러를 날려 키셀로비치를 집중 공략했다.

"크윽. 지독한 년."

키셀로비치가 어금니를 꽉 물었다.

이탄은 팔짱을 끼고 좀 더 전투를 지켜보았다.

[그럴 때가 아닙니다. 저 안쪽에서 세계의 파편이 꿈틀거리고 있습니다. 이미 발굴이 끝난 것 같습니다.]

수호룡 알리어스가 발을 동동 굴렀다.

이탄이 혀를 찼다.

"쳇. 그렇게 보채니 어쩔 수 없군. 싸움 구경이 재미나서 좀 더 지켜보고 싶었는데 말이지."

이탄이 갱도 밖으로 나왔건만, 아무도 그에게 신경 쓰지 않았다. 전투가 워낙 치열한 탓이었다.

"어디 한번 가볼까?"

이탄은 가볍게 물을 박찼다. 그리곤 키셀로비치와 노란 가면 여자의 중간, 빈 허공에 불쑥 뛰어들었다.

이탄이 허공에서 우뚝 부유했다.

"웅?"

키셀로비치가 아이스 체인을 엮다 말고 이탄을 올려다보았다.

노란 가면 여자도 어이없다는 듯이 이탄에게 시선을 주

었다. 그녀는 사브레에 오러를 잔뜩 모아놓고 공격 시점을 가늠하던 중이었다. 그런데 얼음벼락과 오러가 난무하는 전장 한복판에 갑자기 방해꾼이 끼어들자 황당했다.

깜짝 놀란 것은 비단 키셀로비치와 노란 가면 여인만이 아니었다. 코로니 소속 마법사들도 모두 놀라서 웅성거렸다.

그러는 사이, 허공에 둥실 떠 있던 이탄이 갑자기 하강하여 두 다리로 바닥을 찍었다.

투우웅!

그 한 방에 주변 수십 미터 영역이 뒤틀렸다. 중력이 갑자기 다섯 배로 늘어나면서 코로니의 마법사들이 바닥에 주저앉았다. 허리를 삐끗한 자들이 대부분이었다. 일부는 허리뿐 아니라 발목뼈가 부러지기도 했다.

반면 키셀로비치와 가면 여인은 고중력 속에서도 멀쩡했다.

키셀로비치가 이탄을 향해 완드를 겨눴다. 완드 끝에서 새하얀 얼음의 환이 체인처럼 줄줄이 이어져 나와 빙글빙글 회전했다.

빠지직! 빠지지지직!

그 환으로부터 얼음 벼락이 생성되어 이탄에게 집중되었다.

노란 가면 여인도 이탄을 공격했다. 여인이 키셀로비치에게 향했던 사브레의 끝을 이탄에게 돌렸다.

쭈왕!

사브레 끝에서 방출된 노란 빛이 이탄을 향해 일직선으로 파고들었다.

"흥."

이탄이 코웃음을 쳤다. 그는 2명의 적들을 향해 양 손바닥을 좌우로 밀어내었다.

이탄의 오른쪽.

츄화악—

지하수를 뚫고 치솟은 소일 월, 즉 흙의 벽이 10미터 높이까지 솟구쳐서 키셀로비치의 아이스 체인을 막았다.

퍼버버버벅!

단단한 소일 월 표면에 얼음 벼락 수십 다발이 동시에 내리꽂혔다. 흙벽 표면에서 흙이 부스러지고 얼음 파편이 빽빽하게 끼었다.

키셀로비치가 이탄의 오른쪽을 공격하는 동안, 노란 가면 여인은 이탄의 왼쪽에 공격을 퍼부었다. 이탄은 왼편에도 똑같은 소일 월을 소환하여 노란 여인이 방출한 오러를 1차적으로 막아내었다.

물론 이것만으로 충분하다고는 생각하지 않았다. 이탄은

소일 월이 곧 뚫릴 것이라 예상했다.

아니나 다를까, 가면 여인의 오러는 이탄의 소일 월을 뚫고 집요하게 날아왔다. 이탄은 기다렸다는 듯이 마나를 끌어올려 마법 배열에 밀어넣었다. 그 즉시 이탄의 왼 손바닥 앞에 소일 쉴드, 즉 흙의 방패가 여덟 겹이나 중첩되어 소환되었다.

노란 가면 여인이 쏘아낸 오러는 이탄의 소일 쉴드 여섯 장을 내리 관통하더니, 결국 힘이 다하여 일곱 번째 방패 앞에서 스러졌다.

"앗! 대지의 소서러구나."

노란 가면 여인이 비로소 이탄의 정체를 알아보았다.

"허업? 가안—처르—호?"

키셀로비치도 혀 꼬인 발음으로 간철호라는 이름을 외쳤다.

두 사람 모두 당황한 표정이 역력했다. 그만큼 대지의 소서러라는 이름이 주는 무게감은 대단했다.

후왕—

이탄이 오른쪽으로 먼저 몸을 날렸다. 이탄의 발밑에서 솟구친 소일 월이 해일처럼 크게 일어나 키셀로비치를 덮쳤다.

"이이익."

키셀로비치가 완드로 원을 그렸다.

그 원 안에서 툭 튀어나온 하얀 반구가 커다랗게 부풀더니, 방어막이 되어 키셀로비치를 보호했다.

이것은 이글루라고 불리는 독특한 방어마법이었다.

이탄의 소일 월과 키셀로비치의 이글루가 정면으로 충돌했다. 엄청난 굉음이 지하광장을 떨어 울렸다. 흙이 사방으로 튀었다. 이글루는 부서지지 않았다.

키셀로비치가 잇몸을 드러내어 웃었다.

'푸훗. 대지의 소서러도 별 것 없구나.'

키셀로비치의 얼굴에 얼핏 이런 표정이 스쳐 지나갔다.

오산이었다.

Chapter 6

부서지는 흙더미 속에서 이탄의 손이 불쑥 튀어나왔다. 그 손은 소일 월로도 부수지 못한 이글루를 종잇장처럼 잡아 뜯고 좌우로 부욱 찢어버렸다.

이탄이 이글루 안으로 불쑥 난입했다.

깜짝 놀란 키셀로비치가 고함과 함께 완드를 휘둘렀다.

"이놈!"

빠지직!

한 줄기 얼음 벼락이 이탄의 가슴을 가격했다.

이탄의 몸 앞에 스르륵 나타난 붉은 금속이 키셀로비치의 얼음 벼락을 그대로 튕겨내었다. 공격을 했던 키셀로비치가 오히려 얼음이 박혀 몸이 굳었다.

이탄이 유령처럼 다가와 키셀로비치의 귀를 붙잡았다.

부왁!

"끄악."

귀가 찢어지는 통증에 키셀로비치가 비명을 질렀다. 키셀로비치의 허리가 저절로 앞으로 숙여졌다.

이탄이 아래로 숙여진 키셀로비치의 뒤통수를 덥석 움켜쥐었다.

콰득!

세상에 이런 무지막지한 힘이 존재한다는 것을 키셀로비치는 처음 깨달았다. 그걸 깨달았을 때는 이미 늦었다. 키셀로비치의 뒤통수가 으스러지면서 이탄의 손가락이 키셀로비치의 뇌 안쪽까지 파고들었다.

연한 순두부 같은 뇌가 이탄의 손아귀 안에서 엉망진창으로 뭉그러졌다.

"꾸르륵."

키셀로비치는 피거품을 게워내며 고꾸라졌다.

이탄이 발을 들어 키셀로비치의 등을 찍었다.

콰직!

중력이 잔뜩 실린 이탄의 발이 키셀로비치의 등과 척추를 부수며 아래로 파고들어 땅속 10 센티미터 깊이까지 깊게 틀어박혔다.

이탄이 다시 발을 들었다.

쩌어억— 소리와 함께 키셀로비치의 갈비뼈와 내장이 이탄의 발에 엉겨 붙어 함께 딸려 나왔다.

키셀로비치가 죽자 이글루가 와르르 붕괴했다. 사방으로 비산하는 얼음가루 속에서 이탄이 고개를 돌렸다.

그 차가운 시선이 노란 가면 여자를 향했다.

"으윽."

사브레를 움켜쥔 여자의 손등에 힘줄이 불끈 돋았다. 여자의 등에는 소름이 쫙 끼쳤다. 두개골과 등짝이 부서진 채 애벌레처럼 꿈틀거리는 키셀로비치의 모습이 노란 가면 여자의 눈앞에 어른거렸다. 노란 가면 여자는 진저리를 쳤다.

이탄이 다시 몸을 날렸다. 허공에 점프한 상태에서 잠시 멈칫하는가 싶더니, 이탄은 그대로 내리꽂혀 두 다리로 바닥을 찍었다.

투우웅!

중력이 다섯 배에서 일곱 배로 올라갔다.

"큭."

여자가 비틀거렸다.

"푸흡."

지하광장 곳곳에 숨어 있던 코로니의 마법사들이 답답한 신음을 토했다. 그렇게 적들이 모두 둔화되었을 때 이탄이 유령처럼 파고들었다. 어느새 여자의 코앞까지 날아간 이탄이 손을 크게 휘둘렀다.

"이이익."

노란 가면 여자가 사브레로 Z자를 그렸다. 오러가 Z자 모양으로 피어올라 이탄의 얼굴과 가슴을 동시에 갈랐다.

이탄은 피하지 않았다. 오히려 오러 속으로 손을 밀어넣어 정면으로 맞부딪쳤다.

이건 미친 짓이었다. 오러는 금속도 삶은 감자처럼 손쉽게 잘라버리는데, 그 속으로 맨손을 집어넣다니.

노란 가면 여자의 입가에 얼핏 비웃음이 걸렸다. 그녀는 당연히 이탄의 손목이 잘릴 것이라 예상했다.

한데 결과는 딴판이었다.

까앙!

불똥이 튀었다. 붉은 기운이 넘실거리는 이탄의 맨손은 놀랍게도 오러를 튕겨내었다. 오히려 노란 가면 여자가 반탄력에 의해 비명을 질렀다.

"꺄악."

노란 가면 여자의 입에서 비명이 터졌다.

어느새 날아온 이탄의 왼손이 여자의 얼굴 부위를 움켜잡으려 했다.

여자가 초인적인 감각으로 이탄의 공격을 미리 읽었다. 그 즉시 여자는 있는 힘껏 허리를 뒤로 젖혔다.

덕분에 이탄의 왼손이 여자의 얼굴 바로 위쪽을 스쳐 지나갔다.

아마도 여자의 반응이 조금만 늦었다면 얼굴의 절반이 뜯겨나갔을 것이다. 하지만 빠른 판단 덕분에 여자의 가면 반쪽이 으스러지는 선에서 끝났다.

이탄이 왼발을 들었다가 투웅! 바닥을 찍었다.

노란 가면 여자 주변만 중력이 열 배로 증폭되었다.

"큽!"

여자의 척추가 삐끗했다. 여자의 움직임이 한층 더 느려졌다. 손에 쥔 사브레는 천근만근의 철봉을 든 것 같았다. 노란 가면 여자는 이탄의 머리를 향해서 사브레를 휘두르려 했지만, 엄청난 무게 때문에 궤적이 흔들렸다. 속도도 제대로 나오지 않았다. 그 허접한 공격에 이탄이 당할 리 없었다.

"이제 네년 차례다."

가볍게 상대의 공격을 흘려낸 뒤, 이탄이 노란 가면 여자의 가슴팍을 향해 손을 뻗었다.

"크윽."

여자가 뒤로 나뒹굴다시피 하면서 겨우 이탄의 공격을 피했다. 이탄이 여자에게 따라붙으며 오른발을 굴렀다.

이번엔 땅속에서 솟구친 흙이 마치 창날처럼 변해서 여자를 공격했다.

여자가 펄쩍 점프해서 이탄의 공격을 피했다. 그 다음 허공에서 세 번 연달아 발차기를 날렸다.

이탄은 파리를 쫓는 듯한 동작으로 여자의 발을 쳐낸 다음, 곧바로 따라붙어 여자의 어깨를 짚었다.

이탄의 손과 여자의 발이 부딪칠 때마다 여자의 발목뼈가 으스러지고 정강이가 부러졌다.

"끄악, 꺅."

여자가 연신 비명을 질렀다. 이어서 이탄의 손에 어깨가 잡혔을 때는 아예 혼비백산했다.

우두둑.

여자의 오른쪽 어깨뼈가 가루가 되었다. 여자의 오른팔이 무력화되면서 사브레가 바닥에 툭 떨어졌다.

Chapter 7

이탄이 여자의 금발머리를 우악스럽게 움켜잡았다.

"꺄악."

노란 가면 여자는 이탄의 무지막지한 힘을 감당하지 못하고 종잇장처럼 끌려왔다.

이탄이 손을 번쩍 들었다.

이대로 내리치면 끝.

여자의 머리통은 수박처럼 뻘건 속을 쏟으며 박살 날 것이다.

그 순간 갱도 안에서 또 다른 여자가 뛰쳐나왔다. 얼굴에 노란 가면을 쓴 여자였다. 이탄이 두 여자를 번갈아 쳐다보았다.

"어라? 똑같은 가면이네? 너희들 혹시 쌍둥이냐?"

이탄이 고개를 갸웃했다. 이탄의 딴에는 아무렇게나 대충 찍은 말이지만, 엇비슷하게 맞추었다. 똑같은 가면을 쓴 두 여자는 쌍둥이는 아니지만 서로 자매 사이였다.

새로 등장한 여자가 흠칫했다. 그녀는 이탄의 손에 대롱대롱 붙잡힌 여동생을 보고는 대뜸 욕부터 뱉었다.

이탄이 그 욕을 알아들었다. 이탄의 입에서 피식 웃음이 새어 나왔다.

"유럽이구나? 너희들 혹시 발렌시드에서 왔냐?"

노란 가면 여자들이 흠칫했다.

그때 벽을 뚫고 제3의 인물이 등장했다.

콰아앙!

요란하게 등장한 남자는 빡빡머리에 붉은 수염을 짧게 기른 노인이었다.

노인은 등장과 동시에 두 팔을 활짝 벌렸다. 노인의 상체 전면이 하얗게 백열되는가 싶더니, 그 빛이 일직선으로 쏘아졌다.

쩌저저적!

하얀 빛에 스친 모든 물체가 얼어붙었다. 심지어 지하광장 구석구석에 웅크리고 있던 코로니의 마법사들마저 얼음이 되었다.

딱!

이탄이 손가락을 튕겼다. 이탄의 코앞에 돋아난 여덟 겹의 방패, 즉 소일 쉴드가 빡빡머리 노인의 공격을 막았다.

이탄이 소일 쉴드 뒤에서 입을 열었다.

"표트르?"

빡빡머리 노인이 흠칫했다.

"간철호?"

표트르와 간철호(이탄)는 서로 만난 적이 없었다. 하지만 워낙 유명한 인사들이라 서로의 얼굴은 영상을 통해 지겹도록 보았다.

코로니 군벌의 공식 서열 3위, 아이스 듀크(Ice Duke: 얼음공작) 표트르.

간씨 세가 공식 서열 2위, 대지의 소서러 간철호.

둘의 시선이 허공에서 맞부딪쳤다.

그 짧은 틈을 노려서 새로 등장한 노란 가면 여인이 몸을 날렸다.

그 즉시 표트르가 반응했다.

"어딜 감힛."

번쩍! 쩌저저적—.

표트르의 상반신에서 쏟아진 하얀 빛줄기는 노란 가면 여인을 쫓아 쭈우욱 허공에 궤적을 그렸다. 빛줄기가 지나간 모든 부위가 얼어붙었다. 지하광장 벽면에 일직선으로 얼음의 강이 형성되었다.

노란 가면 여인은 놀랍게도 빛보다 빨리 움직여 표트르의 공격을 피하더니, 눈 깜짝할 사이에 이탄에게 달려들었다.

신속 마법의 최고 정점. 온몸을 벼락으로 바꿔버린다는 플래쉬(Flash) 마법이 나타났다. 노란 가면 여인은 이 놀라운 마법으로 표트르의 공격을 무산시켰을 뿐 아니라, 이탄의 손에서 동생마저 빼냈다.

"이런."

이탄이 뒤늦게 발을 굴렀다.

투웅!

지하광장 전체의 중력이 열 배로 늘어났다.

하지만 노란 가면 여인은 고중력 속에서도 여전히 속도를 유지했다. 눈 한 번 깜빡일 사이에 지하광장을 가로지른 여인이, 이탄이 지나온 갱도 속으로 뛰어들었다. 그것도 여동생을 등에 업은 채 몸을 빼냈다.

그녀의 도주 시도는 성공하는 것처럼 보였다.

"꺄악."

갱도에 들어가자마자 다시 튕겨져 나온 것이 문제였다. 물론 노란 가면 여인이 원해서 튕겨 나온 것은 아니었다.

좁은 갱도 앞에는 어느새 무시무시한 생명체가 몸을 일으키는 중이었다.

무려 50미터가 넘는 날개.

10미터가 육박하는 거대한 머리통.

두 갈래로 갈라진 뿔.

부리부리한 눈.

간씨 세가의 수호룡 알리어스의 등장이었다. 소일 드래곤으로 분류되는 수호룡은 흙 속에서 돋아나 두 장의 날개를 활짝 펴고 갱도를 틀어막더니, 노란 가면 여인을 향해 아가리를 쩌억 벌렸다.

크롸롸롸롸롸롸—

소일 드래곤의 입에서 뿜어진 진흙이 폭포수처럼 날아와 노란 가면 여인을 때렸다.

"쳇."

노란 가면 여인은 어쩔 수 없이 허공으로 몸을 솟구칠 수밖에 없었다.

"크왕!"

이번엔 표트르가 반응했다. 표트르의 상체에서 쏟아진 빛의 기둥은 노란 가면 여인이 도망

칠 곳을 선점하여 모조리 얼려버렸다.

노란 가면 여인이 허공에서 지그재그로 피하면서 다시 바닥에 착지했다. 벼락같은 움직임을 보여주고도 노란 가면 여인은 호흡 하나 흐트러지지 않았다. 등에 업은 동생도 머리카락 한 올 다치지 않고 멀쩡했다.

표트르가 두 주먹을 꽉 움켜쥐었다.

후오옹!

표트르의 상반신이 거의 투명하게 보일 정도로 달궈졌다. 표트르는 이 한 방으로 노란 가면 여인과 이탄을 동시에 쓸어버릴 요량이었다.

노란 가면 여인이 숨을 훅 들이켰다. 노란 가면 여인의 몸도 발갛게 달아오르면서 언제라도 플래쉬 상태로 변할 준비를 끝냈다.

이탄이 짜증을 내었다.

"이것들이 진짜. 남의 집 안방에서 뭐 하는 거야?"

Chapter 8

츳츳츳츳츳—.

이탄이 분노하자 음차원의 기운이 넘실넘실 뻗었다. 지하광장 전체가 허물어질 듯이 우르르 진동했다. 이탄의 손가락 마디마디에서 우두둑 우두둑 뼈 부딪치는 소리가 울렸다.

크롸롸롸롸롸—

수호룡 알리어스가 한 번 더 포효를 내질렀다. 수호룡 알리어스는 진흙의 브레스를 폭포수처럼 발사했다.

그에 반응이라도 하듯이 표트르가 공격을 재개했다.

쭈—왕!

거의 반투명하게 백열된 표트르의 상반신에서 새하얀 빛의 기둥이 일직선으로 쏘아져 나왔다.

발갛게 달아올랐던 노란 가면 여인이 플래쉬 상태로 진입하여 허공으로 빠져나갔다.

이상 3개의 거력이 맞부딪치는 한복판으로 이탄이 뛰어들었다.

이탄이 소환한 소일 월이 표트르의 공격을 우선적으로 막았다. 이어서 소환된 여덟 겹의 소일 쉴드가 표트르의 공격을 2차적으로 방어했다.

이탄은 소일 아머마저 펼쳤다.

한데 방어용으로 소일 아머를 사용한 것은 아니었다. 발상의 전환을 한 이탄은 표트르와 노란 가면 여인에게 소일 아머를 입혀주었다. 그 다음 적들 주변의 중력을 열두 배로 증폭시켰다.

"큽."

표트르가 움찔했다.

거의 도주에 성공한 것처럼 보였던 노란 가면 여인도 소일 아머에 붙잡혀 다시 추락했다.

서로 짜기라도 한 것처럼 수호룡의 진흙 브레스가 표트르와 노란 가면 여인을 한꺼번에 휩쓸었다.

"크윽."

진흙에 밀린 표트르가 우당탕 뒤로 나뒹굴었다.

"이이잇."

노란 가면 여인도 진흙 속에서 허우적거리다가 겨우 몸을 빼냈다.

이탄이 유령처럼 미끄러지면서 표트르를 덮쳤다. 표트르가 황급히 아이스 쉴드(Ice Shield: 얼음 방패)로 방어했지만, 이탄의 손은 아이스 쉴드를 유리창처럼 깨고 들어가 표트르의 팔목을 잡았다.

콰득!

살짝 스친 것만으로도 표트르의 왼손 손목이 으스러졌다.

"크앗."

표트르가 악을 썼다.

이탄이 표트르의 뭉그러진 손을 확 잡아당겼다.

'이대로 딸려 들어가면 끝장이다.'

섬뜩한 위기감이 표트르의 심장을 철렁하게 만들었다. 표트르는 순간적으로 자신의 왼팔을 꽝꽝 얼렸다.

그렇게 팔뚝의 취성이 증가한 덕분에 표트르의 손이 파스스 부서져버렸다. 비록 왼손을 잃기는 했지만, 덕분에 표트르는 이탄에게 끌려가지 않고 몸을 빼낼 수 있었다. 만약 그가 이탄에게 끌려갔다면 곧바로 두개골이 뭉그러졌을 것이다.

"이리 와."

이탄이 다시금 표트르에게 달려들었다.

표트르는 아이스 쉴드를 연신 소환하면서 몸을 피했다. 탱크의 포탄도 거뜬히 막아내는 아이스 쉴드가 이탄의 손끝에 스칠 때마다 유리창처럼 깨져버렸다. 그 비현실적인 광경을 보면서 표트르는 가슴이 철렁했다.

'정말 무지막지하구나. 이자는 정말 괴물이다.'

천하의 아이스 듀크 표트르가 이탄의 과격함에 진저리를 쳤다.

그렇게 표트르를 공격하던 이탄이 갑자기 허공으로 점프해서 노란 가면 여인을 덮쳤다.

마침 노란 가면 여인은 플래쉬 상태로 진입하여 도주하려던 참이었다.

이탄이 그 앞을 떡하니 막아서서 여인의 머리카락을 움켜잡았다.

"아악!"

노란 가면 여인이 휘청거리면서 바닥에 추락했다. 그녀의 등에 업힌 여동생도 우당탕 나뒹굴었다.

이탄이 곧바로 쫓아와 노란 가면 여인의 배를 발로 찍었다.

노란 가면 여인이 기겁하여 옆으로 나뒹굴었다. 여인이 누워 있던 자리엔 이탄의 발자국이 움푹 찍혔다.

크라롸롸롸—.

수호룡 알리어스가 노란 가면 여인을 향해 진흙 브레스를 쏘았다. 노란 가면 여인은 간신히 그 공격을 피했으나, 여동생까지 챙기지는 못했다.

온몸에 진흙을 뒤집어쓴 여동생은 마치 진흙으로 빚은 조각상처럼 몸이 굳어갔다.

이탄이 그 위에 열두 배의 중력을 걸었다. 조각상으로 변한 여동생의 무게는 이제 1,200킬로그램, 즉 1.2 톤에 달했다. 무게는 끔찍하게 늘었는데, 몸이 진흙처럼 변한 터라 조금만 잡아당겨도 몸이 뚝뚝 끊어지게 생겼다. 노란 가면 여인이 아무리 애를 써도 수호룡의 마법을 풀기 전에 여동생을 구출하기란 불가능했다.

노란 가면 여인이 고래고래 욕을 퍼부었다.

이탄이 빙글빙글 웃었다.

"발렌시드 맞네. 하하하."

노란 가면 여인이 입을 꾹 다물고 무서운 눈으로 이탄을 노려보았다.

허둥지둥 후퇴하던 표트르도 이탄을 향해 살벌한 눈빛을 던졌다.

표트르와 노란 가면 여인이 허공에서 눈짓을 주고받았다.

'일단 대지의 소서러부터 해치우지?'

'내 생각과 일치하는군요.'

둘이 뜻을 맞추었다.

이탄은 눈치가 빨랐다. 두 사람이 눈짓을 주고받는다 싶자 먼저 달려들어서 선공을 날렸다.

후왕!

이탄의 의지가 일어난 순간 표트르와 노란 가면 여인의 몸 주변에 소일 아머가 소환되었다. 물론 이건 방어용이 아니라 족쇄였다.

"크윽."

표트르가 힘으로 소일 아머를 깨부쉈다.

노란 가면 여인은 플래쉬 마법으로 소일 아머를 떨쳐내었다.

두 사람이 소일 아머에 한눈을 판 사이, 이탄이 어느새 다가와 노란 가면 여인의 손목을 낚아챘다.

"으헉?"

노란 가면 여인은 그제야 이탄의 무서움을 실감했다. 살짝 스친 것만으로도 여인의 손목뼈가 으스러지고 힘줄이 끊겼다. 만약 플래쉬 상태로 변하는 것이 조금만 늦었더라면 여인은 손목이 부러지는 정도가 아니라 이탄에게 끌려 들어 가서 온몸이 분쇄되었을 뻔했다. 플래쉬 상태로 변한 여인이 혼비백산하여 허공으로 도주했다.

쩌저적!

이탄이 서 있던 자리에 표트르의 공격이 날아들었다.

이탄은 피하지 않았다. 소일 윌과 소일 쉴드로 상대방의 공격을 막아낸 다음, 범처럼 날렵하게 표트르를 덮쳤다.

"우헉?"

이번엔 표트르가 기겁했다.

Chapter 9

"찢어주마."

부와악—

이탄의 손끝에 걸려 표트르의 코트가 길게 찢겼다. 북극곰 가죽으로 만든 코트가 이렇게 쉽게 찢긴다는 것이 믿어지지 않았지만, 이게 현실이었다. 표트르는 허둥지둥 이탄의 공격을 피했다.

플래쉬 상태에 진입한 여인이 허공에서 방향을 틀어 이탄을 공격했다. 번쩍! 빛이 터지는 순간 여인이 이탄을 향해 육탄돌격했다.

"흥. 어딜 감히."

온몸으로 부딪쳐오는 여인을 향해 이탄도 마주 손을 휘둘렀다.

뻐억!

"꺄악."

둔탁한 소리와 함께 여인이 피를 토하며 나뒹굴었다.

이것은 원래 불가능한 일이었다. 플래쉬 상태에서는 물리적인 공격이 모두 무산되기 때문이다. 하지만 붉은 금속으로 얇게 뒤덮인 이탄의 손은 플래쉬 상태를 무시하고 여인의 안면에 주먹을 꽂아 넣었다.

여인의 가면이 박살 나서 파편이 사방으로 튀었다. 여인의 코뼈가 으스러지고 안면이 움푹 주저앉았다.

피범벅이 된 여인이 엉덩이를 질질 끌면서 도망쳤다. 여인의 눈동자에는 숨길 수 없는 공포가 가득했다.

이탄이 표트르를 먼저 노렸다.

"으어억?"

표트르가 기겁하여 손을 마구 휘둘렀다.

이탄이 표트르의 손을 탁탁 쳐냈다. 살짝 맞부딪쳤을 뿐인데 표트르의 팔뚝이 부러져 덜렁거렸다.

그렇게 상대의 팔뚝부터 부러뜨린 다음, 이탄은 표트르의 멱살을 잡아끌었다.

"우우우헉."

표트르가 종잇장처럼 가볍게 딸려왔다.

상대를 번쩍 들어 올린 이탄이 표트르의 배에 주먹을 꽂았다. 가죽 터지는 소리와 함께 표트르의 배가 찢어지고 내장이 줄줄 흘렀다.

"끄아악."

표트르가 온몸을 뒤틀었다.

표트르의 배를 뚫고 등가죽마저 뚫어버린 이탄의 손이 다시 거꾸로 빠져나왔다. 이탄의 손이 표트르의 배를 지나 다시 회수되었을 때, 그 손아귀에는 상대의 대장과 소장이 꽉 붙잡혀 있었다.

주르륵, 주르륵, 주르륵, 주르륵.

이탄이 손을 한 번 잡아당길 때마다 표트르의 내장이 줄줄이 쏟아졌다.

"아으으으으."

표트르는 감히 아래쪽을 내려다보지도 못했다. 눈물 콧물 범벅이 되어 지하광장 천장만 올려다볼 뿐이었다.

내장을 다 뽑아낸 뒤, 이탄이 표트르의 턱을 붙잡았다.

투각, 소리와 함께 표트르의 턱뼈가 반으로 접혔다. 표트르의 혀가 아래로 덜렁 내려앉았다.

이번에는 이탄의 손이 표트르의 귀를 붙잡았다. 부우욱,

부우욱, 연달아 찢어진 귀 두 짝이 아무렇게나 땅바닥에 내팽개쳐졌다.

이탄은 표트르의 신체 부위를 하나씩 잡아 뜯어 바닥에 버렸다. 인간이 인간을 산 채로 찢어버린다는 것이 무엇을 의미하는지 이탄은 여실히 보여주었다.

참을 수 없는 공포가 지하광장을 무겁게 짓눌렀다.

"으흐흑, 으흐흐흑."

코로니의 마법사들은 벌벌벌 떨면서 울었다. 열두 배로 증폭된 중력 때문에 마법사들은 도망칠 수도 없었다. 설령 중력이 아니더라도, 유일한 탈출구에 수호룡 알리어스가 버티고 있어서 도망칠 구멍이 없었다.

마법사들은 도망도 칠 수 없고 움직일 수도 없는 상태에서 표트르의 신체가 산 채로 찢겨나가는 모습을 지켜볼 수밖에 없었다.

이탄이 조용히 뇌까렸다.

"내가 찢어준다고 했지? 오래 걸리지 않을 거야. 금방 끝낼게."

언어가 서로 달라서 이탄의 말을 표트르가 알아들을 수는 없었다. 하지만 이탄이 지금 무슨 이야기를 하고 있는지 표트르는 저절로 이해되었다. 표트르의 온몸이 와들와들 떨렸다.

이탄은 부지런히 손을 놀렸다. 표트르의 코가 이탄에게 붙잡혀서 얼굴로부터 뜯겨 나왔다. 표트르의 두 눈알이 뽑혔다.

표트르는 이제 비명도 지르지 못했다. 부서진 성대 속에서 그르렁거리는 소리만 들릴 뿐이었다.

표트르가 내뱉는 절망감과, 공포와, 질식과, 무기력함이 음차원의 에너지가 되어 이탄의 몸속으로 강하게 빨려들어왔다. 그럴수록 표트르는 점점 더 패닉 상태가 되었다.

"꾸륵."

마침내 표트르가 고개를 푹 떨궜다.

표트르는 이미 인간의 형체를 잃어버린 지 오래였다. 표트르는 푸줏간에 걸린 고깃덩이, 그 이상도 이하도 아니었다.

이탄이 표트르의 시체를 휙 집어던졌다.

그때 지상에 배치되어 있던 코로니의 잔당들이 들이닥쳤다. 이들은 제대로 마나를 보유하지 못한 일반 병사들에 불과했으나, 나름 기관총과 방패로 중무장을 한 상태였다. 원래 이 병력들은 지상 쪽 입구를 지키는 것이 임무였다. 하지만 무전기를 통해 지하에서 비명이 들리자 후다닥 지하 광장으로 뛰어내려 왔다.

그 판단이 코로니 잔당들의 불운이었다. 이탄의 명을 받은 수호룡 알리어스는 지하광장으로 통하는 입구를 슬쩍 열어서 적 병력들을 안으로 들여보내 주었다.

표트르가 끔찍한 몰골로 쓰러지는 모습을 본 코로니 병력들이 이탄을 향해 기관총을 난사했다.

투타타타타타타—.

기관총 총구가 불꽃을 뿜었다. 마구잡이로 난사된 총알들이 지하광장에 깔린 강력한 중력 때문에 아래로 휘어졌다.

그래도 총알 가운데 일부는 이탄을 향해 날아들었다.

제3화
세계의 파편 쟁탈전 II

Chapter 1

물론 이탄에게는 전혀 위협이 되지 않았다. 지하광장 바닥에서 소일 월이 우르릉 솟구쳐 총알 세례를 막았다.

이탄의 소일 월은 단순히 방어에만 그치지 않았다. 높이 10미터, 너비 10미터의 소일 월은 쿠르릉 소리를 내면서 코로니 잔당들을 향해 밀려갔다.

"어어어?"

거대한 흙벽이 무섭게 달려들자 코로니 잔당들이 당황했다.

이미 퇴로는 끊긴 상태.

코로니 잔당들의 뒤쪽에서도, 또 옆쪽에서도 소일 월들

이 솟구쳐 코로니 병력들을 완전히 가둬 버렸다.

"크아악."

"아악."

높은 흙벽 안에서 답답한 신음이 들렸다. 기관총을 난사하는 소리도 뒤따랐다.

이내 그 소리가 잦아들었다. 적들을 꽁꽁 감싼 소일 월이 이내 그 적들을 흙 속에 파묻어버렸다.

이탄이 손바닥을 빙글 돌렸다.

쿠르르릉.

코로니 잔당들을 집어삼킨 거대한 소일 월, 즉 흙벽이 이탄의 손짓에 따라 빙글 회전했다. 소일 월의 중간 중간에는 코로니 병사들이 머리만 내밀고 있었다. 몸뚱어리는 흙벽 안에 꽁꽁 갇혀 있고, 얼굴은 흙 범벅이 된 것이 코로니 잔당들의 모습이었다. 그들은 빼끔 벌린 입에서 연신 흙더미를 게워내었다.

"케엑. 켁."

"쿨럭, 쿨럭, 쿨럭."

이렇게 사람이 흙벽 속에 파묻힌 채 머리만 밖으로 내밀고 있는 모습이 어딘지 모르게 괴기스러웠다.

저벅저벅 저벅.

이탄이 발소리를 내며 소일 월로 다가갔다.

이탄의 손에는 어느새 도구가 하나 들려 있었다. 코로니 군벌이 땅굴을 팔 때 사용했던 중형 드릴이었다.

이탄은 무자비하게도 그 중형 드릴로 흙벽에 박힌 코로니 잔당들의 머리통을 하나씩 부숴버렸다.

드르륵, 우드드드드득.

암석을 부수는 대형 드릴이 사람의 두개골을 뚫고 안으로 파고들어 뇌수를 사방으로 튀게 만들었다.

"끄라라락."

소일 월 속에 파묻힌 코로니 잔당들의 비명이 괴상하게 울렸다. 드릴 때문에 머리가 덜덜덜 흔들리다 보니 해괴한 소리가 나오는 모양이었다. 드릴이 뼈를 뚫는 소리가 지하 광장 안에 끊임없이 메아리쳤다.

코로니 잔당들은 그렇게 모두 두개골이 뚫려 죽었다. 이 탄은 사람의 머리를 깨는 데 망설임이 없었다. 감정의 기복 도 보이지 않았다. 마치 무감정한 기계처럼 적들의 두개골 을 바스러뜨릴 뿐이었다.

"으으으."

지하광장 안의 생존자들은 침을 꿀꺽 삼키며 이 끔찍한 도살의 현장을 지켜보아야만 했다.

드르르륵.

"까르륵."

마침내 소일 월에 박힌 마지막 병사가 머리를 잃었다. 이탄은 묵직한 드릴을 바닥에 휙 내팽개쳤다. 그리곤 피범벅이 된 손을 흙벽에 슥슥 닦았다.

생존자들이 또다시 침을 꿀꺽 삼켰다. 이탄의 다음 목표가 자신들이 될까 봐 다들 벌벌 떠는 눈치였다.

이탄은 노란 가면 여인에게 발길을 돌렸다.

아니, 더 이상 노란 가면 여인이라고 표현하는 것은 옳지 않았다. 여인의 가면은 이미 산산이 박살 나고 없었다. 그 속에 드러난 것은 엉망진창으로 짓뭉개진 얼굴과 공포에 잠식된 눈동자뿐이었다.

이탄이 여인의 정체를 알아보았다.

"이런, 이런. 릴리트 공주."

이탄의 입에서 튀어나온 이름은 다름 아닌 릴리트였다. 발렌시드의 여제 빅토리아의 친손녀이자, 장차 발렌시드 군벌을 이끌어나갈 후계자 릴리트.

"아으으읏."

이탄을 올려다보는 릴리트의 얼굴이 푸들푸들 떨렸다.

이탄은 그런 릴리트를 무심한 눈으로 굽어보았다.

서원평과 백호대원들이 지하광장에 도착했을 때, 이미 코로니의 마법사들은 전투 의지를 잃은 상태였다. 코로니

의 서열 3위 표트르와 서열 8위 키셀로비치는 끔찍한 몰골
로 죽어 있었고, 소일 월 속에는 머리통이 바스러진 시체들
이 박혀 있었으며, 발렌시드의 공주 릴리트와 그녀의 여동
생 치아타는 전투 불능 상태였다.

"우우우욱."

"우웨엑."

지하광장에 산처럼 쌓여 있는 인체 해부도를 보면서 백
호대원들이 헛구역질을 해댔다.

"쯔읏."

이탄이 마뜩지 않은 눈빛으로 백호대원들을 쳐다보았다.

서원평이 기겁하여 부하들을 야단쳤다.

"이 멍청한 놈들. 감히 뉘 앞이라고 이런 못난 꼴을 보이
는 게냐?"

"죄송합니다."

"용서하십시오."

백호대원들이 진땀을 흘렸다.

"쯧쯧쯧. 한심하기는."

이탄은 게슴츠레한 눈으로 백호대원들을 훑어보다가 다
시 릴리트에게 시선을 돌렸다.

"그나저나 릴리트 공주. 우리 간씨 가문과 발렌시드는
우호적인 관계였는데 말이지."

"으으으."

릴리트는 이탄의 언어를 알아들은 듯한 반응을 보였다.

이탄은 상대가 알아듣건 말건 이야기를 계속했다.

"나는 솔직히 믿어지지가 않거든. 발렌시드에서 우리 간씨 가문의 뒤통수를 치고 우리 것을 훔쳐가려 했다는 사실이 믿어지지 않아."

"으으으. 우리 것이라니요? 대체 무슨 말씀인가요?"

릴리트가 웅얼거리는 말투로 되물었다.

의외로 릴리트는 아시아의 언어에 익숙했다. 만약 그녀의 턱뼈가 반쯤 으스러지지 않았다면 발음도 정확했을 것이다.

이탄이 턱으로 릴리트의 품속을 가리켰다.

"거기 그 조각 말이야."

"흡!"

릴리트가 헛바람을 집어삼켰다.

Chapter 2

이탄이 릴리트를 향해 엄중하게 경고했다.

"그 조각은 엄연히 간씨 가문의 소유다. 유럽에서 난 것은 발렌시드에게. 아시아에서 난 것은 간씨 가문에게. 이것이 오대군벌 사이의 원칙이 아니었나?"

"으으으."

릴리트는 반박을 하지 못했다.

이탄이 한 번 더 물었다.

"내 말이 틀렸나, 릴리트 공주?"

"으으으웃."

이탄의 말은 틀리지 않았다. 릴리트는 여전히 항변을 하지 못했다.

이탄이 릴리트에게 살 구멍을 열어주었다.

"릴리트 공주. 한 마디만 묻지. 그 대답에 따라 공주 자매에 대한 처우가 달라질 거야."

"뭐, 뭔가요?"

릴리트가 부르르 떨면서 반문했다.

"버르장머리 없는 코로니 놈들이 우리 간씨 가문의 보물을 노리고 도적질을 하러 왔어. 그런데 우연히 발렌시드의 두 공주님께서 이 사실을 알게 된 거야. 발렌시드의 두 공주님은 차마 우방인 간씨 가문이 도적놈들에게 당하는 꼴을 보지 못하고 도와주려고 했던 거지. 그러다 이곳 천산산맥 지하에서 싸움이 붙었고, 격렬한 전투 끝에 나를 도와서 도적놈들을 붙잡은 거야. 어떤가? 내 말이 맞나?"

이탄의 주장은 단순했다.

표트르와 키셀로비치 = 나쁜 도적놈.

릴리트와 치아타 = 나쁜 도적놈을 막기 위해서 불가피하게 천산산맥에 들어온 아군.

이 공식이 맞으면, 릴리트와 치아타는 발렌시드로 무사히 돌아갈 수 있었다.

만약 그렇지 않고 릴리트와 치아타가 세계의 파편을 훔치기 위해 이곳에 왔다고 한다면, 그녀들은 간씨 세가로 압송되어 무거운 처벌을 받게 될 터였다.

'자, 어떻게 할 테냐? 내가 만들어준 구멍을 통해 위기에서 벗어날 테냐? 아니면 간씨 세가로 끌려가서 죽을 테냐?'

이탄의 눈은 이렇게 묻고 있었다.

이탄이 릴리트에게 빠져나갈 구멍을 열어주는 이유는 간단했다. 이탄이 표트르를 죽였으니 이제부터 간씨 세가와 코로니 군벌은 격렬한 분쟁에 돌입하게 될 것이 뻔했다. 이탄은 여기에 발렌시드라는 강적을 하나 더 얹고 싶지 않았다.

릴리트가 이탄의 의도를 파악했다.

"대지의 소서러께서 하신 말씀이 맞아요. 저희 자매는 코로니를 막으려다가 천산산맥에 발을 들이게 되었을 뿐, 다른 의도는 없었어요."

말만 이렇게 하는 것이 아니었다. 릴리트는 품에서 둥그런 알을 하나 꺼냈다.

새액, 새액, 새액.

영롱한 황금 색깔의 알은 마치 숨이라도 쉬는 것처럼 부피를 늘였다 줄였다를 반복했다. 알의 크기는 대략적으로 성인의 주먹을 2개 합친 크기였다.

수호룡 알리어스가 곧바로 반응을 보였다.

[세계의 파편이 맞습니다. 오래 전에 제가 삼켰던 파편도 바로 저런 알 모양이었습니다. 다만 제가 삼킨 파편은 주홍색이었는데, 이번 파편은 금색이군요.]

'훗.'

이탄이 릴리트로부터 세계의 파편을 넘겨받았다.

이탄에게 알을 넘겨주면서 릴리트는 무척 아쉬워했다.

하지만 지금 릴리트가 할 수 있는 일은 없었다. 이곳에서 살아나가려면 일단 이탄에게 세계의 파편을 내줄 수밖에 없었다.

이탄이 서원평에게 지시했다.

"우리를 도와준 귀빈들이시다. 백호대는 발렌시드의 귀빈들께서 상처를 회복할 수 있도록 적극적으로 도와라."

"네, 의장님."

서원평이 허리를 직각으로 숙여 대답했다.

이탄이 말을 이었다.

"또한 발렌시드의 대사에게 연락하여 앞뒤 정황을 설명하여라. 더불어서 내가 발렌시드 군벌에 무척 감사하더라는 말도 전하고."

"그리 하겠습니다, 의장님."

서원평이 이탄의 말을 높이 받들었다.

상황이 모두 종료되자 이탄이 무심하게 등을 돌렸다.

릴리트는 그런 이탄의 등을 무척 복잡한 눈빛으로 노려보았다. 두려움과 분노와 억울함과 한 가닥의 호기심이 릴리트의 눈빛 속에서 이리저리 뒤채였다.

천산산맥에서 출발한 헬기는 타클라마칸 사막을 지나 곤륜산 기슭으로 넘어왔다. 이탄은 그곳에서 전용기로 갈아탔다.

주소연이 비행장까지 나와서 이탄을 영접했다.

"가주님께 연락이 닿았나?"

이탄이 물었다.

주소연이 난처한 표정을 지었다.

"죄송합니다. 비서3실에서 계속 연락을 취하고는 있는데, 답이 없으십니다."

간씨 세가의 가주인 간성주는 몇 년 전 간철호에게 권력을 양도한 다음 가문을 떠났다. 간철호가 수차례 간성주에게 연락을 취했으나 답을 주지 않았다.

물론 간철호가 원하면 얼마든지 간성주의 행방을 찾을 수 있었다. 지금도 간성주의 주변에는 간씨 세가의 비서들이 머물고 있고, 청룡대도 있기 때문이었다.

하지만 간철호는 가급적 그런 행동을 자제했다. 부친을 자극하고 싶지 않아서였다.

"한번 뵙기는 해야겠지. 가주님의 수발을 드는 비서에게 연락하여 나를 바꿔줘라. 가주님을 긴히 뵐 일이 있다고 전해."

"네."

주소연이 부지런히 연락을 취했다.

전용기가 이륙하는 중에 통신연결이 되었다. 이탄은 상대방과 몇 마디를 주고받은 뒤, 주소연에게 턱짓을 했다.

"삿포로."

"네?"

"가주님께서 삿포로라는 곳에 머물고 계신단다. 그쪽으로 기수를 돌려."

"네. 알겠습니다."

주소연이 쪼르르 달려가 기장에게 말을 전했다. 그 사이 이탄은 지도에서 삿포로의 위치를 찾아보았다.

"거 참. 노친네가 멀리도 가셨군."

나직하게 투덜거린 뒤, 이탄은 눈에 안대를 쓰고 좌석을 길게 눕혔다.

스튜어디스들이 이탄이 방해받지 않고 휴식을 취할 수 있도록 주변에 암막커튼을 둘러주었다. 전용기 바깥은 어느새 캄캄한 밤이었다.

Chapter 3

기이이잉—.

이탄을 태운 전용기가 삿포로 공항에 착륙했다.

공항 활주로에는 검은색 리무진 3대가 대기 중이었다. 리무진의 앞쪽에는 간씨 세가를 상징하는 깃발이 꽂혀서 바람에 펄럭였다.

전용기에서 내린 이탄이 리무진 3대 중 한 대를 골라 탑승했다. 서원평과 주소연은 이탄과 같은 차량에 올라타 이탄을 보필했다. 나머지 두 대의 리무진에는 백호대원들 가운데 일부가 배치되었다.

천산산맥에서 출발할 때는 밤이었는데, 삿포로 도로를 달리는 중에 어슴푸레 여명이 터왔다. 이탄은 차량 밖으로 펼쳐진 삿포로의 풍경을 말없이 지켜보았다. 이탄의 손바닥 위에서 세계의 파편이 새액 새액 숨을 쉬었다. 평평한 평지에 뚫린 도로는 머나먼 수평선을 향해 빨려들 듯이 이어졌다.

부투투투퉁―.

삿포로의 치안을 담당하는 간씨 세가의 무력부대가 오토바이를 타고 나타나 3대의 리무진을 앞뒤로 호위했다.

도로에는 차가 별로 없었다.

40분쯤 뒤.

"여기인가?"

리무진에서 내린 이탄이 나무로 지은 건물을 올려다보았다.

검은 슈트에 주홍색 넥타이를 맨 서원평이 이탄의 뒤에 떡 버티고 서서 주변을 경계했다. 건물 입구에는 간성주의 비서들이 나와서 이탄을 영접했다.

"가주님께서 안에 계시나?"

이탄이 그중 한 명에게 물었다.

나이가 지긋해 보이는 여비서가 대답했다.

"온천욕 중이십니다."

"안내하게."

"네. 의장님."

이탄의 말에 여비서가 곧바로 안내를 시작했다.

이탄은 여비서를 따라 건물 안으로 들어갔다. 삿포로 지역의 전통 양식에 따라 지어진 건물은 아늑하고 정적이었다. 정원의 대나무 수로에서 똑똑 떨어지는 물방울이 조그만 연못에 파문을 만들었다. 아기자기한 분재와 바닥에 깔린 조약돌들이 연못과 어우러져 절묘한 조화를 이루었다.

이탄은 나무 회랑을 따라 건물 안쪽으로 발걸음을 옮겼다. 회랑 코너를 돌자 뿌연 수증기가 모락모락 피어오르는 모습이 보였다.

여비서가 수증기를 향해 손을 내밀었다.

"가주님께선 지금 노천탕에 계십니다. 먼저 가주님의 허락을 받을 것이니 여기서 잠시만 기다려주십시오."

이탄은 말없이 고개를 끄덕였다.

여비서가 수증기 속으로 들어가 뭐라고 속삭였다. 뒤이어 굵직한 남자의 음성이 들렸다. 남자의 목소리에서 언짢은 기색이 잔뜩 묻어났다.

잠시 후, 여비서가 다시 돌아와 이탄에게 고개를 숙였다.

"가주님께서 기다리고 계십니다. 말씀을 나누시지요."

"고맙네."

이탄이 성큼 발을 놀려 수증기 속으로 들어갔다.

뿌연 수증기의 장막 안에는 부글부글 거품을 일으키는 노천탕이 자리했다. 그 노천탕의 가장자리에 노인 한 명이 앉아서 반신욕 중이었다.

노인의 얼굴엔 비록 주름이 가득했으나 몸은 아직 건장했다. 노인의 덩치는 간철호보다 더 컸다. 턱 부근엔 구레나룻을 길게 기르고 있었으며, 하얀 머리카락을 산발하여 무섭다는 느낌을 주었다. 전체적으로 호랑이를 연상시키는 노인이었다. 실제로 이탄의 눈에는 노인의 등 뒤 허공에 후광처럼 호랑이의 모습이 얼비치는 것처럼 느껴졌다. 노인의 양옆에는 앳되어 보이는 미소녀 2명이 목욕 시중을 드는 중이었다.

노인이 부리부리한 눈으로 이탄을 노려보았다.

"여기까지 웬일이냐?"

"가주님을 뵙습니다. 그동안 강녕하셨습니까?"

이탄이 노인을 향해 발목을 모으고 정중하게 목례를 했다.

노인이 대뜸 비아냥거렸다.

"흥. 가주는 무슨. 간씨 세가는 이미 너의 것일진대, 네 놈이 가주겠지."

이탄을 바라보는 노인의 눈빛에는 불만이 가득했다.

노인의 이름은 간성주.

아시아의 군벌 간씨 세가의 당대 가주가 바로 그였다. 비교적 정정해 보이는 외모와 달리 간성주의 실제 나이는 102세나 되었다.

이탄은 심통이 난 듯한 간성주의 얼굴과 간철호의 기억 속에 담긴 간성주의 얼굴을 비교해가며 말문을 열었다.

"가주님……."

간성주가 이탄의 말허리를 뚝 잘랐다.

"긴말 필요 없다. 어차피 나는 권세를 잃은 뒷방 늙은이가 아니더냐? 괜히 내 여가생활을 망치지 말고, 어서 용건만 말하고 물러가라. 나는 네놈 꼴도 보기 싫구나."

간성주가 이렇게 까칠하게 구니 이탄도 더는 참을 생각이 없었다. 이탄은 긴 말 늘어놓지 않고 본론을 꺼냈다.

"가주님, 아홉 번째 세계의 파편이 나타났습니다."

"뭐, 뭣?"

간성주가 노천탕에서 벌떡 일어났다.

목욕시중을 들던 미소녀들이 한 발 옆으로 물러났다. 간성주가 첨벙첨벙 걸어와 이탄 앞에 나체로 섰다.

이탄은 간씨 가문이라면 이빨을 가는 처지였고, 간씨 세가 가주의 덜렁거리는 알몸 따위는 결코 보고 싶지 않았으나, 어쩔 수 없어서 눈길을 회피하지 않았다.

간성주가 심드렁했던 태도를 180도 바꿔서 이탄에게 캐물었다.

"너 지금 뭐라고 했느냐? 아홉 번째 세계의 파편이 나타났다고? 그게 진짜냐? 대체 어디서 발견되었는데?"

간성주가 태도를 바꿀 만큼 세계의 파편은 중요한 기물이었다.

이탄이 간성주의 질문에 솔직히 답변했다.

"천산산맥에서 발견되었습니다."

"어억? 우리 영역에서 발견되었다고?"

"그렇습니다."

"당연히 세계의 파편을 확보했을 테지? 설마 우리 영역에서 발견된 것도 지키지 못하는 멍청이는 아니겠지?"

간성주의 질문은 집요했다.

"가주님의 말씀처럼 파편 확보에 성공했습니다. 그러느라 코로니와 다툼이 좀 있었고, 당분간 불편한 관계가 이어질 것 같긴 합니다. 그래도 아홉 번째 파편은 우리 간씨 가문의 손에 들어왔습니다."

이탄이 자신에 차서 대답했다.

Chapter 4

간성주가 입꼬리를 비스듬히 비틀었다.

"흐음. 그래도 똥멍청이는 아니군. 하긴, 살모사 같은 네 놈이 멍청이일 리는 없지."

"가주님을 실망시켜 드리지 않아서 다행입니다."

이탄은 마음에도 없는 멘트를 던졌다.

간성주가 팔짱을 풀더니 이탄에게 손바닥을 척 내밀었다.

이탄이 간성주를 물끄러미 바라보았다.

"다오."

"네?"

"아홉 번째 파편 말이다. 그걸 내게 다오."

간성주는 파편의 소유권을 자신에게 넘기라고 당당하게 요구했다.

이탄은 당연히 그 요구에 응하지 않았다. 간철호에게 간성주는 부친이지만, 이탄에게는 남이었다. 게다가 이탄은 간씨 가문 사람이라면 그게 누구든 감정이 좋지 않았다. 당연히 간성주도 이탄의 눈 밖에 난 처지였다.

'그것뿐만이 아니지. 내가 간씨 세가로부터 빚을 제대로 받아내려면 이 늙은이는 방해가 될 뿐이야.'

간성주를 바라보는 이탄의 눈빛이 불손했다.

아들(?)로부터 긍정적인 답을 듣지 못하자 간성주가 버럭 화를 내었다.

"왜 대답이 없느냐? 아홉 번째 파편을 내게 넘기라니까. 어서."

"그건 안 됩니다."

"뭐?"

"가문이 발전하려면 세계의 파편을 좀 더 자세하게 조사해야 하지 않겠습니까? 하여 지금 당장 가주님께 세계의 파편을 내드리기 힘듭니다. 부디 헤아려주십시오."

이탄이 부글거리는 속내를 삼키며 최대한 정중하게 간성주를 달랬다. 그럼에도 불구하고 간성주는 막무가내였다.

"조사? 그딴 것은 내가 알아서 하면 된다. 그러니 어서 내게 넘겨라."

간성주가 강압적으로 밀어붙였다.

그런다고 순순히 꼬리를 내릴 이탄이 아니었다.

"가주님. 조사는 제가 알아서 하겠습니다. 믿고 맡겨주십시오."

이탄은 완강하게 버텼다.

마침내 간성주가 폭발했다.

"크악. 이런 천하의 불효막심한 놈. 네놈은 이미 내게서 수호룡을 빼앗아 갔잖아. 세계의 파편을 이미 하나 손에 넣었으면 되었지, 왜 자꾸 욕심을 내는데? 그렇게 혼자서 욕심을 부릴 거면 뭣 하러 나를 찾아왔어? 엉?"

"가주님이시니까요."

이탄의 답은 단순했다. 간성주를 향한 이탄의 눈빛에도 더는 공손함이 보이지 않았다.

간성주가 반문했다.

"뭣?"

"어쨌거나 가주님이시니까 가문의 홍망성쇠가 달린 중요한 일은 보고를 드릴 수밖에요. 그래서 일단은 그 목적으로 찾아온 겁니다. 또한 장차 제가 코로니와 대판 싸우게 생겼다는 점도 통보해드릴 필요가 있었고요."

이탄의 말투가 점점 더 거칠어졌다.

"크아악."

자식의 시건방진 태도에 화가 난 간성주가 등을 홱 돌렸다. 그리곤 노천탕에 풍덩 잠수했다가 저 멀리서 다시 부상하여 고개를 수면 밖으로 내밀었다.

"크흐음, 천하의 괘씸한 놈."

이탄을 노려보는 간성주의 눈이 분노로 들끓었다.

이탄은 눈 하나 깜짝하지 않았다.

결국 간성주의 울화가 한 번 더 폭발했다.

"요런 썩을 놈. 겉으로는 정중한 척하지만 결국 네놈의 본심이 다 드러나는구나? 뭐라고? 통보? 그래. 네놈 말대로 통보가 끝났지 않았느냐? 그러니 썩 물러가거라. 괜히 내 아까운 시간 빼앗지 말고 썩 꺼져버려."

"그 전에 말입니다. 가주님께 요청드릴 게 있습니다."

"뭐? 요청?"

간성주가 콧방귀를 뀌었다.

이탄이 천연덕스러운 얼굴로 말했다.

"열하고성일지라고 있지 않습니까? 그것 좀 저에게 내어주십시오."

사실 이것이 이탄의 방문 목적이었다. 간철호의 기억에서 열하고성일지에 대해서 알아낸 이탄은, 이 고서를 얻어내기 위해서 간성주를 찾은 것이다.

"뭐어어?"

간성주가 기가 막힌다는 표정을 지었다.

이탄은 계속 뻔뻔하게 밀어붙였다.

"오래 전 가문의 선조님께서 남기신 열하고성일지에 세계의 파편에 대한 언급이 있다고 들었습니다. 저에게는 지금 그 고서가 필요합니다."

"이 미친놈. 어디서 그딴 헛소리를 들었어?"

간성주가 시치미를 떼려고 들었다.

이탄에게는 통하지 않았다.

"헛소리가 아닙니다. 수호룡 알리어스가 제게 알려준 사실입니다. 가주님, 우리 간씨 세가가 아홉 번째 파편을 제대로 활용하려면 열하고성일지가 필요합니다. 가주님께서 세가의 서고에서 가져가신 그 책을 제게 돌려주십시오."

"무어라? 이놈이 미쳤구나."

"가주님."

"없다. 나는 그런 책은 들어본 적도 없으니 썩 물러가거라."

간성주가 딱 잡아떼었다.

이탄이 간성주를 묵묵히 노려보았다.

간성주가 버럭 화를 냈다.

"쌍놈의 자식. 형제들을 쳐 죽인 개백정 놈이 눈깔 희번덕거리는 꼴 좀 보라지. 네놈이 감히 이 아비를 윽박지르려는 게냐? 나는 그런 책은 들어본 적도 없으니 썩 물러가거라. 이런 천하의 불효막심한 놈."

"하면, 그 책을 서하가 가지고 있습니까? 아니죠. 서하가 아니라 스텔라라고 불러야 하나요?"

이탄이 툭 내뱉었다.

Chapter 5

"뭣이?"

간성주가 노천탕에서 벌떡 일어났다. 이탄을 노려보는 간성주의 두 눈이 푸들푸들 떨렸다.

간씨 가문의 후계자가 되는 길은 인간의 마음으로는 걸

어갈 수 없는 험로였다. 역대 간씨 세가의 가주들은 형제자매들을 죽이고 가문의 권력을 손에 넣었다.

간철호도 예외는 아니었다. 간철호는 압도적인 무력으로 후계자가 되었으므로 굳이 형제들과 경쟁할 필요는 없었지만, 그래도 뒤가 찜찜한 것은 싫다며 형제들 대부분을 제거했다. 바로 이 점이 간성주가 간철호를 미워하게 된 계기가 되었다.

그러면서도 간성주는 간철호를 극심하게 나무라지는 못했다.

그 첫 번째 이유는, 오래 전 가주의 자리에 오를 때 간성주도 간철호와 똑같은 짓을 저질러서였다.

그 두 번째 이유는, 간철호를 자극했다가 몰래 숨겨둔 핏줄마저 피해를 볼까 봐 두려워서였다.

20년쯤 전, 간성주는 늘그막에 여자 하나를 가까이했다. 그 여자가 덜컥 간성주의 아이를 배어 아홉 달의 고생 끝에 딸을 낳고 죽었다. 간철호에게 배다른 막내여동생이 태어난 셈이었다.

간성주는 늘그막에 얻은 막내딸을 멀리 미주지역으로 보냈다. 혹시라도 막내딸이 간철호의 눈에 띄어 죽음을 당할까 봐 취한 행동이었다. 당시 간성주가 얼마나 간철호를 두려워했던지 막내딸의 성마저 '간'이 아니라 '강'으로 바꿔 버렸다.

그 막내딸의 이름이 강서하.

미국 이름은 스텔라 캉.

이탄은 간성주가 간절하게 숨겨왔던 역린을 건드렸다. 이탄을 노려보는 간성주의 두 눈이 진득한 살기로 일렁거렸다.

이탄은 눈 하나 깜짝 않고 간성주의 살기를 받아내었다.

"끄으응."

마침내 간성주가 항복했다. 온천에 다시 주저앉은 간성주가 뿌드득 이빨 가는 소리와 함께 뇌까렸다.

"이이익. 우편으로 보내마."

"네?"

"네가 찾는 그 책 말이다. 우편으로 보낼 것이니 썩 물러가라. 그리고 똑똑히 기억해라. 만일 네놈이 그 아이를 건드리는 날에는, 내가 가만히 있지 않을 것이다. 만약 그 아이가 잘못되면 나는 더 이상 잃을 것이 없느니라."

간성주는 막내딸을 보호하기 위해서 필사적이었다.

이탄이 장단을 맞춰주었다.

"그 아이라니요? 대체 누구를 말씀하시는 겁니까? 저는 잘 모르겠습니다. 어쨌거나 가주님, 고맙습니다. 가주님의 결단에 힘입어 우리 간씨 세가는 더욱 더 높이 비상할 것입니다."

원하는 것을 손에 넣었으니 이탄도 더는 간성주를 자극할 필요가 없었다. 이탄은 간성주를 향해 정중하게 목례를 한 다음, 노천탕에서 물러났다.

"우아아아악."

분노한 간성주가 주먹을 휘둘렀다.

퍼퍼퍽 소리와 함께 간성주의 목욕 시중을 들던 미소녀 2명이 머리통이 깨졌다. 노천탕이 이내 시뻘겋게 물들었다.

"의장님, 나오셨습니까?"

이탄이 밖으로 나오자 가주 직속 비서들이 일렬로 서서 이탄에게 허리를 굽혔다. 간성주를 모시는 비서들도 누가 가문의 실세인지 잘 알았다. 간성주가 이미 저물어 버린 해라면, 간철호는 중천에 높이 떠오른 태양이었다.

이탄은 사람들의 배웅을 받으며 다시 리무진에 올라탔다.

"가문으로 돌아가자."

이탄이 리무진 뒷자리에서 눈을 감고 말했다.

"네."

서원평이 턱짓을 하자 기사가 차를 출발시켰다.

값비싼 차답게 출발하는 소리도 들리지 않았다. 오토바이들의 호위를 받아 간씨 세가의 리무진 세 대가 삿포로의 도로 위를 미끄러지듯 달렸다.

전용기를 타고 돌아오는 길에 이탄은 세계의 파편을 손에 들고 만지작거렸다. 음차원의 기운이 넘실넘실 뻗어 알의 표면을 쓰다듬었다.

그 기운이 섬뜩했는지 세계의 파편이 바르르 떨었다. 황금색 빛깔도 진해졌다 흐려졌다를 반복했다.

파편의 반응이 재미있어 이탄은 큭큭거리며 웃었다. 그러다 전용기 밖 풍경을 내다보며 머릿속을 가다듬었다.

'간씨 세가를 내 것으로 만들어가는 재미도 쏠쏠하다마는, 내 본체는 어디까지나 언노운 월드에 머물지 이곳에 있지 않아. 분혼에 집중하는 것은 이제 멈추고 다시 언노운 월드에 신경을 써야 해.'

이탄은 일의 우선순위를 잊지 않았다. 푹신한 의자에 몸을 파묻은 채 이탄의 의식은 점점 흐려져 갔다.

기이이잉—

간씨 세가의 전용기가 고도를 살짝 높였다. 상공을 가로지르는 전용기 아래로 양털 같은 구름들이 흘러갔다.

봄날의 햇살은 평화롭고, 또 따사로웠다.

제4화

퀘스트2: 부엉이 작전

Chapter 1

다시 언노운 월드.

쿠퍼 가문으로 복귀한 뒤, 이탄은 정원 한구석에 텃밭을 만들어 가꾸기 시작했다.

대부호인 쿠퍼 공이 농사일을 한다는 것이 참으로 뜬금없었으나, 이탄을 말리는 사람은 없었다. 집사장 세실도 묵묵히 이탄의 행동을 지켜보았다.

이탄은 손수 쟁기질을 하여 땅을 일구고 묘목을 심었다. 갓 이파리가 돋은 벚나무 묘목들이었다. 키는 이제 고작 50센티미터 정도였다.

이탄은 조그만 묘목에 물도 주고 거름도 먹였다. 잡초

도 직접 뽑았다. 허름한 밀짚모자를 눌러쓰고 정원에서 잡일을 하는 이탄의 모습은 누가 봐도 쿠퍼 공이 아니라 정원사, 혹은 농부처럼 보였다.

5월이 지나 6월로 접어들자 태양이 더욱 높이 떴다. 바짝 마른 흙에 물을 뿌리면서 이탄은 부지런히 텃밭을 돌아다녔다.

그렇게 이탄이 열심히 돌본 보람도 없이 벚나무 묘목들은 날이 갈수록 바짝바짝 말라 갔다. 가을도 되지 않았는데 묘목의 이파리는 갈색으로 변색되었다. 나뭇가지는 생기를 잃고 아래로 축축 쳐졌다.

하녀들이 그 모습을 안타까워했다.

"이런. 가주님께서 농사에 영 소질이 없으신가 봐."

"그러게 말이야. 무척 열심히 가꾸셨는데, 크게 실망하실 것 같아."

"이 일을 어쩜 좋아? 우리가 몰래 도와드릴 수도 없고."

하녀들이 쑥덕거리는 소리가 세실의 귀에도 들렸다.

하지만 세실은 아무 소리 하지 않았다.

'아무런 생각도 없이 농사를 짓는 것은 아니겠지? 49호 님의 행동에는 피사노교와 관련된 뭔가가 있을 게야.'

이것이 세실의 판단이었다.

은화 반 닢 기사단의 원로기사들도 세실과 생각이 같았

다. 그래서 다들 군소리 없이 이탄의 기행을 지켜만 보았다.

오해였다. 이탄이 벚나무를 키우는 이유는 피사노교 때문이 아니라 심심해서였다.

요새 이탄은 심심했다. 그는 요즘에도 아나테마의 저주 마법을 꾸준히 연마하였으나, 이는 오로지 머릿속으로 훈련할 수밖에 없었다. 모레툼의 가호 연마도 이제 끝에 도달하여 직접 몸으로 익힐 것은 남아있지 않았다.

몇 가지 개인 수련은 밤에 해도 충분했다. 듀라한인 이탄은 밤잠을 자지 않았다. 그렇게 밤 시간을 활용하다 보니 낮 시간이 남아돌았다.

"뭘 해야 소일거리가 될까?"

이탄은 그럴듯한 것을 찾았다. 그러다 우연히 나무를 키워볼 생각을 하게 되었다. 책을 찾아보니 벚나무가 비교적 쉽게 키울 수 있다고 하였다. 이탄은 당장 묘목을 구해서 농사일에 발 벗고 나섰다.

물론 벚나무를 키우는 동안에도 이탄의 머릿속에는 다른 생각만 가득했다. 이탄은 오로지 강해지는 일 이외에는 관심이 없었다.

벚나무가 말라 죽는 이유는 어쩌면 이 때문일지도 몰랐다. 이탄의 마음이 다른 곳에 쏠려 있으니 나무가 비실비실할 수밖에.

비록 벚나무 농사는 망쳤지만, 대신 이탄 본인은 나날이 강해졌다. 농사를 짓는 지난 한 달 동안 이탄의 몸속에서는 몇 가지 획기적인 변화가 일어났다.

첫 번째 변화.

이탄의 사중첩 마력순환로가 사중첩 (진)마력순환로로 탈바꿈하면서 음차원의 마나는 거의 아홉 배는 더 빨리 증폭되었다.

복리로 척척 불어나는 마나를 보면서 이탄은 겁이 덜컥 날 정도였다.

'사중첩만으로 부족해지면 어떻게 하지? 더 이상은 몸에 마력순환로를 그려 넣을 자리가 없는데. 허어어.'

이탄은 얼핏 이런 걱정을 했다.

물론 과거처럼 심각한 고민은 아니었다. 과거에 이탄은 음차원의 마나가 마력순환로를 범람하여 겉으로 새어나올까 봐 두려워했다.

지금은 그런 걱정은 없었다. 붉은 금속, 즉 적양갑주를 믿기 때문이었다.

대신 이탄은 새로운 걱정을 했다.

'음차원의 마나가 계속 불어나다 보면 결국 사중첩만으로는 부족해질 테고, 어느 순간부터 만땅 차버리면 복리가 붙지 않을 것 아냐. 아까워서 어째. 쯧쯧쯧.'

이것이 이탄의 고민이었다. 사중첩의 (진)마력순환로가 가득 차서 더 이상 복리증식이 되지 않는다면, 그 상실감을 어찌 견뎌야 할지 이탄은 걱정되었다.

모레툼의 정신이 머릿속에 꽉 박혀 있는 이탄이었다. 당연히 그는 눈곱만큼의 손해도 용납할 수 없었다.

마력순환로의 업그레이드가 지난 한 달간 이탄이 겪은 첫 번째 변화라면, 두 번째 변화는 만자비문 때문에 일어났다.

이탄이 피사노교의 바이블에서 얻어낸 만자비문, 즉 읽을 수 없는 꽈배기 문자는 지난 한 달간 이탄의 뱃속에 단단히 뭉쳐 있는 음차원을 슬금슬금 자극했다. 그러다 급기야 그 음차원으로 통하는 통로를 하나 빼꼼 뚫어내었다.

꽈꽈꽈꽈꽈—

사중첩의 (진)마력순환로에서 복리 증식된 음차원의 에너지가 꽈배기 문자를 타고 이탄의 아랫배 속 음차원으로 직접 흘러들어 갔다.

마치 둑에 가득 찬 물이 바다로 흘러 들어가면서 둑의 수위가 다시 낮아지듯이, 이탄의 몸속에서도 이와 비슷한 현상이 발생했다.

꽉 차올랐던 수위가 다시 낮아지자 사중첩의 (진)마력순환로가 다시 활발하게 마나를 순환시켜 복리로 불려 나갔다. 덕분에 이탄의 우려도 해소되었다.

대신 다른 부작용이 발생했다. 이탄이 집어삼킨 음차원이 조금씩, 아주 조금씩 크기가 커져 갔다.

이탄이 벚나무에 농약을 주다 말고 아랫배를 쓰다듬었다.

"이러다 배가 더 나오겠네. 젠장."

이탄이 난감한 듯 혀를 찼다.

지금 이탄의 체형은 실로 독특했다. 살짝 마른 듯하면서도 잔근육으로 꽉 찬 것이 바로 이탄의 체형이었다.

그런데 유독 배만 볼록 튀어나왔다.

"어휴우."

이탄은 딱딱하게 뭉친 아랫배를 쓰다듬다가 결국 한숨을 내뱉었다.

그때 이탄의 오른쪽 눈이 강제로 열리면서 망막에 글자가 맺혔다.

∞ [피사노 싸마니야] 검은 드래곤의 아들아.

이탄이 깜짝 놀랐다. 소리샤, 코투, 술라드, 밍니야 등등의 이름은 그동안 네트워크 상에서 많이 봐왔다.

하지만 싸마니야는 처음이었다.

Chapter 2

피사노 싸마니야라는 이름을 보자 이탄의 가슴이 철렁했다. 이탄은 자신도 모르게 '허걱. 뭐야?'라고 속으로 중얼거렸다.

　　∞ [쿠퍼] 허걱. 뭐야?

이탄의 생각이 네트워크에 그대로 찍혔다.

　　∞ [피사노 싸마니야] ....

네트워크 대화 분위기가 갑자기 싸늘하게 가라앉았다. 이탄이 황급히 정신을 수습했다.

　　∞ [쿠퍼] 송구합니다. 제가 경황이 없어서 그만 헛생각을 했습니다.
　　∞ [피사노 싸마니야] 이해한다.
　　∞ [쿠퍼] 너그러이 이해해주셔서 감사합니다.

의식이 곧 신체를 지배한다는 말이 있다. 이탄은 '너그러이 이해해주셔서 감사합니다.'라고 생각하면서 자신도 모르게 빈 허공에다 대고 허리를 꾸벅 숙였다.

피사노 싸마니야가 네트워크에 다시 글을 남겼다.

⊗ [피사노 싸마니야] 검은 드래곤의 아들아. 아비는 네가 쿠퍼 가문의 신임 가주이자, 아울 검탑 99검의 사위이자, 모레툼 산하 비밀조직의 일원이 된 것을 거듭 치하하는 바이다. 너의 공이 크다.

⊗ [쿠퍼] 그것은 제 공이 아닙니다. 아버님 덕분입니다.

⊗ [피사노 싸마니야] 뭐어? 허허허.

피사노 싸마니야가 기분 좋게 웃었다.

사실 이탄은 모레툼의 신관 생활을 하면서 몸에 밴 습관대로 대화했을 뿐이었다.

모레툼 교단의 신관이 무엇이던가? 이런 저런 수식어를 빼고, 한 마디로 명쾌하게 정의하자면 고리대금업자다.

하면 고리대금업자가 갖춰야 할 세 가지 덕목이 무엇이던가?

첫째, 이익에 대한 강렬한 집착.

둘째, 연체자를 벌벌 떨게 만드는 과감한 폭력성.

셋째, 세상 누구라도 꼬드겨서 빚을 지게 만들 수 있는 사탕발림.

6년 전 이탄이 언노운 월드에 처음 정착했을 때 이탄의 영혼은 비교적 깨끗한 백지와 같았다.

그 백지 상태의 이탄이 처음 택한 직업이 바로 모레툼의 신관이었다. 적응력이 강한 이탄은 얼마 지나지 않아 모레툼의 신관에 최적화가 되었다. 이탄은 손해라면 질색하고 이익에 민감해졌다. 이탄은 연체자를 사람으로 대하지 않고 통나무처럼 취급했다. 이탄은 혀에 사탕발림 기술을 장착했다.

이 가운데 세 번째, 즉 사탕발림 기술이 자동으로 튀어나왔다.

자고로 칭찬은 고래도 춤추게 만든다고 했다. 네트워크 저편에서 피사노 싸마니야의 입꼬리가 움찔움찔 움직이는 모습이 이탄의 초감각에 느껴졌다.

'아싸!'

이탄이 쾌재를 불렀다.

⊗ [쿠퍼] 아싸!

그 생각이 곧장 네트워크에 때려 박힌다는 것이 함정이었지만 말이다. 이탄이 식은땀을 삐질삐질 흘려야 했다.

♾ [피사노 싸마니야] 지금 뭐라고 했느냐?

♾ [쿠퍼] 아무것도 아닙니다. 소자, 비록 검은 드래곤의 피를 받고 태어났으나 피사노교의 영광을 위하여 양떼 사이에 침투하느라 평생 아버님의 얼굴 한 번 뵙지 못하고 천애고아처럼 자랐사온데, 아버님께서 이리 기뻐하시는 모습을 뵈오니 너무도 가슴이 벅차서 그만 헛말이 튀어나왔습니다. 소자의 무례함을 용서하십시오.

이탄은 매끄러운 혀를 놀려서 어찌어찌 사태를 수습했다. 그 후로 이탄과 피사노 싸마니야 사이의 대화는 그럭저럭 흘러갔다. 이탄은 최대한 정신을 집중하여 다시는 허튼 생각을 품지 않도록 조심했다.

♾ [피사노 싸마니야] 오로지 피사노의 이름으로 다시 전하마.

이 말을 끝으로 피사노 싸마니야는 네트워크 대화를 종

료했다. 네트워크의 등급이 높은 피사노 싸마니야는 언제든지 이탄에게 대화를 걸고 또 대화를 종료할 수 있지만, 이탄은 선택의 여지가 없었다.

"어쨌거나 그게 중요한 것은 아니지."

대화를 마친 이탄이 손바닥을 슥슥 비볐다.

"마침내 일이 시작되었다는 게 중요하지."

이탄의 눈이 호기심으로 반짝거렸다. 천산산맥에서 화끈한 전투를 경험한 이래, 이탄은 싸움에 목이 말랐다. 음차원의 기운이 강해질수록 이러한 욕구도 더 강해졌다. 이탄이 되도 않는 벚나무 농사를 지은 것도, 치밀어 오르는 욕구를 억누르기 위한 하나의 방편이었다.

그런데 이제는 억지로 벚나무를 키울 필요가 없었다. 피사노교에서 이탄에게 임무를 하달했으니까 말이다.

"그것도 아주 군침이 도는 임무란 말이지."

피사노의 법보 회수.

이것이 이탄에게 주어진 임무였다.

"잘은 모르겠지만, 피사노교의 법보라면 분명 보통 물건은 아닐 거야. 하하하."

이탄이 말라비틀어진 벚나무 앞에서 하얀 이를 드러내었다. 농사를 짓고 생명을 키워내는 일에는 젬병인 이탄이지만, 멀쩡한 생명을 바스러뜨리고 피 튀기는 쟁투를 벌이는 일에는 천부적인 재능을 가진 이탄이었다. 바람 한 점 불지 않았건만 이탄 앞의 여린 나뭇가지가 바르르 흔들렸다.

Chapter 3

이탄이 휘갈겨 쓴 암호가 세실에게 전달되었다. 암호의 내용은 다음과 같았다.

피리사강노세교민의붜 법니보뭉 회람수니 임사무토 하민달공

세실은 이 암호문 가운데 홀수 번째 글자만 모아 그 뜻을 은화 반 닢 기사단에 전했다.

어르신들, 즉 조직의 원로기사들이 한 자리에 모였다.

"피사노교의 법보 회수라니? 그 추악한 물건이 어디에 숨겨져 있기에 회수하라는 게요?"

11호가 5호에게 물었다.

5호가 고개를 가로저었다.

"49호도 아직 거기까지는 모른다고 했소. 어쨌거나 우리 백 진영에 그 법보라는 것이 있으니까 마교 놈들이 회수

명령을 내렸지 않겠소? 조금 더 기다려보면 49호가 놈들의 법보 위치를 알아낼 게요."

가만히 듣고 있던 12호가 대화에 끼어들었다.

"그렇다면 이건 좋은 기회가 아닙니까? 이참에 49호를 시켜서 마교 놈들의 법보 회수를 방해하시죠."

5호가 12호의 의견을 거부했다.

"그러면 49호가 적들의 의심을 받을 게요. 거의 기적적으로 마교 놈들 틈 사이에 49호를 심어놓았지 않소? 한데 그 귀한 자원을 이렇게 소모하면 되겠소?"

"아니, 그렇다고 마교 놈들의 손에 법보가 들어가도록 내버려 둘 수는 없잖습니까? 제 말이 틀렸습니까?"

12호가 다른 원로기사들의 동의를 구했다.

5호는 잠시 고민에 잠겼다.

"으으음. 그건 좀 생각해 봅시다. 일단 교황 성하께 이번 일을 보고하겠소. 성하께서 뻐꾸기 작전에 관심이 많으시니까 말이오."

은화 반 닢 기사단에서는 49호(이탄)를 피사노교에 침투시킨 일을 일명 '뻐꾸기 작전'이라고 명명했다. 어둠의 접근이 공식 퀘스트명이었지만, 총단에서는 그보다는 뻐꾸기 작전이라는 용어를 더 선호했다.

"오늘은 일단 이 정도 선에서 회의를 마무리합시다."

5호가 자리에서 먼저 일어났다.

다른 원로기사들도 회의를 마무리 지었다.

요 며칠 사이에 세실은 정신없이 바빴다.

이탄은 수시로 암호를 적어 세실에게 건네주었다.

그러면 세실은 그 암호를 해석하여 은화 반 닢 기사단에 올렸다. 은화 반 닢 기사단에선 내부회의를 통해 어떠한 결정을 내린 뒤, 다시 세실을 통해 이탄에게 지시사항을 알렸다.

이탄은 어떤 지시는 받아들였다. 하지만 일부 지시는 거부했다. 피사노교의 의심을 살 위험이 크다는 것이 거부의 이유였다.

은화 반 닢 기사단의 어르신들 가운데 일부는 "49호가 고분고분하지 않아 성기사다운 면이 부족하다."고 언짢아 했다.

그렇다고 이탄의 의견을 아주 묵살하지는 못했다. 혹시라도 자신들이 고집을 부리다가 뻐꾸기 작전이 망가질까 우려해서였다. 어쨌거나 이탄과 어르신들 사이의 의견이 어긋날 때면 세실이 진땀이 나도록 뛰어다녀야 했다. 그녀의 헌신적인 뒷받침 덕분에 작전 계획은 꾸역꾸역 굴러갔다.

오늘 이탄은 또 하나의 암호를 세실에게 쥐여주었다.

　법랑보김 위상치태 대민략정 파자악상 아무울
통 검시탑통 권딩역락 추조정차

세실이 홀수 번째 글자만 따서 은화 반 닢 기사단에 전달
했다.

'법보 위치 대략 파악, 아울 검탑 권역 추정'이라는 문구
가 어르신들, 즉 원로기사들의 손에 쥐여졌다.

원로기사들이 무릎을 쳤다.

"오호라. 드디어 법보의 위치가 파악되었구려."

"한데 아울 검탑의 권역이라니? 어찌 그곳에 마교의 법
보가 숨겨져 있었더란 말이오?"

"그야 뻔하지요. 역사적으로 아울 검탑은 마교와 가장
치열하게 싸웠던 곳 가운데 하나가 아닙니까? 아마도 검탑
이 마교 놈들에게 승리했을 때 전리품으로 얻은 물건 가운
데 하나인 모양입니다."

"어허어, 그럴듯한 의견이시오."

"허허허허허."

원로기사들은 이런저런 추측을 하며 이탄이 보내온 정보
에 관심을 기울였다. 5호가 상황을 정리했다.

"여하튼 49호를 아울 검탑에 파견 보내야겠소. 마교 놈들의 의심을 받지 않으려면 일단 49호가 놈들의 명을 따르는 척이라도 해야지."

"마침 아울 검탑에는 49호의 부인이 있지 않습니까?"

"오오옷, 그렇지. 49호가 아울 검탑의 사위였지."

"허허허. 이거 조짐이 좋소이다. 일이 풀리려니 이렇게도 쉽게 풀리는구려. 외부에 배타적인 아울 검탑에 49호를 어떻게 들여보내나 걱정했는데, 부인 핑계를 대보면 딱이겠소이다. 어허허허."

5호와 10호의 대화를 가만히 경청하던 7호가 불쑥 말을 보탰다.

"그것만으로는 부족할 게요. 마침 내가 아울 검탑에 아는 친우들이 좀 있소이다. 오랜 옛날 흑 진영과 싸우다가 사귀게 된 친우들인데, 그들이 좀 도움이 될까 싶소."

"어허허. 역시 7호는 발이 넓으시구려."

"허허허허. 소싯적에 작전을 많이 다니다 보니 나도 모르는 사이에 마당발이 되었소이다. 허허허."

원로기사들의 회의는 화기애애하게 종료되었다. 회의석상에서 논의된 것들이 세실을 통해 이탄에게 전달되었다.

최근 아울 검탑은 재정 운용을 위탁할 신규 거래처를 모집 중이다. 아울 검탑의 재산을 넉넉하게 불려줄 상단을 찾는 모양인데, 이 사업에 쿠퍼 가문이 참가하려 한다. 마침 쿠퍼 가문의 안주인이 아울 검탑의 제자가 되었으니 사업을 낙찰받는 데 도움이 될 것이다.

이상이 작전 시나리오였다.

새 작전명은 일단 '부엉이'라고 붙여졌다. 아울 검탑과 관련된 일이어서 붙여진 이름이었다.

은화 반 닢 기사단에서는 부엉이 시나리오에 적당히 살을 보태서 이탄에게 전달하였다. 또한 이탄 외에도 여러 명의 작전 요원들을 투입할 계획을 세웠다. 물론 어디까지나 이 작전의 핵심은 이탄, 즉 쿠퍼 공이었지만 말이다.

원로기사들로부터 작전 시나리오를 받아든 이탄은 전체적인 내용을 머릿속에 숙지한 다음, 시나리오가 적힌 종이를 벽난로에 던져 태워버렸다.

"프레야와는 가급적 얽히고 싶지 않았는데, 이렇게 또 인연이 이어지는구나."

이탄이 떨떠름하게 뇌까렸다. 부인인 프레야를 떠올리는 것만으로도 이탄은 기분이 찜찜했다.

한편 피사노교에서도 이탄에게 작전 시나리오를 보냈다.

∞ [피사노 싸마니야] 검은 드래곤의 아들아, 너의 형제들을 보낼 터이니 너는 그들을 검탑에 인도하여라. 그러면 나머지는 그들이 알아서 할 것이로다. 오로지 피사노의 이름으로 다시 전하마.

피사노 싸마니야는 네트워크를 통해 딱 이 말만 전달했다.

Chapter 4

이탄이 혀를 찼다.

"쩌업. 피사노교의 시나리오는 간단해서 좋네. 싸마니야의 자식들이 나타나면 그들을 아울 검탑에 데려가기만 하면 된단 말이지?"

은화 반 닢 기사단이 이탄과 이런저런 의논을 하는 것과 달리, 피사노교에서는 이탄에게 간단한 명령만 내릴 뿐 상세한 정보는 오픈하지 않았다. 심지어 어떤 사도들이 이탄을 찾아올 것인지도 비밀에 부쳤다.

"나에 대한 믿음이 별로 없기 때문인가? 아니면 이게 피사노교의 작전 스타일인가?"

어느 쪽이건 상관없었다. 어차피 이탄은 외통수에 걸린 처지였다. 만약 이탄이 피사노교를 도와서 법보 회수에 도움을 준다면 이탄은 피사노교의 신임을 얻을 수 있겠지만 은화 반 닢 기사단에서 배신자로 낙인찍혀서 척살령이 떨어질 것이고, 거꾸로 이탄이 은화 반 닢 기사단을 도와서 피사노교의 사도들을 체포하는 데 도움을 준다면 은화 반 닢 기사단에서는 이탄의 공을 추켜세우겠지만 피사노교에서 이탄을 죽이려고 들 것이 뻔했다. 이탄은 백의 편을 들수도 없고, 그렇다고 흑의 편에 설 수도 없는 처지였다.

"망할. 그렇다면 방법은 하나잖아. 양쪽 모두 뒤통수를 까버리는 수밖에."

이탄이 으스스하게 중얼거렸다.

"양쪽 모두에게 피해를 입혀서 내 정체성을 모호하게 가져가는 것이 살 길이야. 다른 수는 없어."

아무리 생각해도 이것이 유일한 해법이었다. 이탄은 흑 진영에도 치우치지 않고, 백 진영에도 쏠리지 않는 아슬아슬한 줄타기를 해볼 요량이었다.

만약 이탄이 피사노교의 사도들을 체포하는 데 공을 세운다면 은화 반 닢 기사단에서는 이탄을 계속 신뢰할 수밖에 없었다. 설령 피사노교의 법보를 빼앗기는 한이 있더라도 어쨌거나 이탄은 공을 충분히 세운 셈이었다.

피사노교의 입장에서 보아도 마찬가지였다. 만약 피사노교가 이탄의 도움을 받아 법보 회수에 성공한다면, 어쨌거나 이탄을 배교자로 몰아세우기는 힘들었다. 비록 그 와중에 사도 몇 명을 잃는다고 해도 이건 작전 수행 중에 다반사로 벌어지는 일이라 이탄에게 벌이 내려올 가능성은 적었다.

"되든 안 되든 양 진영 사이에서 줄을 타봐야지. 빌어먹을. 어쩌다 내 신세가 이 모양 이 꼴이 되었나. 하아아."

이탄이 잠시 신세 한탄을 했다.

하지만 푸념만 들어놓는 것은 이탄의 성미에 맞지 않았다. 이탄은 잡념을 털어버리고 행동에 나섰다.

이탄은 우선 팔뚝에 거무튀튀한 팔찌를 찼다. 피사노교에서 '링'이라 부르는 물건이었다. 이어서 이탄은 읽을 수 없는 바이블을 품에 넣었다.

흑 진영이 반길 만한 물건 2개를 먼저 갈무리한 다음, 이탄은 백 진영의 물건들도 차례로 챙겼다.

우선 이탄은 전임 49호의 검을 허리에 꽂았다. 비록 이탄이 검을 사용하지는 않지만, 이는 49호의 상징이니 챙길 수밖에 없었다. 이어서 이탄은 은화 반쪽을 주머니에 넣었다. 이것은 은화 반 닢 기사단의 징표였다. 기사단의 또 다른 징표인 새하얀 무복과 하얀 토시, 하얀 각반은 곱게 개어 배낭에 차곡차곡 넣었다. 무복 어깨 부위에 수놓인 49

라는 수자가 유독 이탄의 눈에 밟혔다.

마지막으로 이탄은 쿠퍼 가문을 상징하는 사파이어 반지 3개를 손가락에 끼었다.

이제 출전 준비는 완료되었다.

"만일의 경우 내 정체성을 추궁받았을 때 링과 바이블은 내가 피사노교도임을 증명해줄 거야. 마찬가지로 은화 반쪽과 무복은 내가 모레툼 교단의 성기사임을 입증해줄 테지. 마지막으로 이 사파이어 반지들은 내가 쿠퍼 가문의 가주임을 드러낼 거다."

이 풍부한 신분이 이탄에게는 장점인 동시에 약점이었다. 이탄은 흑이면서 백이고, 동시에 상인이었다.

이 말은, 다시 해석하면 이탄은 흑도 아니고, 백도 아니며, 상인도 아니라는 의미와도 같았다. 이탄은 세상 그 어느 곳에도 속하지 못하는 아웃사이더이자 이방인이었다.

심지어 이탄은 '사람'도 아니었다. 사람인 척 위장하고 살아갈 뿐, 사실 이탄은 듀라한이었다.

이탄이 원하든 원치 않든, 고약한 운명의 여신은 이탄을 자꾸 외곽으로 몰았다. 자꾸 궁지로 몰았다. 자꾸 외통수로 몰았다. 자꾸 외줄로 몰았다.

이탄은 이 외줄을 끊어버리고 싶었다. 외통수로 몰린 판을 뒤집어엎고 싶었다. 궁지를 박차고 나가 역전시키고 싶었다. 아웃사이더, 즉 외곽에서 벗어나 어떻게든 중앙으로 파고들기를 희망했다.

하지만 아직까지는 그 희망을 이룰 방법이 보이지 않았다.

"큭큭큭. 크크크크큭."

이탄의 목구멍에서 관조적인 웃음이 새어 나왔다.

부엉이 작전이 시작되자 은화 반 닢 기사단에서는 이탄 주변에 포진해 있던 성기사 요원들을 모두 후퇴시켰다. 조직의 389호인 세실만 이탄의 곁에 남아서 보조를 해주었다.

6월 20일.

피사노 싸마니야가 보낸 사도들이 쿠퍼 가문을 방문했다. 그들은 쿠퍼 가문의 호위무사들을 해치운 다음, 호위무사의 모습으로 위장하여 이탄에게 접근했다.

교리사도 밍니야.

포교사도 싸쿤.

포교사도 푸엉.

이상 3명이 유령처럼 이탄의 곁에 스며들었다. 이탄은 밍니야에게 심어놓은 분혼을 통해 이 사실을 미리 알았다.

이탄은 밍니야와 대화를 주고받을 때 가급적 네트워크를

사용하지 않았다. 네트워크를 통해 주고받은 말들이 피사노 싸마니야에게 모두 노출되기 때문이었다. 그래도 분혼이 있어 밍니야와 의사소통을 하는 데는 전혀 지장이 없었다.

모두가 잠이 든 밤, 3명의 사도가 이탄의 침실에 침투했다. 이탄은 침대에 앉아 사도들을 맞았다.

황동색 갑옷을 입고 허리에 검을 착용한 금발 사내가 이탄을 내려다보았다.

"네가 쿠퍼인가?"

남자답게 잘생긴 금발 사내의 이름은 싸쿤이라고 했다.

물론 싸쿤의 본래 모습은 이렇지 않았다. 단지 지금은 쿠퍼 가문의 호위무사를 죽이고 그 모습으로 변신하였기에 금발머리의 기사처럼 보일 뿐, 본래 싸쿤은 두꺼비를 연상시키는 외모에 눈빛이 음침했다.

Chapter 5

이탄은 왼쪽 눈의 정보창을 통해서 싸쿤의 정보를 읽었다.

— 종족: 필드 일족 (주술사 계열로 추정)

— 주무기: 독단검

— 특성 스킬: 베놈 포그(Venom Fog : 독안개),
신속, 악마종 소환

— 성향: 흑

— 레벨: A—

— 주 출몰지역: 언노운 월드 평야

'이 녀석은 독을 주로 쓰는군. 레벨은 밍니야와 같아. 그런데 밍니야는 법사인데 이자는 주술사네?'

이어서 이탄은 시선을 옆으로 돌렸다.

싸쿤 옆의 사내도 복장은 비슷했다. 황동색 갑옷을 입고 허리에 프레일(Frail: 쇠도리깨)을 꽂은 거구의 기사가 바로 피사노교의 포교사도인 푸엉이었다.

쿠퍼 가문 침투를 위해 외모를 완전히 바꾼 싸쿤과 달리, 푸엉은 원래부터 덩치가 산처럼 컸고, 프레일을 주로 사용했다. 따라서 푸엉의 경우는 얼굴을 조금 바꾸고 체형을 조금 줄이기만 했을 뿐 본래 모습과 거의 같았다.

이탄은 푸엉의 정보도 왼쪽 눈으로 읽었다.

— 종족: 필드 일족 (무사 계열로 추정)

— 주무기: 프레일

— 특성 스킬: 풍차돌파, 스턴(Stun : 기절), 배리어(Barrier : 방벽)

— 성향: 흑

— 레벨: A—

— 주 출몰지역: 언노운 월드 평야

— 출몰빈도: 희박

'무사라고? 거 참 피사노교에서 골고루 내보냈구나. 법사 하나, 주술사 하나, 무사 하나. 레벨은 모두 A—급.'

이탄은 푸엉에 대한 정보도 머릿속에 기억해 두었다.

마지막으로 이탄의 눈길이 밍니야에게 향했다. 밍니야는 여기사 한 명을 해치운 다음, 그녀로 위장하여 쿠퍼 가문에 스며들었다.

이탄과 시선이 마주쳤을 때 밍니야가 미세하게 눈짓을 보냈다. 이탄도 살짝 미소를 보내 호응해 주었다.

싸쿤이 다시 한 번 이탄을 다그쳤다.

"이봐. 왜 대답이 없지? 네가 쿠퍼냐고 물었다."

싸쿤의 음성에 날이 섰다.

밍니야가 싸쿤을 저지했다.

"싸쿤. 막내의 멘토는 네가 아니라 나야. 함부로 윽박지르지 마."

"하지만 누님, 이 건방진 자식이 우리가 왔는데도 자리에서 일어나지도 않고 시건방지게 앉아서 우리를……."

"닥쳐. 막내는 피사노의 영광을 위해 태어나자마자 백진영으로 보내졌다. 그곳에서 위대한 드래곤의 피도 일깨우지 못한 채 양으로 키워졌어. 오로지 피사노의 영광을 위해서. 싸마니야 님의 안배에 따라서. 그런 막내를 네가 윽박지른다는 것이 가당키나 하냐?"

밍니야가 입에서 불을 뿜듯 외쳤다.

"윽."

싸쿤이 입술을 꾹 다물었다.

밍니야가 손가락으로 싸쿤과 푸엉을 꼭꼭 찍었다.

"싸쿤. 푸엉. 너희들 똑똑히 들어. 막내를 건드리는 것은 싸마니야 님의 안배를 망치겠다는 뜻으로 해석할 수밖에 없다. 만약 내 눈에 그런 모습이 보인다면, 나는 그 즉시 싸마니야 님께 아뢸 것이다. 막내를 다시 교로 불러들이고, 그를 대신하여 너희들을 백 진영에 침투시켜달라고 고할 것이란 말이다. 이게 무슨 뜻인지 알겠느냐? 너희들의 혈관 속에 아로새겨진 검은 드래곤의 권능을 회수한 다음, 너희들의 몸에 백 진영의 쓰레기 같은 신성력을 강제로 주입하겠다는 뜻이다."

"크으윽."

"그건!"

싸쿤과 푸엉이 동시에 질겁했다.

밍니야가 빠르게 윽박질렀다.

"끔찍하지? 상상하기조차 싫지? 검은 드래곤의 피를 빼앗기고 양처럼 살아가는 것이 너무나 굴욕적이고 비참하지? 지금 막내는 그 치욕을 견디는 거다. 태어나서부터 지금까지 쭈욱. 단 한 번도 교에 와보지도 못하고 오롯하게 그 치욕을 견뎌내는 것이란 말이다. 오로지 피사노의 영광을 위해서. 싸마니야 님의 안배에 복종해서."

"으으음. 누님의 말뜻을 이해했소. 쿠퍼, 미안하다."

싸쿤이 남자답게 이탄에게 사과했다.

푸엉도 그제야 이탄의 처지를 이해하고 이탄을 불쌍히 여겼다.

"나도 미안해. 막내의 비참한 심정을 미처 헤아리지 못했어."

이탄은 그들의 사과를 순순히 받아주었다.

"형님들, 괜찮습니다. 그나저나 어서 확인 의식부터 치르시죠."

이탄이 침대에서 일어나 오른쪽 소매를 걷었다. 그의 팔뚝에 착용된 링, 즉 검은 팔찌가 눈에 띄었다.

"그래. 확인 의식이 우선이지."

밍니야가 손가락을 뻗어 이탄의 링을 건드렸다.

찌—이—잉!

링이 밍니야의 피와 반응하여 공명했다.

이어서 싸쿤과 푸엉이 손가락으로 이탄의 링과 접촉했다. 그때마다 이탄의 링이 울음을 토했다.

싸쿤이 고개를 주억거렸다.

"누님. 막내의 몸에서 흐르는 신성력이 정말 거북하네요. 저 신성력을 가까이하는 것만으로도 구역질이 나고 피가 들끓습니다. 잠깐 접촉했을 뿐인데도 이렇게 꼴 보기 싫은데, 막내는 지금까지 이런 치욕을 견뎌내었던 아닙니까? 정말 막내가 대견합니다."

푸엉도 싸쿤의 말에 동의했다.

"정말 그렇습니다. 막내는 이 와중에도 링을 벗어던지지 않고 피사노를 섬기는 것 아닙니까? 백 진영의 신성력과 교의 링이 서로 반발하여 고통스러울 텐데도 말입니다. 저는 막내의 마음씀씀이가 갸륵합니다."

둘의 칭찬에 밍니야가 희미하게 웃었다.

"그렇지? 나도 막내를 처음 접촉했을 때 내심 울컥했었단다. 어쨌거나 이제 우리는 다시 자리로 돌아가자. 혹시라도 백 진영 놈들이 눈치를 까면 곤란해."

"알겠습니다. 막내야, 나중에 또 보자."

싸쿤이 이탄에게 손을 흔들었다.

"그래. 언젠가 좋은 시절이 오면 너도 다시 교로 복귀할 수 있을 거야. 그때 형들이 잘해줄게."

푸엉도 이탄의 어깨를 툭툭 두드렸다.

Chapter 6

이탄이 밍니야에게 물었다.

"교에서 파견한 것이 세 분이 전부입니까? 혹시 추가 파견자는 없고요?"

밍니야가 딱 잘라 말했다.

"막내와 접촉할 사람은 우리 3명이 전부다. 그 밖에 몇 명이 더 올지 말지는 오로지 싸마니야 님께서 결정하실 일이지 우리에게 속한 일이 아니야."

말은 이렇게 하였지만 밍니야는 손가락 하나를 살짝 폈다가 다시 접었다. 피사노교에서 한 명이 추가로 더 나온다는 의미였다.

"그렇군요."

이탄이 고개를 끄덕였다.

밍니야와 싸쿤, 푸엉이 시커먼 연기로 변해 자취를 감춘 뒤, 이탄은 침대에 다시 앉아 손바닥으로 얼굴을 쓸었다.

'가만 보자. 어느 선에서 정리하지?'

이탄은 머릿속으로 선을 하나 그었다. 은화 반 닢 기사단에 어디까지 보고할 것인지, 그 선이 결정되었다.

이 선은 이탄이 줄타기를 할 선이기도 했다.

닷새 뒤인 6월 25일.

쿠퍼 가문의 사절단이 공간을 점프하여 아울 검탑의 권역으로 들어섰다. 사절단은 이탄을 포함하여 총 20명 규모였으며, 여기에 호위무사를 더하면 40명에 달했다. 이 많은 사람들을 한꺼번에 점프시키기 위해서 쿠퍼 가문에서는 점퍼를 5명이나 동원했다.

아울 검탑이 위치한 곳은 대륙 중앙의 산맥 한복판이었다. 원래 산맥의 이름은 따로 있었으나 아울 검탑이 유명해지면서 사람들은 이곳을 아울산맥이라 불렀다. 쿠퍼 가문의 점퍼들은 사절단을 아울산맥 기슭으로 이동시켰다.

사절단이 막 점프를 끝마쳤을 때, 그 앞에는 수염을 단정하게 깎은 사내가 마중을 나와 있었다.

중년의 사내는 리넨 소재의 무복을 입고 허리 양쪽에 검 두 자루를 착용한 상태였다.

중년 사내의 뒤에는 역시 리넨 소재의 무복을 입고 목검을 소지한 젊은이들이 일렬로 시립 중이었다. 그 수가 대략 30명 내외로 파악되었다.

"쿠퍼 공?"

중년 사내가 이탄을 향해 부드러운 미소를 지었다.

이탄이 흔쾌히 대답했다.

"맞습니다. 제가 쿠퍼 가문의 가주입니다."

"이런. 대충 찍었는데 맞췄군요. 나는 검탑의 예산처를 담당하는 살라루라고 합니다."

중년 사내는 스스로를 예산처장 살라루라고 밝혔다.

이탄이 내심 의문을 품었다. 이탄의 왼쪽 눈에 뜬 정보 때문이었다.

— 종족: 마운틴 일족 (무사 계열로 추정)

— 주무기: 검

— 특성 스킬: 칠연포, 검막

— 성향: 백

— 레벨: B+

— 주 출몰지역: 언노운 월드 평야

— 출몰빈도: 중간

'뭐야? 아울 검탑의 예산처장이 고작 B+ 레벨이라고? 이 정도 수준이면 검탑의 99검인 피요르드 후작보다 훨씬 아래고, 프레야와 엇비슷한 정도잖아? 그럴 리가. 정보창이 뭔가 잘못된 거 아냐?'

이탄은 곤혹스러웠다. 그렇다고 살라루에게 "당신은 예산처장인데 왜 이렇게 약하냐?"라고 캐물을 수도 없었다.

"험험."

이탄이 다른 생각에 잠겨 있는 듯하자 살라루가 헛기침을 했다.

퍼뜩 정신을 차린 이탄이 서둘러 사과했다.

"아, 죄송합니다. 제가 잠시 다른 생각을 했습니다."

"괜찮습니다. 자, 제가 안내를 할 테니 안으로 들어가시죠. 아울 검탑에서는 쿠퍼 공과 쿠퍼 가문의 방문을 환영합니다."

살라루는 손수 사절단을 안내했다. 살라루가 움직이자 목검으로 무장한 젊은 무사들이 척척 발을 맞춰 주변을 호위했다.

이탄은 살라루의 뒤를 따르며 주변 지형을 머릿속에 담아두었다.

살라루가 생각보다 약한 이유는 곧 밝혀졌다.

"우리 아울 검탑은 검에 몰입하는 검수들의 모임입니다.

검탑에 들어오는 분들은 모두 머릿속에 검만 가득하지요."

이탄에게 차를 대접하면서 살라루가 손가락으로 창밖을 가리켰다.

"저기 저 안개 위의 탑이 보이십니까?"

"네?"

이탄이 자연스럽게 창밖으로 시선을 돌렸다.

짙은 안개가 드리운 산맥 기슭, 안개의 바다 위에 환상처럼 치솟은 탑이 하나 보였다. 저 탑이 바로 아울 검탑이었다.

"저곳이 바로 검의 성지, 진짜 아울 검탑입니다. 제가 머무는 이곳은 엄밀하게 말해서 아울 검탑이 아니라 그 주변부에 불과하지요."

살라루가 아련한 눈빛으로 탑을 바라보았다.

이탄은 상대의 눈에서 아쉬움과 그리움, 동경과 질투가 뒤섞인 감정의 편린들을 읽었다.

'이상하다? 검탑의 예산처장이 왜 검탑을 향해서 이런 소외된 감정을 가지지?'

곧 해답이 풀렸다.

"오로지 검만 아는 외골수 검수들이 저 탑에 들어갑니다. 그리곤 저 탑에서 진정한 검의 구도자로 거듭나는 게지요."

"하오면 처장님께선?"

"부끄럽게도 저는 진정한 검의 구도자가 되지 못하였습니다."

살라루가 낯빛을 살짝 붉혔다. 그리곤 아울 검탑의 체계에 대해서 설명했다.

"나도 한때는 검의 구도자가 되기를 갈망하였으나, 검이 나에게 길을 보여주지 않았습니다. 그래서 어쩔 수 없이 구도자의 길에서 내려와 검탑을 위해 평생을 봉사하기로 결정하였습니다."

"아!"

Chapter 7

"이제 쿠퍼 공께서도 짐작하시겠지요? 그렇습니다. 검의 구도자들은 검 외에는 아무것도 눈에 들어오지 않습니다. 그들의 눈에는 가족도, 금전도, 사랑도, 법규도, 세상 그 무엇도 담기지 않습니다. 오로지 검만 담깁니다."

여기서 말을 한 번 끊은 뒤, 살라루는 아스라한 눈빛을 검탑에서 떼어서 이탄을 돌아보았다.

"하지만 검의 구도자들도 결국엔 사람이 아니겠습니까?

누군가는 그들을 먹여야 하고, 재워야 하고, 좋은 재목들을 선발하여 그들이 이룬 성취가 당대에서 끊이지 않도록 제자를 들여보내 줘야 하고, 탑의 수리도 해야 하고, 탑에 필요한 정보도 수집해야 하는 겁니다. 그런 잡일을 하는 사람들이 탑 주변에 모여서 살기 시작했는데, 이것이 외부에는 아울 검탑이라 알려졌습니다."

"그렇다면 외부에 알려진 아울 검탑은 사실 주변부에 불과하다는 말씀이십니까?"

이탄의 질문에 살라루가 쓴웃음을 지었다.

"그렇습니다. 진짜 검탑은 저 안개 위에 있고, 이곳은 주변부에 불과하지요. 이를 테면 내가 맡은 예산처도 주변부 가운데 하나입니다. 그 밖에도 정보처, 교육처, 시설처, 조달처, 무고처가 있습니다. 외부인들은 내가 언급한 6개 부처를 검탑의 핵심으로 알고 있지만, 사실 이곳들은 검탑의 하부조직일 뿐이지요."

이탄이 궁금한 점을 물었다.

"그렇다면 제 부인 프레야와 장인어른께서는 어느 쪽에 속해 있습니까?"

살라루가 옷깃을 여미고 대답했다.

"부인께서는 검의 구도자가 되기 위한 험난한 여정에 도전 중입니다. 정확하게 말씀드리면 지금 부인의 소속은 교육처 산하 도제생입니다. 즉 하부조직에 속하신 셈이지요. 하지만 쿠퍼 공의 부인은 기량이 뛰어나신 분이라 얼마 지나지 않아 도제생의 신분에서 벗어나서 진정한 검의 구도자가 되실 겝니다. 그리고 공의 장인이신 피요르드 후작께서는 이미 검의 구도자시죠. 그분은 나 같은 주변인과는 격이 다른 분이십니다."

"아아. 그렇군요."

이탄이 묘한 탄성을 흘렸다.

살라루가 본론을 꺼내들었다.

"이제 이런 이야기는 그만하시지요. 쿠퍼 공께서 오늘 검탑을 방문한 이유는 우리 아울 검탑의 재산을 위탁 운용하기 위해서가 아닙니까?"

이탄이 상인의 본색을 드러내었다. 이탄은 살라루를 향해 상체를 살짝 기울이고는 손바닥을 슥슥 비볐다.

"그렇죠. 예산처장님의 말씀이 맞습니다. 저희 쿠퍼 가문의 장점을 먼저 말씀드리자면, 저희들은 대륙 전체에 수천 개의 투자처를 가지고 있는 튼튼한 가문입니다. 아울 검탑의 재정을 저희 쿠퍼 가문에 위탁해 주신다면, 저희가 최선을 다해 검탑의 돈을 불려드리겠습니다. 그에 앞서, 저도 한 가지 질문이 있습니다."

살라루가 고개를 갸웃했다.

"무슨 질문이시죠?"

"검탑에서 위탁을 맡기려는 돈의 규모가 어떻게 됩니까?"

이탄이 곧장 핵심을 찔렀다.

"으음."

살라루는 손가락으로 의자 손잡이를 톡톡 두드렸다.

이탄은 상대를 재촉하지 않고 느긋하게 답을 기다렸다.

살라루가 다시 입을 열었다.

"금화 20,000닢."

"흐음."

이번에는 이탄이 팔짱을 끼고 의자 깊숙이 몸을 묻었다. 만족스럽지 않다는 몸짓이었다.

살라루의 얼굴에 초조한 기색이 빠르게 스쳐 지나갔다.

비록 구도자의 길을 포기하고 예산처장이 되었다고는 하나, 살라루는 기본적으로 검수였다. 노련한 상인과 달리 속마음이 표정에 드러날 수밖에 없었다. 이탄이 상대의 감정을 빠르게 읽었다.

이탄이 입을 꾹 다물자 살라루가 먼저 말문을 떼었다.

"쿠퍼 가문에서는 금화 20,000닢의 운용이 가능하시겠습니까?"

"저희의 역량을 물어보시는 거라면, 당연히 가능합니다. 가문에서 직영하는 사업체들, 이를 테면 광산이나 밀밭 같은 곳들이 보통 1년에 금화 100,000닢 규모로 돌아가니까 금화 20,000닢 정도의 운용은 아무런 문제가 없습니다. 다만 저희 가문에서는 20,000닢 규모의 위탁은 잘 받지 않는 터라……."

이탄이 난감한 듯 말꼬리를 흐렸다.

살라루가 깜짝 놀랐다.

"사업체 한 곳이 100,000닢 규모라고요? 은화가 아니라 금화로 말입니까?"

"당연하지요. 은화 100,000닢을 누구 코에 붙인다고. 허허험."

이탄이 계면쩍게 뒤통수를 긁적이다가 자리에서 일어섰다.

"아울 검탑의 명성이 드높기에 제가 무언가 착각을 했나 봅니다. 저희 쿠퍼 가문에서는 소규모 재정 위탁은 받지 않는데, 헛걸음만 한 것 같습니다."

"소규모요?"

살라루가 당황했다.

이탄은 살라루보다 더 당황한 척했다.

"아이고. 제가 말이 헛나왔습니다. 아울 검탑의 규모가 작다는 의미는 아니었습니다. 당연히 아울 검탑의 전체 예산 규모는 어마어마하시겠지요. 다만 이번에 위탁을 주시

려는 금액이 그리 크지는 않았나 봅니다. 예산처장님께서는 전체 예산 가운데 조금만 떼어서 위탁을 주실 생각이신데, 안타깝게도 저희 쿠퍼 가문에서는 금화 100,000닢 미만의 소규모 위탁은 받지 않습니다. 세상에는 그런 정도의 소규모 위탁에만 목을 매는 조그만 상단들도 많고, 어쨌거나 그들도 먹고는 살아야 하니까요."

겸손한 척 포장을 했지만 사실 이탄의 말은 상대의 약점을 후벼 파는 비수였다.

"허허험."

민망해진 살라루가 헛기침을 흘렸다.

솔직하게 말해서 아울 검탑의 전체 재정 규모는 금화 60,000닢에 불과했다.

당연한 일이었다. 우선 아울 검탑의 구도자들이 소수정예인지라 재정의 규모가 클 수가 없었고, 구도자들 대부분이 검에만 몰두하여 검소하게 생활하다 보니 금화 60,000닢이면 넘치고도 남았다.

그런데 최근 아울 검탑이 옛 유적지를 발굴한 것이 문제였다. 처음 예상보다 발굴비용이 급증하면서 일이 터진 것이다. 원래는 예산처에서 이에 대한 대비를 미리 했어야 하는데, 구성원들의 미숙한 일처리 때문에 대응이 늦었고 내년도 아울 검탑의 예산에도 심각한 구멍이 뚫렸다.

예산처장인 살라루는 어떻게든 부족한 비용을 마련해보고자 노력했다.

하나 검수 출신인 살라루가 해결할 수 있는 데는 한계가 있었다. 혼자서 고민을 하던 살라루는, 동료를 통해 쿠퍼 가문에 대해서 귀동냥을 하게 되었다.

"쿠퍼 가문과 계약하면 재정 문제는 단숨에 해결이지. 그곳의 돈 굴리는 솜씨는 정말 일품이거든."

이것이 동료의 평가였다.

이거다 싶어진 살라루는 그 동료를 통해서 쿠퍼 가문과 약속을 잡았고, 그것이 오늘의 회의로 연결되었다.

Chapter 8

한데 쿠퍼 공이 "금화 20,000닢은 너무 적다."며 퇴짜를 놓았다. 살라루는 당혹감과 부끄러움을 동시에 느꼈다.

'허어어, 그러면 내년도 예산에 구멍이 뚫린 것을 어찌 메꿔야 하나? 나 때문에 구도자들이 수련에 지장을 받게 생겼구나.'

살라루의 머릿속에는 오직 이 생각만 가득했다.

이탄이 살라루에게 꾸벅 목례를 했다.

"이거 괜히 예산처장님의 귀한 시간만 빼앗았습니다. 용서하십시오."

이렇게 말한 뒤, 이탄은 진짜로 자리를 뜰 기색이었다.

살라루가 당황하여 마주 일어섰다.

"어, 용서는 무슨……."

사실 살라루는 어떻게든 이탄을 붙잡고 싶었다. 이탄에게 금화 20,000닢을 맡기면서 내년도 예산에 뚫린 구멍부터 메꿔달라고 사정하고 싶은 것이 살라루의 솔직한 심정이었다.

그런데 검수 특유의 자존심이 살라루의 목구멍을 막아버렸다. 살라루는 이러지도 못하고 저러지도 못하고 이탄의 눈치만 살폈다.

이탄이 살라루의 타들어 가는 속을 훤히 읽었다.

'아주 안달이 나셨네? 은화 반 닢 기사단에서 기가 막히게 사전작업을 해놓았구먼.'

이탄이 마음속으로 이렇게 중얼거렸다.

그렇다. 아울 검탑의 예산은 괜히 구멍이 난 것이 아니었다. 유적 발굴 때문에 아울 검탑의 재정이 휘청거린 것은 맞지만, 그렇다고 내년도 예산에 크게 구멍이 날 정도는 아니었다. 그런데 상술에 밝은 모레툼 교단에서 은밀하게 뒷공작을 펼쳐서 아울 검탑의 재정을 뒤틀어 놓았다.

'그래야 49호가 아울 검탑에서 제대로 대접을 받지.'

'49호가 제대로 대접을 받아야 작전을 펼치기 좋을 게야.'

이것이 모레툼 교단 원로기사들의 의뭉스러운 생각이었다.

그 비열한 공작이 효과를 발휘하면서 이탄의 가치가 확 올라갔다. 살라루의 입장에서는 어떻게든 이탄을 붙잡아야 했다.

'조금만 더 애를 태워야지.'

이탄이 매정하게 등을 돌렸다. 등 뒤에서 살라루가 손을 멈칫멈칫 뻗는 모습이 이탄의 초감각에 걸렸다.

'이제 고비 하나는 넘었구나. 하하하.'

이탄은 여우털 목도리를 입까지 끌어올리면서 헤죽 웃었다.

쿠퍼 가문의 사절단은 짐을 풀자마자 다시 짐을 꾸렸다. 이탄이 "우리 예상과는 좀 다르네요. 그만 돌아가죠."라고 말한 여파였다.

아울 검탑 사람들이 당황했다.

은화 반 닢 기사단에서 이탄에게 붙여준 전담조직도 당황했다.

피사노교의 사도들도 당황하기는 마찬가지였다.

　　◎ [싸쿤] 막내가 미친 거 아냐? 이대로 검탑을 나가버리면 어쩌라고? 아직 법보의 위치도 찾지 못했는데.

　　◎ [푸엉] 설마. 막내도 뭔 생각이 있겠지.

이탄의 오른쪽 눈에 이런 대화가 주르륵 박혔다.

이탄은 모르는 척하고 사람들을 재촉했다.

다들 '이게 아닌데?' 라고 생각하면서도 어쩔 수 없이 짐을 꾸렸다.

그때 살라루가 후다닥 달려왔다. 평소 조용조용하던 살라루였다. 그런데 지금은 어찌나 마음이 급했던지 허리 양쪽에 매단 검 두 자루가 서로 맞부딪치면서 철그럭 철그럭 소리를 냈다.

"쿠퍼 공. 쿠퍼 공."

"어이쿠, 예산처장님. 여기까지 어쩐 일이십니까? 제가 딜렁대다가 뭔가를 빠트리고 왔습니까?"

이탄이 너스레를 떨었다.

살라루가 손사래를 쳤다.

"아니. 그건 아니고. 쿠퍼 공께서 우리 아울 검탑까지 먼

길을 오셨는데 그냥 이렇게 보내면 되겠습니까? 하여 내가
교육처장인 그로벨에게 특별히 부탁하여 쿠퍼 공의 부인
되시는 분께 휴가를 좀 내어드리라 했습니다."

"제 부인이요?"

이탄이 짐짓 놀란 척을 했다.

최근 이탄과 혼인하여 쿠퍼 가문의 안주인이 된 프레야
피요르드는 지금 아울 검탑의 도제생 신분이었다.

살라루는 검탑의 교육처장에게 통사정하여 프레야를 수
련에서 잠시 빼냈다.

'매정하게 등을 돌린 쿠퍼 공을 붙잡으려면 그 부인을
공략할 수밖에 없다.'

이것이 살라루의 판단이었다.

실제로 부인 이야기가 나오자 이탄이 잠시 머뭇거렸다.
살라루는 '역시 내 판단이 옳았구나.' 라고 자화자찬하며
이탄의 소매를 붙잡았다.

"쿠퍼 공, 여기서 잠시만 기다리시지요. 이렇게 먼 길 오
셨는데 부인의 얼굴은 한번 보고 가셔야죠."

"그건 그렇습니다만, 도제생이 함부로 수련 시간을 빼먹
고 외출을 해도 되는 겁니까?"

이탄이 의아한 듯 물었다.

살라루가 너털웃음으로 민망함을 감췄다.

"어허허허. 그야 뭐 쿠퍼 공의 말씀이 맞습니다. 하지만 결국 도제생도 사람이 아니겠습니까? 사랑하는 낭군님이 왔으니 얼굴은 한번 비춰야지요. 허허허허."

살라루가 있는 말 없는 말을 섞어 쓰며 이탄을 붙잡는 사이, 저 멀리서 프레야가 모습을 드러내었다.

긴 머리카락을 선머슴처럼 질끈 묶고, 검소한 무복 차림의 프레야는 여전히 매력적이었다. 손에 꾹 움켜쥔 목검 한자루도 유독 눈에 띄었다.

"잘 지냈소?"

이탄이 먼저 프레야에게 말을 걸었다.

프레야는 무표정하게 고개를 한 번 까딱이고는 살라루에게 시선을 돌렸다.

살라루가 다가와 프레야의 귀에 뭐라고 속삭였다.

프레야는 처음에 마뜩지 않은 표정을 지었다가, 이내 굳은 얼굴을 풀고는 이탄에게 성큼 다가섰다.

Chapter 9

프레야가 먼저 이탄에게 말을 걸었다.

"우리 잠깐 이야기 좀 해요."

"지금 말이오?"

이탄이 되물었다.

"네. 지금."

짧게 목적만 이야기한 프레야가 등을 돌렸다.

이탄은 어깨를 한 번 으쓱하고는 부인의 뒤를 따랐다.

"자자, 젊은 부부가 모처럼 만났으니 우리가 저분들에게 시간을 좀 줍시다. 사절단 여러분들은 배낭을 다시 풀고 좀 쉬고 계시지요."

뒤에 남은 살라루가 쿠퍼 가문의 사절단을 일일이 붙잡으며 싸놓았던 짐을 다시 흐트러뜨렸다.

피사노교의 사도들은 살라루가 손을 쓰기도 전에 먼저 배낭을 풀고 이곳에 며칠 눌러앉을 채비를 했다.

은화 반 닢 기사단의 49호 전담 보조팀도 피사노교의 사도들과 마찬가지로 후다닥 짐을 풀었다. 그들은 부엉이 작전이 시작도 해보지 못하고 실패할까 봐 걱정하다가 겨우 가슴을 쓸어내렸다.

한편 프레야는 이탄을 데리고 조용한 공터로 발길을 옮겼다.

공터 곳곳에는 커다란 나무가 듬성듬성 자라 있었다. 프레야는 그중 한 나무 아래로 가서 벤치에 앉았다.

"여기 좀 앉을래요?"

프레야가 옆자리를 탁탁 두드렸다.

이탄은 프레야와 30센티미터가량 거리를 두고 옆에 앉았다.

"하아."

프레야가 의미 모를 한숨을 포옥 내쉬었다. 이탄의 옆얼굴을 물끄러미 보던 프레야는 본론으로 쑥 치고 들어왔다.

"쿠퍼 가문에서 아울 검탑의 재정 위탁을 좀 맡아주면 좋겠어요."

"금화 20,000닢 말이오?"

이탄이 되물었다.

프레야는 짧게 고개를 끄덕였다.

"예산처장님께서 금화 20,000닢이라고 하시던가요? 저는 정확한 액수는 몰랐어요. 어쨌거나 그 돈을 좀 맡아서 굴려주면 안 될까요?"

"그게 당신의 부탁이오? 아니면 예산처장의 부탁이오?"

이탄이 프레야의 얼굴을 정면으로 마주 보았다.

순간적으로 프레야의 눈이 반짝 빛났다.

"왜요? 제 부탁이라고 하면 들어줄 건가요?"

"당연히."

이탄의 입에서는 단 1초의 망설임도 없이 답이 튀어나왔다.

프레야의 눈이 한 번 더 반짝였다. 프레야가 짓궂게 물었다.

"만약 제가 아니라 예산처장님의 부탁이라고 하면요?"

"그럼 맡지 않을 거요. 솔직히 쿠퍼 가문이 맡기에는 액수가 너무 작거든."

프레야가 흠칫했다.

"그런……가요? 금화 20,000닢이면 우리 피요르드 후작 가문의 눈높이에서는 그리 만만한 액수가 아닌데, 역시 쿠퍼 가문은 다르네요."

프레야가 살짝 민망한 듯 뇌까렸다. 그녀는 자신의 남편이 얼마나 어마어마한 거부인지를 새삼스레 자각하는 중이었다.

프레야가 잠시 숙였던 고개를 다시 들고 이탄과 시선을 마주쳤다.

"제가 부탁할게요. 쿠퍼 가문에서 우리 아울 검탑의 재정 위탁을 맡아주세요."

"알겠소."

이탄이 앞뒤 재지도 않고 곧바로 승낙했다.

"고마워요."

프레야가 이탄에게 민망한 미소를 보냈다.

이탄이 화제를 돌렸다.

"그나저나 당신은 어떻게 지내오? 이곳 생활은 할 만하오?"

"저야 당연히 잘 지내죠. 하루하루 검을 알아간다는 것이 얼마나 기쁜지 몰라요. 새벽에 일어나서 검을 손에 쥐면 그렇게 행복하고, 깊은 밤 검을 품에 안고 잠들면 그렇게 마음이 편해요. 이제 와서 당신에게 이런 말을 하는 것이 이상하게 들리겠지만, 저는 검의 구도자가 되고 싶어요. 그게 어릴 때부터 제 꿈이었고, 그 밖에 다른 생각은 해본 적이 없어요. 다만 제 꿈을 위해 당신을 이용한 것 같아 그것이 조금 미안할 뿐이에요."

프레야는 담담하게 심경을 고백했다.

이탄도 프레야의 고백을 담담하게 받아들였다.

"미안할 것 없소. 누구나 각자의 사정이 있는 법이고, 누구나 각자의 길이 있는 법이라오. 길을 걷다가 중간에 다른 사람과 길이 겹치면 잠시 동행하기도 하고, 또 길이 달라지면 잠시 떨어지기도 하고. 그런 게 반복되는 것이 삶이겠지. 당신은 당신의 길을 나아가시오. 나 또한 나의 길을 묵묵히 걸으리다."

이탄의 이 말은 프레야에게 전하는 것이 아니었다. 이탄 스스로에게 하는 말이었다.

프레야가 묘한 시선으로 이탄의 옆얼굴을 바라보았다.

이탄이 이유를 물었다.

"왜 그러시오? 내 얼굴에 뭐라도 묻었소?"

"아뇨. 그건 아니고요. 당신이 그런 말을 할 줄은 몰랐어요. 조금 후회가 되네요."

"뭐가 후회된단 말이오?"

"제가 아울 검탑의 도제생으로 들어오기 전에, 우리에게 일주일이라는 시간이 있었을 때 이런 대화를 좀 해볼 걸 그랬나? 이런 후회요. 그때 저는 당신과 제가 걸어갈 길이 완전히 반대라고 생각했거든요. 그런데 의외로 말이 좀 통하는 것 같아요. 하하."

프레야가 선머슴처럼 웃으며 손가락으로 머리카락을 쓸어 넘겼다.

나뭇잎 사이로 떨어진 봄 햇살이 프레야의 얼굴에 부딪쳐 찬란하게 부서졌다. 햇살 속의 프레야는 그 햇살보다도 더 찬란했다.

'매력적이구나. 빛 같은 여자야.'

이탄은 문득 이런 생각을 했다.

'나와는 정반대인 여자지. 은은한 빛과 같고, 속이 올바르면서, 또 강인한 여자.'

반면 이탄은 부정 세계의 산물인 부정한 언데드이자, 짙은 어둠 그 자체이고, 속이 잔뜩 비틀어졌으며, 또한 음험한 듀라한이었다.

이탄은 빛(신성력) 뒤에 숨은 어둠이되, 어둠을 혐오했다. 이탄은 스스로를 빛으로 포장하고 싶어 했다.

그렇게 포장된 빛(모레툼의 성기사)조차도 프레야의 빛에 비하면 손색이 있었다. 이탄은 밝게 빛나는 프레야를 선망하였고, 또한 좌절했다.

'언데드인 내가 닿을 수 없는 여자다.'

이탄이 두 손으로 무릎을 짚고 일어섰다.

괜히 속이 쓰렸다.

제5화

피사노교의 법보

Chapter 1

프레야는 그런 이탄을 빤히 쳐다보다가 함께 일어나 악수를 청했다.

"우리 악수나 한번 하죠."

"악수?"

"하하하. 나 이상하죠? 우리는 부부 사이인데, 포옹도 아니고 악수나 하자니. 하하."

프레야가 머리카락을 긁적였다.

이탄이 고개를 저었다.

"전혀 이상하지 않소. 악수합시다. 우리."

이탄이 프레야가 내민 손을 마주 잡았다.

이탄과 접촉하면서 프레야는 흠칫했다.

우선 프레야는 이탄의 손이 생각보다 차가워서 놀랐다. 또한 그 차가운 손에서 연민이 느껴져서 놀랐으며, 마지막으로 이탄의 눈이 어딘지 모르게 서글퍼 보여서 가슴이 찡했다. 프레야가 뭔가 할 말이 있는 듯 입술을 달싹거렸다.

그 전에 이탄이 먼저 작별인사를 꺼냈다.

"이렇게 다시 만나 악수를 했으니 되었소. 당신이 당신의 길을 기쁘게 걸어가고 있다는 사실을 알았으니 나 또한 기쁘오. 다음에 기회가 되면 또 봅시다."

이탄의 말투는 무덤덤했다.

"그래요. 나는 내 길을 기쁘게 걸을 테니, 당신도 당신의 길을 뚜벅뚜벅 걸어가요."

늦은 봄날, 프레야는 이런 말로 이탄에게 작별인사를 던졌다.

이탄이 옅은 미소와 함께 등을 돌렸다.

여기까지는 분위기가 참 그럴 듯했다. 그런데 프레야가 던진 마지막 한 마디가 비수처럼 이탄의 가슴에 꽂혔다.

"그런데 못 본 사이에 배가 많이 나왔네요?"

"헉."

이탄이 반사적으로 숨을 훅 들이쉬었으나, 단단하게 뭉친 아랫배는 들어갈 줄 몰랐다. 이탄의 얼굴이 와락 구겨졌다.

창피함을 느낀 이탄이 발걸음을 후다닥 재촉했다. 프레야에게 자신의 표정을 들키기 싫어서였다.

프레야를 만난 다음날, 이탄이 다시 살라루를 찾았다

"검탑의 재정 운용을 맡겠습니다. 저희 쿠퍼 가문에 위탁을 주십시오."

이탄의 입에서 말이 떨어지기 무섭게 살라루의 얼굴이 활짝 폈다. 프레야의 옆구리를 찔러서 쿠퍼 공을 자극하기 잘했다고 살라루는 생각했다.

"고맙습니다. 쿠퍼 공. 정말 고맙습니다."

자리에서 벌떡 일어난 살라루가 그대로 다가와 두 손으로 이탄의 손을 꼬옥 잡았다. 어찌나 기뻤던지 살라루는 이탄의 손이 마치 시체처럼 차갑다는 사실도 알아차리지 못했다.

이탄이 슬쩍 손을 뺐다.

"고맙다니요? 그건 제가 드릴 말씀입니다. 앞으로 저희 쿠퍼 가문에서는 아울 검탑, 아니 고객님의 재정이 안정적으로 운용될 수 있도록 최선을 다하겠습니다."

이탄의 혀가 매끄럽게 돌아갔다. 살라루가 뭐라고 대답할 사이도 없이 이탄의 말이 이어졌다.

"그 전에, 저희 쿠퍼 가문에서 고객님의 재정을 위탁받아 금화를 눈덩이처럼 불리려면 각 항목별로 상세한 계약서를 작성할 필요가 있습니다. 또한 고객님께서 얼마만큼의 이익을 기대하고 계신지에 따라 금화의 운용 방법이 달라집니다."

"운용 방법이요?"

살라루가 눈을 껌뻑거렸다.

이탄의 입에서 장황한 이야기가 쏟아졌다.

"그렇습니다. 예를 들어서, 고객님께서 큰 이익을 원하시면, 저희는 조금 위험하더라도 고수익을 달성할 수 있도록 운용할 것입니다. 혹은 고객님께서 안정적인 이익을 원하신다면, 저희는 조금 수익이 약하더라도 안전한 자산 위주로 투자할 예정입니다. 이런 것들을 맞추려면 앞으로 최소한 한 달은 저희가 아울 검탑에 머물면서 재정 분석 작업을 하고 또 고객님께 상의도 드려야 합니다. 저희 쿠퍼 가문의 사절단은 모두 이 방면의 전문가들입니다. 그러니 예산처장님께서는 저희들이 아울 검탑의 권역에 머물면서 탄탄한 재정 운용 계획을 수립할 수 있도록 배려를 부탁드립니다."

"아아아."

검수 출신인 살라루는 이탄의 말을 전부 다 이해하지는 못했다. 다만 이탄이 뭔가 전문적이고, 되게 체계적이며, 믿음직스럽다는 느낌만 받았을 뿐이다.

"쿠퍼 공, 내가 비록 예산처장이라고 하나 이런 일이 익숙하지는 않습니다. 구체적으로 우리가 무엇을 도와드리면 될까요?"

살라루가 솔직하게 물었다.

이탄이 손가락 하나를 폈다.

"우선 계약 완료 시점까지 저희 쿠퍼 가문의 사절단이 아울 검탑의 권역에 머물도록 허락해주십시오."

이것이 이탄의 첫 번째 요구였다.

살라루가 기다렸다는 듯이 고개를 주억거렸다.

"그건 오히려 내가 부탁하고 싶은 바입니다. 쿠퍼 공과 사절단이 머물 숙소도 이미 준비해 놓았으니 편하게 머무십시오."

이탄이 두 번째 손가락을 폈다.

"둘째, 제가 데려온 사절단은 대부분 상인들이라 구도자들의 생활양식을 잘 모릅니다. 제 부하들이 호기심에 조금 기웃거린다고 하여 저희에게 무력을 휘두르지 마시고 말로만 꾸짖어 주십시오."

"꾸짖다니요? 나 살라루가 예산처장으로 있는 한 그럴 일은 없습니다."

살라루가 장담했다.

이탄은 곧장 세 번째 요구로 넘어갔다.

"셋째, 저희들이 이곳에 머무는 동안 감시를 받는다거나 할 일은 없겠지요? 실례가 되지 않는다면 그 부분도 꼭 부탁드리고 싶습니다."

"물론입니다. 아울 검탑에서는 적과 손님을 혼동하지 않습니다. 다만, 쿠퍼 가문에서도 한 가지만 주의해 주십시오."

"저희가 어떤 점을 주의하면 될까요?"

살라루가 손가락으로 창문 밖의 검탑을 가리켰다.

"다른 건 아니고, 저 안개 위의 검탑만 접근하지 않으시면 됩니다. 검탑에 큰 비밀이 있어 접근을 금지한다기보다는, 검의 구도자들께 방해가 될까 봐 미리 주의를 드리는 겝니다. 허허허."

"예. 명심하겠습니다."

이탄이 순순히 응했다.

'일단 아울 검탑의 권역 내에 머무르면서 어느 정도 행동의 자유도 확보했으니 되었다.'

이탄은 두 번째 고비까지 무사히 넘었다고 판단했다. 그러니 이제 세 번째 고비를 넘을 차례였다.

'피사노교의 법보를 찾아야지. 그게 진짜 고비야.'

이 세 번째 고비야말로 이탄이 아울 검탑에 찾아온 진짜 목적이었다. 여기에 비하면 첫 번째와 두 번째 고비는 고비라고 할 수도 없었다.

이탄은 마음을 굳게 다잡았다.

Chapter 2

깊은 밤.

이탄은 침대에 걸터앉아 두 주먹 위에 턱을 괴었다. 이탄
의 오른쪽 눈에 실시간으로 대화가 떠올랐다.

⊗ [싸쿤] 동쪽과 남쪽은 모두 훑었어. 없어. 없
다고.

⊗ [푸엉] 서쪽과 북쪽도 마찬가지야. 형, 그리
고 누님. 아무래도 안개 속의 검탑에 들어가 봐야
할 것 같아요.

⊗ [밍니야] 푸엉//섣부르게 행동하지 마.

⊗ [푸엉] 밍니야//그럼 어떻게 해요? 동서남북
모두 반응이 없는데?

⊗ [밍니야] 그렇다면 탑을 조사할 수밖에.

⊗ [푸엉] 밍니야//으잉? 내 말이 바로 그 말 아
닙니까? 내가 조금 전에 검탑에 들어가 봐야겠다
고 했잖아요. 그랬더니 누님이 반대하셨고요.

◎ [싸쿤] 푸엉 말이 맞음. 누님께서 반대하셨음.

◎ [밍니야] 나는 푸엉에게 섣부른 행동을 말라고 경고했을 뿐이야. 검탑은 따로 맡을 사람이 있어.

◎ [싸쿤] 밍니야//그게 누굽니까?

◎ [밍니야] 싸쿤//나도 모르지. 하지만 싸마니야 님께서 이미 보내셨어.

◎ [싸쿤] 밍니야//싸마니야 님께서요? 그렇다면 우리 혈족 가운데 한 명일 텐데? 형님들 가운데 몇 분이 움직이셨나?

◎ [밍니야] 싸쿤//아마도.

여기까지 대화를 읽다가 이탄이 자리를 박차고 일어났다.

"이런. 싸마니야가 벌써 사람을 파견했다고? 그렇다면 이렇게 손을 놓고 있을 때가 아니야. 싸마니야의 혈족이 피사노교의 법보를 손에 넣기 전에 내가 나서야 해."

피사노교의 네트워크는 이미 종료한 상태였다. 따라서 이탄의 독백이 네트워크에 노출될 염려는 없었다.

"서둘러야 해."

이탄의 마음이 조급해졌다.

이대로 넋 놓고 있다가 법보를 빼앗긴다면 이탄은 은화 반 닢 기사단으로부터 징계를 받을 수밖에 없었다. 비록 그 징계가 무섭지는 않았지만, 조사를 받다가 듀라한이라는 정체가 발각 나는 것은 싫었다.

"일단 내가 법보를 탈취해서 피사노교에 전달해야 한다."

이탄이 낮게 독백했다.

"그래야 피사노교의 의심을 피할 수 있어. 그와 동시에 피사노교의 사도 한두 명은 포획하여 은화 반 닢 기사단에 넘겨줘야지. 그래야 은화 반 닢 기사단의 의심도 피할 수 있으니까."

흑과 백, 양 진영 사이에서 교묘하게 줄타기를 하려면 위험을 감수할 수밖에 없었다.

"하압!"

쫘악.

이탄은 두 손으로 자신의 뺨을 쳐서 기합을 넣은 다음, 후루룩 옷을 벗고 하얀 무복으로 갈아입었다. 팔에는 하얀 토시를 꼈다. 정강이에는 하얀 각반을 찼다. 얼굴엔 하얀 두건을 뒤집어썼다.

복장을 갖추는 이탄의 표정이 더없이 진지했다.

이탄은 전임 49호의 검은 들지 않았다. 검보다 맨손이 더 편해서였다.

하얀 무복 속에는 검은 링을 착용했다. '만일의 경우 피사노교의 사도와 마주쳤을 때 이 링이 도움이 될 거다.' 라는 생각 때문이었다.

마치 종교 의식이라도 치르듯이 경건하게 출전 준비를 마친 뒤, 이탄은 은신의 가호로 온몸을 투명화했다.

사르륵~

이탄의 몸 전체가 공기 중에 녹아 없어졌다. 이탄이 창문을 살짝 열고 건물 밖으로 빠져나갈 때까지 그 누구도 이탄의 움직임을 알아차리지 못했다. 이탄의 발놀림은 유령처럼 가벼웠고, 밤 사냥을 나온 삶의 그것처럼 은밀했다.

이탄은 곧장 검탑으로 방향을 잡은 뒤, 안개 속으로 몸을 던졌다. 이 일대 지리는 이미 지난 며칠 동안 파악해놓은 상태였다.

안개 속 군데군데에 경계를 서는 사람들이 보였다. 대부분은 도제생들이었다. 허리에 목검을 차고 주변을 두리번거리는 도제생들의 눈빛이 사뭇 날카로웠다. 그렇다고 이탄을 발견할 정도는 아니었다.

성기사가 된 이래 이탄은 단 하루도 쉬지 않고 가호를 갈고 닦았다. 과거 헤스티아 영애를 호위하여 언데드들과 싸

울 당시, 이탄은 아직 어설프고 미숙했다. 반면 지금의 이
탄은 노련한 사냥꾼이 되었다.

그러니 도제생 따위는 우스울 수밖에. 이탄은 단 한 명의
도제생도 죽이지 않고 안개 속으로 파고들었다.

안개 자욱한 가파른 언덕을 지나 이탄이 마침내 도착한
곳은 탑의 외곽이었다.

'이곳이 진정한 아울 검탑이구나.'

이탄이 침을 꿀꺽 삼켰다. 눈으로는 아울 검탑을 세세하
게 훑었다.

아울 검탑은 간씨 세가에서 이탄이 훈련을 받던 탑보다
몇 배는 더 컸다. 쇠를 깎아서 만든 검탑은 총 33층 높이였
으며, 빙글빙글 도는 나선형의 길을 따라 탑의 상층부로 올
라가는 구조였다.

검탑 안에는 99개의 수련실이 존재했다. 검의 구도자들
은 각자의 수련실에서 숙식을 해결하며 오로지 검술 연마
에만 매달렸다.

아울 검탑 내부에는 99개의 수련실 외에는 별다른 시설
도 없었다. 그나마 9개의 방이 더 있을 뿐이었다.

검의 구도자들, 즉 99검이 총회를 개최할 때 사용하는
커다란 회의실 하나.

20명에서 30명 규모의 소규모 회의실 4개.

수련용 검들을 보관하는 창고 하나.

외부와 소통하기 위한 방 하나.

아울 검탑의 탑주와 부탑주 집무실 각각 하나씩.

이상 9개의 공간에 99개의 개인 수련실을 더하면 총 108개가 된다. 아울 검탑은 이렇듯 108개의 방으로 이루어진 건물일 뿐이었다.

이탄은 조심스러운 성격이라 아울 검탑 내부로 선뜻 들어가지 않았다. 온몸을 투명하게 만든 상태에서 검탑 주변만 한 바퀴 돌았다.

희한하게도 아울 검탑 주변엔 지키는 사람이 없었다.

'자신감인가? 누구든지 침투할 테면 침투해보라는 자신감?'

이게 오히려 더 무서웠다.

Chapter 3

이탄은 철로 만들어진 검탑에 최대한 바짝 붙어서 다시한 바퀴를 돌았다. 이번엔 그냥 둘러보기만 한 것이 아니었다. 팔뚝에 찬 링을 꺼내서 손에 들고, 그 링으로 검탑 내부를 탐색했다.

'피사노교의 법보가 이 안에 있다면 링과 반응할지 몰라.'

이탄은 막연하게 이런 추측을 했다.

아쉽게도 링은 반응이 없었다.

'쳇. 위층까지 살펴볼 수밖에 없나?'

이탄은 조심스럽게 검탑에 몸을 밀착한 다음, 거미처럼 소리 없이 등반을 시작했다. 아울 검탑 외벽에 찰싹 달라붙어 나선형으로 빙글빙글 돌면서 검탑 전체를 스캔하는데 총 다섯 시간이 소요되었다.

그렇게 아울 검탑 전체를 다 훑어도 링에는 아무런 변화가 없었다.

'쯧쯧쯧. 오늘은 완전히 헛수고를 했군.'

바닥에 다시 내려온 이탄이 더 이상의 탐색을 포기하고 숙소로 돌아오려고 했다.

그때 사달이 일어났다.

와장창!

탑의 창문 하나가 터지면서 11층 높이에서 시커먼 복장의 괴한 한 명이 뛰어내린 것이다.

아니, 엄밀하게 말해서 괴한은 탑에서 뛰어내렸다기보다는 온몸으로 11층 창문을 박살 내며 탑 밖으로 내팽개쳐진 모양새였다.

뒤이어 유리 파편이 와르르 쏟아졌다.

"크윽."

괴한은 허공에서 몸을 뒤틀어 고양이처럼 날렵하게 바닥에 착지했다. 하지만 손으로 가슴을 움켜쥔 것을 보아하니 제법 깊은 상처를 입은 것 같았다. 괴한의 손가락 사이로 검붉은 피가 흘렀다.

'누구지?'

이탄은 투명 상태에서 몸을 풀숲에 바짝 낮추고 돌아가는 사태를 살폈다.

이탄이 지켜보는 가운데 11층 창문에서 또 다른 사람이 뛰어내렸다. 머리를 온통 풀어헤치고, 무광택의 무복을 입었으며, 왼쪽 눈에 안대를 찬 애꾸 사내였다.

사내는 11층 창문을 박차고 나오면서 검을 뽑았고, 그 검을 수직으로 휘둘러 괴한을 공격했다.

"이익."

시커먼 옷을 입은 괴한이 양손을 머리 위로 올려서 애꾸 사내의 공격을 막았다. 괴한의 손 위에는 어느새 거무튀튀한 쉴드가 소환되어 있었다. 묵빛 쉴드와 사내의 검이 정면으로 충돌했다.

콰창!

사방으로 빛의 파편이 튀었다. 애꾸 사내의 검에서 방출된 오러가 괴한의 묵빛 쉴드를 가르지 못했다.

"호오? 제법이구나."

애꾸 사내가 호기심 어린 눈빛으로 상대를 훑어보았다.

"치잇."

시커먼 옷을 입은 괴한은 낭패한 듯 신음 한 마디를 내뱉고는, 그대로 풀숲으로 몸을 날렸다.

"그냥 가려고?"

애꾸 사내가 씨익 웃더니 곧바로 반격했다. 애꾸 사내의 검에서 휘영청 뿌려진 오러가 무려 수십 미터 길이로 일어나 적의 도주로를 모조리 차단했다.

콰창!

또다시 빛이 파열했다. 시커먼 옷을 입은 괴한은 묵빛 쉴드로 온몸을 가려 애꾸 사내의 오러를 막아낸 다음, 뱀처럼 S자로 몸을 움직였다. 그 동작이 어찌나 빨랐던지 순간적으로 괴한이 공간을 점프한 것처럼 느껴졌다.

"흥."

애꾸 사내가 매처럼 높이 도약했다. 그 다음 허공에서 적의 행방을 추적한 다음, 적이 도망치는 곳을 향해 검을 휘둘렀다.

후왕—!

눈 깜짝할 사이에 수십 미터 길이로 늘어난 오러가 네 갈래의 채찍처럼 길게 분열되면서 괴한을 공격했다.

시커먼 옷을 입은 괴한은 네 갈래의 공격 가운데 3개를 묵빛 쉴드로 막아내었다. 하지만 위에서 아래로 급강하하며 찍어오는 네 번째 공격은 미처 막지 못했다.

푸욱

괴한의 어깨에서 피가 튀었다.

"큭."

괴한이 풀숲에 나뒹굴었다.

애꾸 사내가 또다시 검을 휘둘렀다. 이번에 일어난 오러는 무려 여섯 갈래로 분열되어 괴한을 공격했다.

괴한이 펄쩍 뛰어올랐다. 괴한의 몸 주변에는 묵빛 쉴드가 둥그런 구 형태로 형성되었다.

여섯 갈래의 오러가 그 구체 위에 작렬했다.

콰창! 콰창! 콰창! 콰창! 콰창! 콰차창!

불똥이 사방으로 튀었다. 강렬한 파열음이 풀밭을 뒤흔들었다.

아울 검탑 곳곳에 불이 켜졌다. 리넨 무복을 입은 검수들이 우르르 쏟아져 나오기 시작했다.

"치잇. 다 틀렸군."

시커먼 옷을 입은 괴한은 낭패한 듯 발을 한 번 구르더니, 양손을 가슴 앞에서 X자로 교차했다가 사선 방향으로 쫙 펼쳤다.

쭈—왕—

강한 이명이 터졌다.

"이런, 점프 능력자구나."

애꾸 사내가 황급히 오러를 검 끝에 모았다. 그리곤 괴한을 향해 강하게 찔렀다. 검 끝에서 방출된 오러가 일직선으로 날아가 묵빛 쉴드를 깨뜨렸다.

그때 이미 괴한은 공간을 점프하여 자취를 감춘 상태였다.

"아, 젠장."

적을 놓친 것이 아쉬웠는지 애꾸 사내가 산발한 머리를 벅벅 긁었다.

"웨이투, 침입자가 있었나?"

애꾸 사내의 등 뒤에 하얀 수염을 길게 기른 노인이 내려섰다. 뒷짐을 진 노인의 손에는 가느다란 풀잎이 하나 들려 있었다. 지면에 내려서면서 풀잎 하나를 아무렇게나 쥐어 뜯은 모양이었다.

애꾸 사내가 절도 있게 목례했다.

"아! 9검님."

하얀 수염을 기른 노인의 정체는 아울 검탑의 9검이었다.

'헉! 검탑의 9검이라면 언노운 월드 전체를 통틀어서도 손에 꼽히는 초인이다.'

이탄이 바짝 긴장했다.

Chapter 4

이탄의 왼쪽 눈에는 노인에 대한 정보가 떠올랐다.

— 종족: 필드 일족 (무사 계열로 추정)

— 주무기: 검

— 특성 스킬: ?

— 성향: 백

— 레벨: 추정 불가

— 주 출몰지역: 언노운 월드 평야

— 출몰빈도: 희박

'역시 레벨이나 특성 스킬을 파악하는 것은 불가능하구나.'

이탄은 자세를 바짝 낮추었다. 그러면서 '웨이투'라 불리는 애꾸 사내에게 시선을 살짝 돌렸다.

웨이투에 대한 정보가 곧 떠올랐다.

— 종족: 필드 일족 (무사 계열로 추정)

— 주무기: 연검

— 특성 스킬: 스네이크 샷, ?

— 성향: 백

— 레벨: S0

— 주 출몰지역: 언노운 월드 평야

— 출몰빈도: 희박

'응?'

이탄의 눈이 휘둥그레졌다.

'검탑의 99검인 피요르드 후작은 추정 불가 레벨이었는데? 저 웨이투라는 애꾸 사내는 피요르드 후작보다 상위 서열인데 왜 추정 불가 레벨이 아니라 S0 레벨이지?'

이탄이 고개를 갸웃했다.

가능성은 두 가지였다.

첫째, 검탑의 상위 서열이 꼭 무력과 비례하지 않는 경우. 이럴 경우 웨이투는 피요르드보다 서열은 높지만 무력은 뒤쳐진다는 의미였다.

둘째, 간씨 세가의 정보창이 부정확한 경우.

물론 이 두 번째일 가능성도 다분했다. 하지만 이탄은 피요르드 후작이 웨이투보다 더 강할지도 모른다고 생각했다.

이탄이 곰곰이 생각에 잠긴 사이, 아울 검탑의 검수 몇 명이 더 모여들었다. 웨이투는 9검을 포함한 동료 검수들에게 침입자에 대해서 설명했다.

"묵빛 쉴드라고? 그 쉴드가 77검님의 오러를 막았다고? 마법사들의 쉴드가 오러를 막아내기란 거의 불가능한데?"

검수들이 웅성거렸다.

검수들 가운데 한 명이 조심스레 의견을 제시했다.

"마법 쉴드라면 오러를 막기 쉽지 않겠지요. 하지만 피의 권능으로 펼쳐내는 쉴드라면 어떻습니까?"

"피의 권능!"

검수들이 흠칫했다.

세상에는 마법도 아니고, 무술도 아니고, 주술도 아닌, 오로지 피의 힘으로 권능을 발휘하는 자들이 존재한다. 최근 몇십 년간 그 족속들이 모습을 보인 적이 없어 까맣게 잊고 있었는데, 그 끔찍한 족속들이 세상에 다시 등장했다면 이건 보통 일이 아니었다.

"설마 피사노교?"

"헉! 마교가 다시 등장하다니."

"허어어, 세상이 어찌 되려고 이러나."

검수들의 잇새에서 아주 끔찍한 이름이 흘러나왔다. 풀밭에 내려선 검수들의 표정이 어둡게 물들었다.

9검인 마제르도 자못 심각한 안색이었다. 다들 마제르를 중심으로 뭉쳐서 이런저런 의논을 시작했다. 시간이 갈수록 검수들은 점점 더 많이 모였다.

덕분에 이탄은 꼼짝도 하지 못했다. 여기서 조금이라도 움직였다가는 곧바로 발각될 것 같아서였다.

'아, 젠장.'

풀밭에 얼굴을 처박은 이탄이 똥 씹은 표정을 지었다.

다행히 시간이 조금 지나자 검수들은 다시 검탑으로 들어갔다.

'휴우우.'

이탄은 겨우 안도의 한숨을 내쉬었다.

그래도 이탄은 쉽게 몸을 일으키지 않았다. 납죽 엎드려서 조심스럽게 주변을 살피다가 한참 뒤에야 포복 동작으로 언덕을 기어 내려왔다.

이탄이 안개를 뚫고 숙소로 돌아왔을 때는 이미 새벽 4시가 넘었다. 이탄은 무복을 잘 개서 배낭에 넣고, 간단하게 샤워를 했다. 따뜻한 물줄기를 온몸으로 받으면서 이탄은 곰곰이 생각에 잠겼다.

'검탑에 침투했던 자가 누구였을까? 검수들의 말을 들어보면 피사노교의 사도인 것 같은데, 싸마니야가 보냈다는 바로 그 인물인가?'

그렇다면 실망이었다.

"검탑의 77검에게 패배할 정도라면 작전에 투입하면 안 되지. 괜히 아울 검탑 검수들에게 경각심만 심어줬잖아? 바보 같은 녀석들."

입매를 비틀어 피사노교를 욕해준 다음, 이탄은 수건으로 물기를 닦고 욕실에서 나왔다. 물론 목둘레에 수건을 둘러 목이 잘린 흔적은 감추었다. 어떤 상황에서도 목부터 가리는 것은 이탄의 습관이었다.

이번에도 그 습관이 효과를 발휘했다.

"헉?"

욕실을 벗어나자마자 이탄이 헛바람을 집어삼켰다. 누군가 방에 침투했기 때문이었다.

반사적으로 몸을 날린 이탄이 상대를 향해 손을 뻗었다. 동시에 이탄은 벽에 걸린 옷가지를 낚아채 알몸을 가렸다.

낯선 괴한이 상체를 뒤로 완전히 젖혀서 이탄의 공격을 피했다. 괴한은 빙글빙글 몸을 회전하여 이탄의 공격권에서 벗어나는가 싶더니, 갑자기 신음을 흘리며 한쪽 무릎을 꿇었다. 괴한의 왼쪽 가슴과 어깨는 온통 피투성이였다.

"엇?"

이탄은 비로소 상대의 외모를 파악했다. 이제 보니 이 괴한은 조금 전 웨이투와 싸우다가 도망친 바로 그 침입자였다.

"설마?"

이탄이 공격을 멈췄다.

Chapter 5

괴한이 한쪽 무릎을 꿇은 자세에서 이탄을 올려다보았다.

이탄이 자신의 오른팔을 휙 걷었다. 그곳엔 검은색 링이 자리했다. 피사노교를 상징하는 링 말이다.

"쿠퍼?"

괴한이 가래 끓는 음성으로 물었다.

이탄이 고개를 끄덕였다.

괴한은 비로소 안심한 듯 카펫 위에 철퍽 주저앉았다.

"헉헉. 네가 쿠퍼구나. 나는 코투다."

"아!"

이탄이 나직한 탄성을 흘렸다.

코투라면 이탄도 잘 알고 있었다. 비록 직접 만나는 것은 오늘이 처음이지만, 네트워크상에서는 코투라는 이름을 여러 번 목격했었다.

'피사노 싸마니야의 자식들 가운데 군기반장 역할을 한다는 코투가 바로 이 자구나.'

이탄은 피투성이가 되어 헐떡거리는 코투를 묘한 눈으로
내려다보았다. 코투의 정보가 이내 이탄의 왼쪽 망막 위에
떠올랐다.

— 종족: 필드 일족 (주술사형 점퍼)

— 주무기: 해골반지

— 특성 스킬: 블러드 쉴드(Blood Shield), 고스
트 핸드(Ghost Hand), 악마종 소환

— 성향: 흑

— 레벨: A—

— 주 출몰지역: 언노운 월드 평야

— 출몰빈도: 희박

이탄은 코투와 밍니야를 비교했다. 코투의 레벨은 밍니
야와 마찬가지로 A— 수준이었다. 비록 밍니야와 특성 스
킬은 조금 달랐으나 악마종을 소환한다는 점은 동일했다.

"빌어먹을 놈. 왜 그런 눈으로 형을 내려다보는 거냐?
크크큿."

코투가 툴툴거렸다. 그가 입을 열 때마다 입에서 검붉은
피가 울컥 울컥 튀어나왔다.

이탄은 묵묵히 그 모습을 지켜보다가 수건을 몇 장 가져

와 지혈을 해주었다.

"내게는 치유의 능력이 있습니다. 그런데 백 계열의 신성력이라 그걸로 치료를 해도 되는지 모르겠습니다. 어떻게 할까요?"

이탄의 물음에 코투가 얼굴을 구겼다.

"크크큿? 빌어먹을 신성력으로 나를 치료하겠다고? 그건 내 상처를 오히려 악화시키고 수명을 갉아먹을 뿐이다. 이 멍청아. 쿨럭, 쿨럭, 쿨럭, 쿨럭."

이탄에게 사납게 쏘아붙이다 말고 코투가 피기침을 토했다. 한 번 쿨럭일 때마다 코투의 입과 가슴에서 검붉은 피가 샘솟았다.

이탄이 수건으로 꽉 압박을 해도 피는 잘 멎지 않았다.

코투가 다시 툴툴거렸다.

"빌어먹을. 하필이면 아울 검탑에서 가장 사납다는 6검을 만날 줄이야. 크크큿."

"네에?"

6검이라는 말에 이탄이 흠칫했다.

"크큿. 아울 검탑의 6검. 그 무서운 자와 마주칠 줄은 미처 몰랐지. 크크큿."

코투가 다시 툴툴거렸다.

이탄이 자세한 사정을 물었다.

"6검이라고 하셨나요? 그런 강자를 만났습니까?"

이탄이 목격한 것은 코투가 77검 웨이투와 싸우는 장면뿐이었다. 이어서 9검 마제르가 검탑 밖으로 뛰쳐나온 것도 보았다. 하지만 코투가 6검과 부딪치는 장면은 보지 못하였다.

코투가 욕을 뱉었다.

"썅! 요 버릇없는 새끼 좀 봐라. 감히 형의 말을 믿지 못하겠다는 거냐? 검탑 안에서 6검이 내 심장을 쪼개놓지만 않았어도 77검 따위에게 밀릴 내가 아니다. 크크큿."

"심장이 쪼개졌습니까?"

이탄이 눈을 크게 떴다.

심장이 쪼개진 상태에서 77검과 싸우고, 또 여기까지 도망쳤다면, 그것만으로도 코투의 능력은 대단하다고 평가해야 했다.

'역시 정보창에 오류가 있구나. A— 레벨인 코투가 심장이 쪼개진 상태에서 77검과 맞서 싸울 수 있다니, 정보창의 정확도가 많이 떨어져.'

이탄이 혀를 찼다.

이탄의 정보창에 따르면, 77검의 레벨은 S0였다. 그런데 코투는 치명상을 입은 상태에서 자신보다 4레벨이나 높은 77검과 맞서 싸웠고, 여기까지 도망을 쳤으니 정보창에 오류가 있는 것이 분명했다.

'그러고 보니 싸마니야의 자식들은 모두 A— 레벨로 표시되네? 코투, 밍니야, 싸쿤, 푸엉, 모두 동일한 레벨이라는 점도 뭔가 석연치 않아.'

이탄이 이런 의구심을 품을 때였다.

"쿨럭, 쿨럭, 쿨럭. 씨발."

코투가 격렬하게 기침을 했다. 코투의 입과 코에서 검은 피가 뭉텅이로 쏟아져 카펫을 더럽혔다. 코투는 암담한 눈으로 자신이 흘린 피를 바라보다가 다시 고개를 들어 이탄을 응시했다.

"쿠퍼."

"왜 그러십니까?"

"너 참 운이 좋구나. 쿨럭, 쿨럭."

"네?"

뜬금없는 코투의 말에 이탄이 고개를 갸웃했다.

코투는 피범벅이 된 손을 뻗어 이탄의 멱살을 움켜잡으려 했다.

이탄이 살짝 몸을 비틀어 멱살 대신 가슴 섶을 내주었다. 듀라한인 이탄은 누군가에게 목을 내주는 것을 극도로 꺼려 했다.

코투는 이탄의 옷깃을 힘껏 비틀어 움켜쥐고는 피로 물든 이빨을 으스스하게 드러내었다.

"큭큭큭. 쿨럭, 쿨럭, 쿨럭. 아니지. 여기서 무사히 살아 나가야 운이 좋은 거지. 쿨럭, 쿨럭."

알 수 없는 말을 중얼거린 뒤, 코투가 이탄을 힘껏 잡아 당겨 그의 손에 반지를 하나 끼워주었다. 눈 부위에서 녹색 빛이 뿜어지는 해골 반지였다.

"이게 뭡니까?"

이탄이 고개를 갸웃했다.

쿠퍼 가문의 가주를 상징하는 사파이어 반지가 셋.

코투가 끼워준 해골 반지가 하나.

그러니까 이탄의 손가락에는 총 4개의 반지가 있어야 하는데, 희한하게도 해골 반지는 어디론가 사라지고 없었다.

"으응?"

이탄은 해골 반지가 끼워져 있던 부위를 손으로 더듬었다. 반지는 단지 투명화만 된 것이 아니었다. 진짜로 이탄의 손에 잡히지 않았다.

제6화
아조브를 얻다

Chapter 1

코투가 숨을 헐떡거리며 설명했다.

"허허헉. 네 몸에 흐르는 검은 드래곤의 피를 일깨워라. 허헉. 반지가 끼워진 손가락에 집중해서. 헉헉헉."

이탄은 스파이럴 적혈구를 의식적으로 움직여 반지가 끼워져 있던 손가락으로 보냈다.

후웅!

그러자 신비하게 사라졌던 해골 반지가 다시 그 모습을 드러내었다. 해골의 눈 부위에서 녹색 광채가 선명하게 빛났다.

코투가 빠르게 설명을 이었다.

"헉헉. 잘하는구나. 헉헉. 이것은 나의 권능. 헉헉. 고
스트 핸드. 헉헉헉. 크웃. 크큭큭큭. 크큭큭. 결코 실
패⋯⋯ 아니다. 크큭큭. 나는 성공⋯⋯ 크큭큭. 부디 법보
를⋯⋯ 교에⋯⋯ 전달⋯⋯ 크큭큭. 넌⋯⋯ 정말 운이⋯⋯
좋아. 크큭큭. 쿠우울럭!"

코투의 말이 점점 느려지더니, 급기야 마지막 큰 기침
과 함께 엄청난 양의 시꺼먼 피를 이탄의 가슴에 토해놓았
다.

"형님."

이탄이 코투를 흔들었다.

코투의 몸이 이탄의 품속에서 축 늘어졌다. 코투의 손이
바닥에 툭 떨어졌다.

이탄은 코투의 가슴에 손을 대보았다.

심장 박동은 이미 멈춰 있었다. 이탄은 코투의 부릅뜬 눈
을 가만히 감겨주었다. 이탄은 분명 피사노교의 혈족이 아
니고, 코투와 아무런 사이도 아니었다. 그런데 혈관 속 적
혈구가 스파이럴로 전환된 탓인지 이상하게도 가슴 한구석
이 아렸다.

다른 한편으로는 코투가 마지막으로 남긴 유언이 떠올랐
다.

'실패가 아니라고? 성공했으니까 법보를 교에 전달해 달

라고? 코투는 분명히 그렇게 말했어. 정말로 코투가 법보를 탈취했단 말인가? 심장이 쪼개진 상태에서도?'

코투의 유언이 사실이라면, 해골 반지가 수상했다. 이탄은 반지에 온 정신을 집중했다.

후웅!

스르륵 자취를 감추었던 해골 반지가 이탄의 피에 반응하여 다시 그 모습을 드러내었다. 해골의 두 눈에서 녹색 광채가 강렬하게 쏘아졌다.

이탄은 해골 반지를 이리저리 살폈다.

'어떻게 사용하는 것인지 쉽게 감이 오지 않는구나.'

이탄이 이런 생각을 할 때였다.

지이이잉—

해골의 눈 부위에서 쏘아진 녹색 광채가 허공 한복판에 모여들더니 반투명한 손의 형태를 갖추었다.

이것은 고스트 핸드(Ghost Hand: 유령의 손).

모든 물리적, 마법적 장애에 구속받지 않고, 벽이나 결계, 심지어 마법진 내부까지도 자유롭게 드나들 수 있는 코투만의 권능이었다. 이 고스트 핸드야말로 코투가 지닌 가장 뛰어난 장점이기도 했다. 피사노 싸마니야가 아울 검탑에 코투를 파견한 이유도 바로 이 고스트 핸드를 믿었기 때문이다.

실제로 코투는 고스트 핸드를 사용하여 아울 검탑 깊숙한 곳에 보관된 피사노교의 법보를 탈취해내었다.

아울 검탑에서는 아직까지도 자신들이 무엇을 잃어버렸는지 알지 못했다.

이탄이 멍하게 지켜보는 가운데 고스트 핸드가 이탄에게 다가왔다. 은은하게 녹색을 띤 반투명한 손이 휘릭 뒤집히더니 이탄에게 손바닥을 내밀었다.

그 손바닥 위에는 한 변의 길이가 10센티미터 정도 되는 정육면체 큐브가 놓여 있었다. 검고 은은한 광택을 발산하는 큐브.

이탄은 홀린 듯이 큐브를 응시했다.

큐브가 허공에 둥실 떠올랐다. 그리곤 좌라락 해체되었다가 다시 조립되기를 반복했다.

'이게 뭐지?'

이탄이 의구심을 품었다.

아나테마의 악령이 소스라치게 놀라 소리치지 않았다면, 이탄은 큐브의 정체에 대해서 전혀 알지 못했을 것이다.

[아조브!]

'응?'

[어떻게 아조브가 이곳에? 아조브는 우리 악마사원의 삼대법보 가운데 하나였는데?]

'영감. 이 큐브에 대해서 뭘 좀 아쇼?'

이탄이 눈매를 가늘게 좁혀 물었다.

아나테마의 악령이 자신 있게 대답했다.

[알다마다. 이 아나테마 님이 모르면 세상에 누가 저 아조브를 알겠느냐? 끼요요요. 끼요오오올.]

'아, 그놈의 괴상한 소리 좀 내지 말고, 한번 설명해 보쇼. 이 큐브가 아조브요? 용도는? 사용법은?'

이탄이 새끼손가락으로 귀를 후비며 물었다.

아나테마가 한껏 거드름을 피웠다.

[케헴. 내가 왜 그걸 네놈에게 알려줘야 하느냐?]

'뭐요?'

이탄이 인상을 찌푸렸다.

아나테마의 거드름이 도를 넘었다.

[끼익끼끽끽. 궁금하지? 알고 싶지? 이 법보가 얼마나 대단한 물건인지 파악하고 싶겠지? 끼익끼끽끽. 안 알려줄란다. 이놈아. 끽끽끽.]

'설명하기 싫으면 마쇼.'

이탄은 대답 듣기를 포기했다.

아나테마의 악령이 흠칫했다.

[으잉? 진짜로 안 궁금하다고?]

'그렇소. 나는 어차피 이 법보를 피사노교에 넘길 건데,

궁금해서서 뭐하겠소? 영감에게 더 묻고 싶은 것도 없으니 그만 입 닥치고 구석에 찌그러져 있으쇼. 내일 일수도장 찍을 때나 다시 나타나면 될 거요.'

[피사노교에 이걸 넘긴다고? 왜? 이게 얼마나 대단한 물건인데 그냥 넘겨? 이건 고대문명을 지배했던 우리 악마사원의 삼대법보 가운데 하나였다니까.]

'그럼 뭐 하겠소. 어차피 나는 사용법도 모르고, 피사노교에 넘기는 것이 속 편하지. 교에서는 이 아조브라는 물건의 사용법을 아는 사람이 있겠지.'

이탄이 이렇게 되받아쳤다.

아나테마가 난리법석을 피웠다.

[아니. 절대 그럴 리 없다.]

'응? 그럴 리 없다고? 피사노교에서는 아조브를 제대로 사용하지 못한다는 뜻이오?'

이탄이 물었다.

Chapter 2

아나테마가 곧장 대답했다.

[그렇다. 아조브는 악마사원의 삼대법보 가운데 가장 강

력한 법보는 아니지만, 가장 신비롭고 까다로운 법보였느니라. 그 때문에 우리 악마사원의 역대 선조들 가운데 그 누구도 아조브의 기능을 완벽히 이해한 사람이 없었다. 심지어 위대하신 지성, 불멸악마종이라 불리던 이 아나테마 님께서도 아조브의 기능을 30퍼센트 이상 파악하지 못하였도다. 그런데 누가 감히 아조브의 사용법을 안다고 자신하겠는가?]

'그거야 뭐 피사노교에서 알아서 하겠지. 영감은 그만 참견하고 꺼지쇼. 어차피 영감도 30 퍼센트밖에 모른다며?'

이탄이 날파리를 쫓듯이 손을 휘휘 저었다.

아나테마가 발끈했다.

[끄요요옵. 감히 불멸악마종인 이 아나테마님을 무시하다니. 요런 버르장머리 없는 놈. 그나마 이 아나테마 정도 되니까 30퍼센트라도 파악한 게지, 다른 사람 같으면 어림도 없다. 응? 응? 너 듣고는 있는 게냐? 응? 응? 응?]

'아, 시끄러우니까 좀 닥치쇼.'

처음에 이탄은 아나테마의 악령을 살살 약올려서 아조브의 비밀을 캐낼 요량이었다. 그러다 큐브(아조브) 내부에서 무언가를 발견하고는 진짜로 머릿속에서 아나테마를 지워버렸다. 이탄은 아나테마가 지껄이는 소리에 귀를 기울이지 않았다. 온 신경을 집중하여 아조브만 응시했다.

촤라락, 촤라락, 촤라라라락—.

아조브는 지금 이 순간에도 허공에서 해체와 재조립을 반복하는 중이었다. 그렇게 아조브가 해체되었을 때, 그 안쪽에서 언뜻언뜻 문자가 드러났다.

배배 꼬인 꽈배기 모양의 문자.

읽을 수 없는 만자비문.

순간적으로 이탄의 마나가 크게 들끓어 올랐다. 이탄의 몸속, (진)마력순환로 속을 도도하게 흐르며 복리증식되던 음차원의 마나는 만자비문의 영향을 받아 꽈배기 모양으로 뭉쳐 다니고 있었다. 한데 그 마나들이 아조브 속의 꽈배기 문자와 반응하게 (진)마력순환로에서 툭툭 튀어나왔다.

은은하게 푸른빛을 띤 꽈배기 문자들이 이탄의 피부를 뚫고 튀어나와 아조브로 몰려들었다.

해체와 재조립을 반복하던 아조브도 어느 순간 모든 행동을 딱 멈췄다.

이탄의 몸에서 튀어나온 마나가 아조브 속으로 스며들었다. 만자비문의 형태를 띠고 있던 이탄의 마나는 아조브 내부의 꽈배기 문자와 딱딱 맞아떨어졌다. 그 모습이 마치 푸른 열쇠가 날아가 아조브 속 자물쇠 모양에 찰칵 찰칵 끼워지는 것 같았다.

이윽고 아조브의 내부가 푸른 마나로 가득 충전되었다.

투촨!

그 즉시 아조브의 형태가 변했다. 큐브 모양이던 아조브가 저절로 변형하여 검도 되었다가, 창도 되었다고, 활도 되었다가, 도끼로도 변했다.

이탄은 홀린 듯이 그 변화를 지켜보았다. 이탄이 간씨 세가의 탑에서 배웠던 18종류의 무기들이 모두 다 튀어나왔다. 이탄이 이 세계에서 접했던 모든 종류의 무기들이 전부 다 제시되었다.

마치 아조브는 이탄에게 '어떤 무기가 마음에 드시나요?'라고 묻고 있는 듯했다.

이탄은 결정을 내리지 않았다.

마음에 드는 무기가 없어서였다. 이탄은 탑에서 18종류의 무기 사용법을 배웠으나, 딱히 선호하는 무기는 없었다.

이곳 언노운 월드에 와서도 마찬가지였다. 이탄은 모레툼 교단의 신관이 된 이래 유척을 무기로 사용하였으나, 딱히 그게 좋아서 선택한 것은 아니었다.

사실 이탄은 온몸이 무기였다. 이탄은 검을 사용하기보다는 맨손으로 상대를 찢어버리는 것을 즐겼다. 창을 손에 쥐기보다는 맨손가락으로 적의 눈알을 파내는 것을 더 선호했다.

그런 이탄에게 아조브는 쓸모가 없게 느껴졌다.

'쳇. 별거 없잖아?'

이탄의 마음을 읽었는지 아조브는 더욱 빠르게 형태를 변화시켰다. 지금까지 이탄이 한 번도 보지 못했던 무기들이 다 튀어나왔다. 이탄이 상상하지도 못했던 온갖 기괴한 형태까지 총 망라되었다.

이탄은 하품만 나왔다.

이탄이 의지를 일으키자 아조브의 내부로 스며들었던 마나가 다시 회수되기 시작했다.

아조브가 당황한 듯 바르르 떨었다.

그때 황급히 갖추어진 형태가 바로 낫.

"엉?"

이탄이 고개를 갸웃했다.

아조브는 이탄의 눈치라도 살피는 듯이 낫 모양을 유지하다가 살짝 변화를 주어보았다. 낫의 크기를 줄였다가 다시 키우고, 낫이 휘어진 정도도 요리조리 바꿔가면서 이탄의 마음에 드는지 확인했다. 낫의 손잡이 모양도 다양하게 제시했다.

울퉁불퉁해 보이는 손잡이.

1.2미터가 넘는 기다란 날.

날의 아래 부분에 매달린 9개의 고리.

날 표면에 새겨진 꽈배기 모양의 문자 몇 개.

이런 생김새라면 농부가 추수할 때 사용하는 낫은 아니었다. 이건 죽음의 신이 들고 다닌다는 사이드(Scythe: 대형 낫)와 비슷했다.

"그나마 이게 좀 그럴듯하군."

이탄이 고개를 주억거렸다.

아조브는 그제야 안심한 듯 허공에서 춤을 추었다. 그 다음 어서 자기를 잡으라는 듯 이탄을 향해 스르륵 날아왔다.

이탄은 아조브를 손에 잡지 않았다. 나름 취향이 까다로운 탓이었다.

"개중 낫긴 하다만, 나는 굳이 무기를 쓸 생각이 없어. 다시 원래 형태로 돌아와라. 피사노교에 보내줄 테니 그곳에서 네 주인을 찾아봐."

이탄은 아조브를 마치 살아 있는 생명체처럼 대했다.

거절을 당한 아조브가 바르르 떨었다.

이탄의 머릿속에서 아나테마의 악령이 펄쩍펄쩍 뛰었다.

[끼요옵. 이런 바보 멍텅구리 녀석. 아조브를 다른 사람에게 넘기겠다니? 그게 말이 되는 소리냐? 이건 보통 물건이 아니라, 악마사원의 삼대법보 가운데 가장 신비롭고 까다로운 보물이라고. 이 멍청아.]

'영감, 시끄러우니까 그만하지.'

이탄이 눈을 슬쩍 찌푸렸다.

이탄의 영혼 속에서 붉은 금속이 촤라락 일어났다.

Chapter 3

평소 같으면 찔끔해서 입을 다물었을 아나테마가, 이번
엔 끝까지 고집을 피웠다.

[이 멍청한 놈. 무기가 필요 없다고? 이게 어디 무기처럼
보이느냐? 아조브가 검이나 창과 같은 일반 무기인 줄 아느
냐? 저건 사람의 목을 베라고 존재하는 무기가 아니니라.]

'응?'

[아조브는 그렇게 무식하게 사용하는 물건이 아니란 말
이다. 철로 만든 방패를 저 예술적인 아조브로 내리쳤다고
생각해 봐라. 당연히 아조브가 유리처럼 깨질 테지.]

아나테마가 침을 튀며 열변을 토했다.

이탄의 의문을 품었다.

'뭐요? 철 방패 하나 제대로 자르지 못하면 이 낫이 대
체 무슨 쓸모가 있단 말이오? 설마 형태만 무기를 닮았지,
사실은 무기가 아니란 말이오?'

[당연하지. 이 낫은 그저 네 취향에 맞춰서 형태만 갖췄
을 뿐, 이것은 치고받고 싸우는 무기가 아니니라.]

'그럼 뭐요? 무기처럼 생겼는데 무기가 아니라면, 대체 이걸 어디다 쓰란 말이오?'

[그건…… 끄으응.]

아나테마의 악령이 갑자기 입을 닫았다.

이탄이 다그쳤다.

'체엣. 여태까지 실컷 열변을 토하더니, 노친네가 왜 갑자기 입을 다물고 그러쇼? 무기가 아니라면 이게 대체 뭐란 말이오?'

[끄으응. 나도 잘 모르겠다.]

아나테마가 풀 죽은 음성으로 고백했다.

이탄이 눈을 찌푸렸다.

'뭐요? 이제 와서 모르겠다고?'

[그래. 모른다. 몰라. 고대에 내가 아조브를 다뤘을 당시에는 이렇게 다양한 무기로 변화하지 않았느니라. 그저 정해진 배열에 따라 마나를 불어넣으면 오직 한 가지 형태, 즉 단검의 모습만 맞추었지.]

'단검?'

[그렇다. 단검 형태의 아조브로 빈 공간을 베면, 비로소 그 진가가 드러나곤 했다.]

'적이 아니라 빈 공간을 벤다고 했소? 그럼 무슨 일이 벌어지는데?'

이탄의 눈이 호기심으로 빛났다.

아나테마가 자신 없는 말투로 대답했다.

[그게…… 당시에 내가 아조브의 기능을 잘 몰라서 그런지 허공을 벨 때마다 나타나는 현상이 달랐느니라.]

'엥?'

[어떨 때는 베어진 공간으로부터 눈폭풍이 몰아쳤지. 또 어떤 때는 베어진 공간의 틈새에서 지옥의 불길이 치솟기도 했고. 또 어떤 때는 베어진 공간에서 언데드들이 우르르 쏟아진 적도 있었다. 온갖 해충이 튀어나오기도 하고, 독안개가 뿜어지기도 하고, 저주마법이 발동하기도 하고. 하도 변화가 무쌍해서 당시 우리 악마사원에서는 아조브가 랜덤하게 공격마법을 바꾼다고 생각했었다.]

'허어.'

이탄이 탄성을 흘렸다.

빈 공간을 베면, 그 베어진 공간의 틈새로부터 랜덤하게 무언가가 튀어나온다고? 그것 참 신기한 일이었다.

"어디 한 번 테스트해봅시다."

이탄이 낫 형태의 아조브를 손에 잡았다.

아나테마의 악령이 펄쩍 뛰었다.

[끄읍. 이런 미친놈. 이곳에서 아조브를 시험하겠다고? 당장 이 건물이 박살 나고 난리가 날 텐데?]

'어? 그런가?'

이탄은 뒤통수를 긁적이다가 아조브를 다시 손에서 놓았다.

"어휴."

이탄이 갑자기 짜증을 내었다.

[왜 그러느냐?]

아나테마가 이탄의 눈치를 살폈다.

이탄이 탐탁지 않은 듯한 표정으로 투덜거렸다.

'아조브가 제법 괜찮은 것 같아 오히려 머리만 더 복잡해졌지 뭐요. 아조브를 내가 꿀꺽하면, 피사노교에는 뭐라고 둘러댄단 말이오? 마교에서 나를 의심할 것이 뻔한데 그 뒷수습을 생각하니 골치요 골치.'

놀랍게도 아조브가 그에 대한 해결책을 제시했다.

땡그렁.

대형 낫처럼 변한 아조브가 손잡이 부분을 불룩하게 부풀리더니, 바닥에 큐브를 하나 떨궈놓았다.

이건 흡사 닭이 알을 낳는 모양새였다. 바닥에 떨어진 복제 큐브는 아조브의 본래 모습과 동일했으나, 진짜 아조브처럼 내부에 만자비문을 가지고 있지는 못했다.

"으잉?"

이탄이 바닥에 떨어진 복제 큐브를 손에 쥐었다. 이탄의 눈이 오른손에 쥔 진짜 아조브(낫 형태)와 왼손에 쥔 복제 큐브 사이를 번갈아가며 오갔다.

복제 큐브가 웅웅 울어댔다. 자신에게도 음차원의 마나, 그것도 그냥 마나가 아니라 꽈배기 문자처럼 생긴 마나를 먹여달라고 보채는 느낌이었다.

"어디 보자."

이탄이 복제 큐브에 음차원의 마나를 주입했다.

그러자 복제 큐브가 스스륵 변했다. 그런데 진짜 아조브처럼 다양한 무기로 변하지 않고 단검의 형태로만 변화했다.

아나테마가 아는 체를 했다.

[어? 그건 내가 고대에 종종 보았던 모습인데?]

'아!'

이탄의 머릿속에 램프등이 확 들어왔다. 이탄이 아나테마를 재촉했다.

'영감. 과거에 아조브를 어떻게 다뤘다고 했소? 마법진을 이용하여 일정한 방식으로 마나를 주입하면 아조브가 단검으로 변했다고 했잖소?'

[그렇지. 단검이 되었지.]

'그 방법 좀 설명해 보시오. 큐브 모양의 아조브를 단검으로 바꿨던 방법 말이오.'

[뭣? 흐응. 이제 내 도움이 필요하다는 게냐?]

아나테마는 이탄의 명령하는 태도가 고까운 듯 흥! 흥! 콧방귀를 끼었으나, 속으로는 은근히 기쁜 모양이었다. 그래서인지 아나테마는 이탄에게 군소리 없이 자신만의 노하우를 알려주었다.

Chapter 4

"어디 한번 해볼까?"

이탄은 우선 복제 큐브에 주입했던 음차원의 마나를 다시 회수했다.

그 즉시 복제 큐브가 단검 모양에서 다시 큐브 형태로 돌아왔다.

이어서 이탄은 만자비문이 아닌 일반 음차원의 마나를, 아나테마가 설명한 방식대로 복제 큐브에 주입해보았다.

이 작업이 제법 복잡하여 무려 30분 이상 시간이 걸렸다.

하지만 효과는 제대로였다.

스릉─.

아나테마가 가르쳐준 방식대로 마나 주입을 마치자 복제 큐브가 다시 단검으로 변했다. 이탄이 쾌재를 불렀다.

"역시 내 예상이 맞았어."

이탄의 머릿속에 일련의 법칙들이 정립되었다.

첫째, 진짜 아조브에 만자비문의 마나를 주입하면, 자유로운 무기로 변형이 가능하다.

둘째, 복제 아조브에 만자비문의 마나를 주입하면, 오직 단검으로만 변한다.

셋째, 복제 아조브에 마법진을 이용하여 일반 음차원 마나를 주입하면, 위의 2번과 동일한 결과를 얻는다. 다만 시간이 30분 이상 오래 걸리는 것이 단점이다.

이상이 이탄이 정리한 결과였다.

"흐으음."

이탄이 진짜 아조브와 복제 아조브를 번갈아가며 살폈다.

"그러니까 왼손에 든 이 복제 큐브를 피사노교에 던져주자? 그래도 피사노교에서는 까맣게 모를 거다?"

진짜 아조브가 웅웅웅 울었다. 마치 이탄의 말에 동의하는 듯한 행동이었다.

이탄이 다시 아조브에게 물었다.

"복제품은 오직 단검으로만 변할 수 있나?"

웅웅웅웅.

진짜 아조브가 또 응답했다. 이탄의 말이 맞는다는 뜻이었다.

이탄이 마지막으로 한 번 더 질문했다.

"그럼 진짜와 복제품 사이의 차이가 뭐야? 다양한 무기로 변신할 수 있는 것은 그다지 쓸모 있는 효과는 아니잖아. 혹시 진짜와 복제품 사이에 격차가 좀 있을까? 이를 테면 공격 효과가 엄청나게 차이가 난다든가 말이지."

우우우우웅웅웅웅웅웅.

진짜 아조브가 미친 듯이 진동했다. 무슨 그런 당연한 것을 묻느냐고 항변하는 듯했다. 아무래도 이탄의 질문이 아조브의 자존심을 상하게 만든 모양이었다.

"거 참. 무슨 무기가 이래? 꼭 칭얼거리는 어린애 같잖아."

이탄은 어이가 좀 없었다.

우웅? 우우우우우웅!

어린애 취급을 받은 아조브가 바르르 떨었다.

아조브의 입장에서 보면, 몇 개의 문명을 뛰어넘어 기나긴 세월을 지나는 동안 이런 취급을 받은 것은 이번이 처음이었다.

아조브가 그러거나 말거나, 이탄은 제 할 일에 몰두했다.

"이크. 이렇게 넋 놓고 있을 때가 아니지."

이탄의 입장에서는 일단 코투의 시체부터 수습해야 했다.

"내 방에서 코투의 시체가 발견되면 여러모로 골치가 아파진다. 아울 검탑에서 내 주변을 조사할 테고, 일이 꼬일 수밖에 없어. 현 상황에서 가장 합리적인 방법은 코투의 시체가 영원히 발견되지 않는 거야."

원래 이탄은 아울 검탑에서 법보를 탈취하여 피사노교에 넘기고, 피사노교의 사도는 체포하여 은화 반 닢 기사단에 넘길 계획이었다.

그런데 코투의 시체를 은화 반 닢 기사단에 넘기기에는 상황이 꼬였다. 이탄의 방에서 코투의 시체가 발견되는 즉시 이탄의 존재가 부각될 수밖에 없었다.

"그건 곤란하지."

이탄은 시체부터 없애기로 마음먹었다.

"이 방법이 잘 될까?"

이탄은 코투의 심장에 손을 밀착한 다음, 숨을 훅 들이쉬었다.

주춤, 주춤, 주춤.

살아생전 코투가 보유했던 마나가 이탄의 (진)마력순환로의 자극을 받아 조금씩 움직였다. 이탄은 밍니야의 권능인 마나 드레인(Mana Drain: 마나 고갈)을 머릿속으로 떠올리면서 계속해서 코투의 마나를 자극했다.

이것이 가능한 이유는 이탄이 밍니야의 지식을 몽땅 물려받았기 때문이었다.

처음에는 움직이지 않던 코투의 마나가 이탄의 자극에 슬금슬금 움직이기 시작했다. 그러다 한 번 둑이 터지자 봇물 빠지듯이 코투의 마나가 고갈되었다.

쪼르르륵, 쾰쾰쾰.

그렇게 고갈된 마나가 대기 중에 흩어졌다.

이탄이 (진)마력순환로를 돌리자 그 가운데 일부, 대략 5퍼센트가량의 마나가 이탄에게 흡입되어 이탄의 마나와 혼합되었다.

이탄이 보유한 방대한 마나량에 비하면 이렇게 흡수한 마나는 대해에 물 한 방울 유입된 수준도 되지 않았다.

그러는 사이 마나 드레인이 완료되었다. 마나를 모두 잃은 코투의 시체는 미이라처럼 바짝 말랐다가 푸스슥 흩어졌다. 뼈 한 조각 남기지 않고 푸스스슥. 살점 하나 남기지 못하고 사르륵.

코투의 마나가 흩어질 때 코투가 흘린 피도 같이 분해되어 자취를 감추었다.

"휴우우. 이럼 시체의 흔적이 남지 않겠지."

이탄이 다행이라는 듯이 고개를 주억거렸다. 그 다음 코투의 시체 가루를 잘 모아서 벽난로 속에 뿌렸다.

벽난로 속 불꽃이 타닥타닥 소리를 내며 거세졌다. 피범벅이던 카펫도 어느새 깨끗해졌다. 코투가 흘린 피가 분해된 덕분이었다.

조금 전까지 시체가 나뒹굴던 자리엔 링과 바이블만 덩그러니 놓여 있었다. 이탄은 코투의 유품들을 수습해두었다.

방 안 처리를 끝낸 뒤, 이탄은 창문틀과 건물 외벽을 세심하게 살폈다.

"내 이럴 줄 알았지."

코투가 흘린 피가 건물 외벽에 점점이 보였다. 건물 밖 풀숲에서도 몇 방울의 피가 발견되었다.

"바깥쪽까지 살피기를 잘했네. 잘했어."

이탄은 코투의 혈흔까지 깔끔하게 지웠다. 코투가 남긴 희미한 발자국도 싹 다 제거했다.

Chapter 5

이탄이 코투의 흔적을 수습할 동안 그 어떤 방해꾼도 나타나지 않았다.

솔직히 말해서 쿠퍼 가문의 호위무사들은 이탄의 행동을 알아차리기에는 감각이 무뎠다. 밍니야와 싸쿤, 푸엉은 충분히 감각이 예민한 자들이었으나, 다행히 이탄 주변에 얼씬거리지 않았다. 이들 3명 모두 어젯밤부터 오늘 새벽까지 아울 검탑 주변을 탐색하느라 바빴기 때문이다.

이탄은 피사노교의 눈들을 신경 쓸 필요가 없어 편했다.

심지어 이탄의 숙소 주변엔 아울 검탑의 검수들도 배치되지 않았다. 언행일치를 삶의 지표로 삼는 예산처장 살라루는 "쿠퍼 가문의 사절단을 감시하지 않겠다."는 약속을 충실하게 지켰다.

이탄이 코투의 시체를 말끔하게 정리한 시각이 새벽 5시 55분경.

그로부터 1시간 뒤인 아침 7시에 살라루가 이탄을 찾아왔다. 이탄은 졸린 눈을 비비는 척하며 살라루를 맞았다.

"어라? 예산처장님께서 이른 아침부터 어쩐 일이십니까?"

"허허험, 쿠퍼 공."

살라루가 계면쩍은 얼굴로 이탄의 방 안을 엿보았다. 그리곤 솔직하게 사정을 털어놓았다.

"그게 말입니다. 부끄러운 이야기지만, 어제 우리 아울 검탑에 침입자가 있었습니다. 그래서 혹시나 싶어 이른 아침부터 여기를 들렀습니다."

"어, 그런가요? 우선 안으로 들어오시죠."

이탄은 스스럼없이 살라루를 방 안으로 맞아들였다.

이탄의 당당한 행동에 살라루가 안심했다. 살라루의 뒤에는 목검을 든 도제생 10명이 동행했다.

"그쪽에 앉으시지요."

이탄이 살라루에게 자리를 권했다. 그 다음 차를 한 잔 내오면서 너스레를 떨었다.

"그나저나 이게 뭔 일이랍니까? 아울 검탑에 침입자가 발생하다니요? 허어어, 이거 참."

"험험."

민망해진 살라루가 헛기침을 했다.

이탄이 재빨리 화제를 돌렸다.

"그나저나 차 괜찮으시죠? 예산처장님의 입맛에 맞으실지 모르겠네요."

"아. 네. 뭐."

검수 출신인 살라루는 여전히 사람 대하는 태도가 능숙하지 못했다. 이탄이 살라루와 이런저런 이야기를 주고받는 동안, 아울 검탑의 도제생들은 사절단이 머무는 숙소 주변을 샅샅이 검색했다.

딱히 건질 만한 것은 나오지 않았다.

'이곳엔 이상한 점이 없습니다.'

도제생들의 대표가 살라루를 향해 고개를 좌우로 저었다.

살라루가 벌떡 일어나 이탄에게 용서를 구했다.

"쿠퍼 공, 아침 댓바람부터 죄송합니다. 아무래도 침입자는 다른 경로를 통해 도망친 것 같습니다. 아직 아침 식사도 못 하셨을 텐데 저희는 이만 물러가겠습니다. 편히 쉬십시오."

"아이고, 별 말씀을 다 하십니다. 오신 김에 처장님께서도 저희와 함께 아침 식사를 하시면 좋을 텐데요."

이탄이 마음에도 없는 인사치레를 건넸다.

"아닙니다. 정말 괜찮습니다."

살라루는 손사래를 치며 자리를 떴다. 도제생들이 척척 발걸음을 맞추어 살라루의 뒤를 따랐다.

"후후훗."

숙소 언덕을 내려가는 아울 검탑 사람들을 지켜보면서 이탄의 눈이 반달 모양으로 살짝 휘었다.

고스트 핸드는 참으로 유용했다.

"이리 줘."

이탄이 손을 내밀자 빈 허공에 고스트 핸드가 나타났다. 은은하게 초록빛깔을 띤 고스트 핸드는 낫 형태의 아조브를 꺼내어 이탄에게 내주었다.

"다시 가져가."

이탄이 아조브를 살짝 위로 던지자 고스트 핸드가 아조브를 회수해서 감쪽같이 사라지게 만들었다.

"와아. 이건 마치 아공간 같잖아? 간씨 세가의 아공간 말이야."

이탄이 기분 좋게 뇌까렸다.

솔직히 말해서 이탄은 아조브보다 고스트 핸드를 얻은 것을 더 기뻐했다. 그런 속마음을 읽었는지 아조브가 바르르 떨었다.

[미친놈.]

아나테마의 악령도 이탄에게 한 마디를 쏘아붙였다.

어쨌거나 상관없었다. 이탄은 기분이 무척 좋았다. 고스트 핸드를 얻은 점도 좋지만, 피사노교에게 건네줄 물건이 생겨서 마음이 놓였다.

'이걸 건네주면 피사노교에서 나를 의심할 이유는 없지.'

이탄은 왼손에 든 복제 큐브를 위로 던졌다가 다시 받아 들었다. 허공으로 떠오를 때는 분명 큐브 모양이었는데, 이탄의 손바닥에 다시 떨어질 때는 단검의 형태로 바뀌어 있었다. 이탄은 손가락을 파도처럼 움직여서 단검을 현란하게 놀렸다.

마지막으로 이탄이 단검을 빙글 돌려 손바닥 위에 올려 놓았다. 단검은 어느새 다시 큐브가 되었다.

이탄이 피사노교의 네트워크에 접속했다.

　⊗ [쿠퍼] 퀘스트 클리어.

이탄이 간단하게 한 마디를 흘렸을 뿐인데 네트워크 전체가 조용해졌다.

잠시 후, 싸마니야 혈족들이 벌떼처럼 들고 일어났다.

　⊗ [싸쿤] 뭐여? 뭘 클리어했다는 거여? 막내가 미친겨?

　⊗ [푸엉] 그러게 말입니다. 어젯밤에도 허탕을 쳐서 심란해 죽겠구만 막내가 지금 뭔 소리를 하는 건지 모르겠네요.

　⊗ [밍니야] 푸엉//닥치고 막내 이야기부터 들어보자.

　⊗ [소리샤] 밍니야//네가 막내의 멘토지? 우리 귀염둥이 막내에게 '퀘스트 클리어'가 무슨 뜻인지 제대로 알려는 줬냐? 혹시 막내가 우리를 상대로 장난을 치는 건 아니겠지? 엉?

∞ [밍니야] 소리샤//오라버니, 쿠퍼가 그 정도로 생각이 없지는 않아요.

네트워크에 이런 대화가 쭈르륵 올라왔다.
그때 갑자기 싸마니야가 접속했다.

∞ [피사노 싸마니야] 검은 드래곤의 아들아.
∞ [싸쿤] 헉! 싸마니야 님.
∞ [푸엉] 검은 드래곤의 아들 푸엉이 싸마니야 님을 뵙습니다.
∞ [밍니야] 검은 드래곤의 딸 밍니야가 싸마니야 님을 뵙습니다.
∞ [소리샤] 검은 드래곤의 아들 소리샤가 싸마니야 님을 뵙습니다.
∞ [술라드] 검은 드래곤의 아들 술라드가 싸마니야 님을 뵙습니다.

싸마니야의 등장에 다들 경의를 표했다. 지금까지 다른 사람들의 대화만 듣고 있던 술라드도 모습을 드러내었다.

Chapter 6

이탄도 형제들(?)의 흉내를 내었다.

　∞ [쿠퍼] 검은 드래곤의 아들 쿠퍼가 싸마니야
님을 뵙습니다.

피사노 싸마니야가 곧장 이탄을 추궁했다.

　∞ [피사노 싸마니야] 검은 드래곤의 아들아, 조
금 전에 네가 한 말이 무엇이더냐?
　∞ [쿠퍼] 말 그대로입니다. 제게 주어진 임무를
해냈다고 보고 드렸습니다.
　∞ [피사노 싸마니야] 네가 부여받은 임무가 무
엇이더냐?
　∞ [쿠퍼] 위대하신 싸마니야 님께서 형제들을
제게 보내주신다 하셨습니다. 저는 그 형제들을
검탑으로 안내하였고, 형제 가운데 한 명이 검탑
으로부터 목표물을 탈취하여 제게 전달했습니다.
　∞ [피사노 싸마니야] 뭣?

네트워크가 다시 조용해졌다. 특히, 직접 임무를 맡은 밍니야, 싸쿤, 푸엉이 입을 쩍 벌렸다.

싸마니야가 이탄에게 물었다.

⊗ [피사노 싸마니야] 검은 드래곤의 아들아, 지금 네가 목표물의 탈취를 입에 담았더냐?

⊗ [쿠퍼] 그렇습니다. 제게 물건을 전달한 형제가 분명 그렇게 전하였습니다.

⊗ [피사노 싸마니야] 그가 누구더냐?

⊗ [쿠퍼] 스스로를 코투라고 밝혔습니다. 또한 제게는 형이 된다고 하였습니다.

⊗ [피사노 싸마니야] 그런데 왜 코투가 직접 네트워크에 접속하지 않고 네가 하였느냐? 네가 코투의 공을 탐하는 것이더냐?

싸마니야가 남긴 문장은 서슬이 퍼렇게 서 있었다.

이탄은 최대한 담담하게 대화를 이었다.

⊗ [쿠퍼] 공을 탐한다고 하여 제 공이 되겠습니까? 목표물을 탈취한 것은 엄연히 코투 형이 한 일이고, 저는 목표물이 무엇인지조차 알지 못했

습니다. 다만 어젯밤 코투 형이 아울 검탑의 6검과 부딪쳐 심장이 쪼개졌습니다. 그 상태에서 코투 형은 사투를 벌여가며 검탑에서 탈출하여 저를 찾아왔습니다. 그리곤 제게 큐브 형태의 물건을 전해주고는 다시 어디론가 도망쳤습니다.

이탄이 말한 것은 대부분 사실이었다. 다만 코투의 죽음 부분에서만 살짝 거짓말을 섞었다.

싸마니야를 비롯한 그 혈족들은 이탄의 말에 깜짝 놀랐다.

∞ [피사노 싸마니야] 코투가 아울 6검과 부딪쳤다 했느냐?

∞ [쿠퍼] 코투 형이 제게 그리 말했습니다. 실제로 코투 형의 가슴은 피로 물들어 있었고, 안색은 파리했습니다.

∞ [피사노 싸마니야] 그런 몸으로 코투가 어디론가 도망쳤고?

∞ [쿠퍼] 코투 형은 자신이 검탑 놈들을 따돌려야 물건이 안전할 거라고 말했습니다. 그리곤 제 손에 큐브 모양의 물건을 쥐여주었습니다. 지

금 그 큐브는 제가 가지고 있습니다. 검탑 놈들의
눈을 피해 몰래 보관 중입니다.

　⊗ [피사노 싸마니야] 허!

네트워크에 다시 침묵이 감돌았다.

그 침묵을 깬 것은 역시 피사노 싸마니야였다. 싸마니야
의 입에서 임무 지시가 떨어졌다.

　⊗ [피사노 싸마니야] 싸쿤.

　⊗ [싸쿤] 네. 싸마니야 님.

　⊗ [피사노 싸마니야] 네가 쿠퍼에게서 법보를
받아 교로 가져오너라. 술라드가 너를 도울 것이
니라.

　⊗ [싸쿤] 네. 싸마니야 님.

피사노 싸마니야의 말에 이탄의 눈이 번뜩 빛났다.

'술라드가 돕는다고? 그렇다면 술라드 또한 이 근처에
와 있다는 뜻이구나.'

이탄의 머릿속에 계획이 하나 떠올랐다. 그러는 가운데
피사노 싸마니야의 명령이 계속되었다.

∞ [피사노 싸마니야] 푸엉.

∞ [푸엉] 푸엉이 여기 있습니다. 말씀하십시오, 싸마니야 님.

∞ [피사노 싸마니야] 너는 코투의 행방을 찾아라. 검탑 놈들에게 발각되지 않게 주의하고.

∞ [푸엉] 목숨으로 명을 받들겠습니다.

∞ [피사노 싸마니야] 밍니야.

∞ [밍니야] 제게도 명을 내려주십시오, 싸마니야 님.

∞ [피사노 싸마니야] 너는 쿠퍼를 도와 일의 마무리를 맡아라. 법보 탈취와 관련되어 돌아가는 사정도 좀 살펴보고.

∞ [밍니야] 명을 따르겠습니다.

세 자녀에게 차례로 명을 내린 뒤, 피사노 싸마니야는 이탄에게도 말을 걸었다.

∞ [피사노 싸마니야] 검은 드래곤의 아들 쿠퍼는 들으라.

∞ [쿠퍼] 경청하겠습니다, 싸마니야 님.

∞ [피사노 싸마니야] 너는 양의 무리에서 태어

나 양의 속에서 자랐으되 검은 드래곤의 피를 이어받은 검은 드래곤의 아들이로다. 네가 너의 혈통을 잊지 않고 공을 세운 것을 나는 멀리서 기뻐하노라.

⊗ [쿠퍼] 과찬이십니다. 하지만 공은 제가 세운 것이 아니라 코투 형이 세웠습니다.

⊗ [피사노 싸마니야] 형제의 의리를 지키고자 하는 너의 말이 갸륵하구나. 코투는 코투의 공을 세웠고, 너는 너의 공을 세운 것이다. 코투의 공이 크고 네 공이 작은 것은 내가 코투에게 큰일을 맡기고 네게는 작은 일을 맡겼기 때문일 뿐, 그것이 너를 낮출 이유는 되지 않는다. 오늘날 네가 피의 뿌리를 잊지 않고 너의 소임을 다하였으니 앞으로 나는 너에게 더욱 더 큰 일을 맡길 것이로다. 오로지 피사노의 이름으로 다시 전하마.

이 말을 끝으로 피사노 싸마니야는 네트워크에서 나가버렸다.

Chapter 7

싸쿤이 조심스레 말을 남겼다.

⊗ [싸쿤] 우리 막내가 수고가 많았네. 막내야, 거기서 조금만 기다려라. 내가 법보를 받으러 갈게.

⊗ [푸엉] 그러게 말입니다. 막내가 활약할 동안 아무것도 이루지 못한 제가 부끄러워지네요.

⊗ [소리샤] 그나저나 코투가 걱정이네. 위대한 피를 물려받았으니 심장이 쪼개져도 당장 죽지는 않겠지만, 검탑 놈들이 죽어라 코투를 추적할 거잖아?

⊗ [푸엉] 소리샤//형님. 제가 코투 형님을 빨리 찾아보겠습니다. 발견 즉시 다시 연락드릴게요.

⊗ [소리샤] 푸엉//그래. 애 좀 써줘. 자칫하다가 코투가 위험할 수도 있어.

⊗ [밍니야] 저도 푸엉을 도울 방법을 찾아볼게요.

⊗ [소리샤] 그려, 그려. 다들 수고해.

이탄이 지켜보는 가운데 네트워크상에서 대화는 종료되었다.

얼마 지나지 않아 호위무사로 위장한 싸쿤이 이탄을 찾아왔다. 싸쿤은 노크도 없이 이탄의 방으로 불쑥 침투했다.

이탄은 복제 큐브를 싸쿤에게 건네주었다.

"이게 바로 그 법보인가?"

싸쿤이 호기심 가득한 눈으로 복제 큐브를 내려다보았다.

이탄이 싸쿤을 재촉했다.

"형님, 서두르시죠. 검탑의 수색대가 이 일대에 강력한 포위망을 치고 있을 겁니다. 빨리 빠져나가셔야 합니다."

"내가 대열에서 이탈하면 네가 곤란해질지 모른다. 호위무사 한 자리가 왜 비었느냐고 공격받을 수 있어."

싸쿤이 이탄을 걱정해주었다.

이탄이 고개를 가로저었다.

"뒷일은 걱정 마십시오. 제가 밍니야 누님과 상의하여 어떻게든 수습책을 마련하겠습니다. 그보다는 교에 법보를 전달하는 것이 우선입니다."

"그래. 너의 마음씀씀이가 갸륵하구나."

싸쿤은 이탄의 어깨를 한 번 두드려준 다음, 신비하게 그 자리에서 사라졌다.

"휴우우."

방에 홀로 남은 이탄이 길게 숨을 내뱉었다.

싸쿤이 떠나고 얼마 후, 밍니야가 이탄을 찾아왔다. 이탄은 하얀 무복으로 옷을 갈아입으면서 밍니야를 맞았다.

이탄이 밍니야에게 턱짓을 했다.

밍니야는 이탄의 말을 듣지 않고서도 이탄이 무엇을 원하는지 알았다. 양손을 방바닥에 붙인 뒤, 밍니야는 마치 나무를 키우는 듯한 자세로 두 손을 성인의 키 높이까지 쭈욱 들어올렸다.

쭈와아악—.

방바닥으로부터 자라난 투명한 거품이 밍니야의 손바닥에 찰싹 달라붙은 채 사람의 키 높이로 솟구쳤다.

밍니야가 입술을 중얼거리자 그 투명한 거품이 점차 사람의 형태로 변해갔다. 투명하던 거품 위에 색깔도 입혀져서 완벽한 사람의 모습이 되었다.

현혹.

밍니야의 세 가지 권능 가운데 하나가 발휘된 것이다. 비록 표현은 현혹이라고 하지만, 사실 밍니야의 권능은 단순히 '현혹'이라고 치부하기에는 너무나도 강력했다. 밍니야가 현혹의 권능으로 만들어낸 '인형'들은 실제 사람과 똑같이 행동하고, 사람과 똑같이 말하며, 감촉과 냄새도 사람과 동일하기 때문이었다.

싸마니야의 혈족들이 모두 그러하듯이, 밍니야도 자신의 권능을 형제들에게 모두 알리지는 않았다.

따라서 밍니야의 현혹이 얼마나 정교하고 무서운지 형제들도 알지 못했다. 오직 싸마니야만이 밍니야의 능력을 정확하게 파악하고 있었다.

"코투의 권능은 고스트 핸드와 점프 능력. 법보를 탈취하기에 그보다 더 적합한 사람은 없지. 밍니야의 권능은 현혹. 적들을 속이기에 밍니야보다 더 적합한 사람도 없어. 그리고 싸쿤의 권능은 신속. 포위망을 뚫기에 최적이야."

이탄이 나직하게 뇌까렸다.

생각하면 생각할수록 피사노 싸마니야 혈족의 권능들은 대단했다. 그리고 그런 능력자들을 적재적소에 배치하여 아조브를 탈취하려는 싸마니야도 보통 인물은 아니었다.

이탄이 중얼거리는 동안 밍니야의 현혹이 완성되었다. 밍니야의 왼손 손바닥에서 탄생한 인형은 싸쿤과 외모가 동일했다. 밍니야의 오른쪽 손바닥에서 탄생한 인형은 이탄과 판박이였다.

이어서 밍니야는 인형 하나를 더 만들어내었다. 푸엉과 꼭 닮은 인형이었다.

"기가 막히는군."

이탄이 손가락으로 턱을 조몰락거리며 밍니야가 만들어 낸 인형들을 둘러보았다. 그가 지켜보는 가운데 세 인형이 각각 싸쿤과 이탄, 그리고 푸엉의 행세를 했다.

"이 정도면 시간을 충분히 벌 수 있겠어. 잘했어."

이탄은 이런 말로 밍니야를 칭찬한 다음, 은신의 가호로 온몸을 투명하게 만들었다.

살짝 열린 문틈으로 이탄이 스르륵 사라졌다.

밍니야와 싸쿤(인형), 푸엉(인형)은 이탄의 방에서 적당히 머물다가 각자의 숙소로 돌아갔다. 이탄의 인형도 소파에 앉아 책을 읽는 시늉을 했다.

"자, 이제 시작해 볼까?"

숙소를 빠져나온 이탄이 아울 검탑의 권역을 빠르게 벗어났다.

어느 순간부터 단발머리 여자가 이탄의 옆에 바짝 따라붙었다. 은화 반 닢 기사단의 333호였다. 그녀는 이탄에게 미리 언질을 받고 이곳에서 대기 중이었다.

"목표물은?"

이탄이 물었다.

333호가 곧장 대답했다.

"전담 보조팀에서 추적 중입니다. 여기 마법지도에 목표물의 실시간 위치가 표시됩니다."

333호가 이탄에게 건네준 마법지도에는 밝은 점이 하나 찍혀 있었다. 그런데 놀랍게도 그 점이 지도 위에서 주르륵 움직였다.

지금 이탄과 333호는 그 점을 향해 달려가는 중이었다. 그리고 그 점은 싸쿤의 현재 위치를 나타내었다.

이 신비한 마법이 가능한 이유는 이탄 덕분이었다. 얼마 전 이탄은 싸쿤에게 복제 큐브를 들려 보냈다. 그런데 이 복제 큐브에는 은화 반 닢 기사단의 요원들이 즐겨 사용하는 향이 묻어 있었다.

333호의 마법지도는 자동으로 그 향을 추적하여 큐브의 현재 위치를 실시간으로 지도에 표시해 주었다.

제7화
추이타 대초원으로

Chapter 1

이탄이 333호에게 주의를 주었다.

"위험하니까 목표물에 가까이 접근하지는 마라. 전담보조팀은 그저 목표물을 놓치지 않도록 멀리서 감시만 한다."

"네, 49호님."

333호가 짧게 대답했다.

이탄은 마법지도에 표시된 점을 향해 좀 더 속력을 높였다. 그때 이탄의 오른쪽 눈에 네트워크가 연결되었다.

⊗ [술리드] 싸쿤//쿠퍼에게 물건을 받았나?

⊗ [싸쿤] 술리드//어? 형님. 받았습니다. 지금 물건을 들고 아울 검탑의 권역을 거의 다 벗어나는 중입니다.

⊗ [술리드] 싸쿤//쉽지 않을 거다. 검탑 놈들은 만만하지 않아. 이미 놈들의 수색대가 권역 밖까지 틀어막았을 거야.

⊗ [싸쿤] 술리드//각오하고 있습니다.

⊗ [술리드] 싸쿤//각오만으로 될 일이 아니다. 나와 중간지점에서 만나자. 내가 교로 배달할 테니, 너는 검탑 놈들을 유인해라.

'허!'

이탄이 속으로 탄식을 흘렸다. 물론 네트워크에 이 속마음이 찍히지 않도록 극도로 주의했다.

이탄은 싸마니야의 혈족들 가운데 술리드가 음험하고 욕심이 많다는 사실을 알고 있었다. 하지만 술리드가 이토록 노골적으로 싸쿤의 공을 가로채려 들 줄은 몰랐다.

'하긴. 술라드가 아울 검탑에 파견되었다는 말을 들은 이후, 얼핏 이렇게 일이 진행될지도 모른다고 생각은 했었지. 자. 이제 어떻게 할 거냐? 복제 큐브가 누구 손에 들어갈 것이냐?'

이탄이 흥미진진한 얼굴로 둘의 대화를 지켜보았다.

싸쿤이 선뜻 대답하지 않았다.

그러자 술리드가 싸쿤을 살살 꾀었다.

⊗ [술리드] 싸쿤//지금 이 형이 너의 공을 빼앗으려는 게 아니야. 네트워크에서 다른 형제자매들이 우리의 대화를 다 볼 수 있잖아. 그런데 어떻게 내가 공을 빼앗겠어? 이건 분명 코투와 너, 그리고 막내가 세운 공이지.

⊗ [싸쿤] 술리드//형님. 저는 형님이 공을 빼앗는다고 생각한 적이 없습니다.

⊗ [술리드] 싸쿤//그래. 네가 나를 오해할 리 없지. 다만 나는 싸마니야 님께서 내리신 퀘스트를 제대로 완료하고 싶을 뿐이다. 너도 알다시피 나의 권능은 장거리 점프가 아니더냐. 싸마니야 님께서도 이 때문에 나를 이곳에 파견하신 게다.

⊗ [싸쿤] 술리드//알겠습니다. 형님. 어디서 만날까요?

⊗ [술리드] 싸쿤//주변에 오래된 나무 한 그루를 찾아서 너의 피를 나뭇잎에 적셔라. 그럼 내가 피의 향기를 추적하여 너의 곁으로 점프할 테니.

◎ [싸쿤] 술리드//넵.

술리드와 싸쿤의 대화는 여기서 중단되었다.

"아, 젠장."

이탄은 마법지도에 표시된 점을 찾아 전속력으로 치달렸다. 술리드가 점프를 시도하기 전에 어떻게든 따라잡아야 했다. 혹은 술리드가 점프를 쉽게 하지 못하도록 훼방을 놓아야만 했다.

"333호. 상황이 급박해졌다. 보조팀 가운데 일부가 희생되는 한이 있더라도 목표물을 덮쳐서 시간을 끌어."

"네. 49호님."

333호가 마법통신구에 대고 뭐라고 명을 내렸다. 그 명령이 효과를 발휘했는지 마법지도 상에서 점이 이동하는 속도가 현저히 느려졌다.

잠시 후, 333호가 이탄에게 다시 보고했다.

"49호님, 4명의 요원들이 희생되었다고 합니다. 목표물이 강력한 독을 뿜어내는 바람에 4명이 즉사했다는 비보입니다. 피해가 커질 것 같아 일단 나머지 요원들은 뒤로 물렸습니다. 보조팀만으로는 목표물을 붙잡을 수 없을 듯합니다."

"목표물을 붙잡을 수 없다고? 아닌데? 마법지도를 보면 목표물이 여전히 그 자리에 있는데?"

이탄이 고개를 갸웃했다.

333호가 즉각 그 이유를 밝혔다.

"그 점에 대한 보고도 올라왔습니다. 목표물이 독을 뿌린 즉시 어디선가 아울 검탑의 검수들이 나타났다고 합니다. 저희 요원들이 숨어서 지켜보는 가운데 검탑의 검수들이 목표물을 붙잡고 있다는 보고입니다."

"이런. 자칫하다가 목표물을 검탑에 빼앗기겠구나."

이탄의 마음이 조급해졌다.

은화 반 닢 기사단과 모레툼 교단은 엄연히 백 진영이었다.

아울 검탑도 같은 백 진영이었다.

하지만 모레툼 교단과 아울 검탑은 한 몸이 아니었다. 모레툼의 신임교황은 "아울 검탑에 공을 양보하지 말고 직접 마교의 사도를 생포하라. 그게 어려우면 시체라도 꼭 차지해야 한다."는 명을 내렸다.

은화 반 닢 기사단의 원로기사들이 다시 이탄에게 이 명령을 하달했다.

333호가 이탄에게 새로운 보고를 올렸다.

"앗! 목표물이 아울 검탑의 검수들을 돌파했다고 합니다. 벼락처럼 빠른 속도로 포위망을 뚫고 남쪽으로 도주 중이랍니다."

"나도 확인했다. 마법지도에서 점이 다시 움직이기 시작했어."

이탄이 중간에 경로를 틀었다.

333호도 곧장 이탄을 따라붙었다.

그 와중에 네트워크가 다시 연결되었다. 이탄은 오른쪽 망막에 맺힌 글들을 빠르게 확인했다.

∞ [싸쿤] 술리드//형님. 급합니다. 지금 검탑 놈들에게 뒤를 잡혔습니다.

∞ [술리드] 싸쿤//뭣? 네놈이 지금 싸마니야 님의 숙원을 망칠 셈이냐? 빨리 나무에 피를 적셔.

∞ [싸쿤] 술리드//신속의 권능으로 놈들을 따돌렸는데, 또 다른 포위망이 앞에 나타났습니다. 두 번째 포위망까지 뚫고 나서 곧바로 피를 적시겠습니다.

∞ [술리드] 싸쿤//서둘러라. 시간이 없다.

Chapter 2

이탄이 지켜보는 가운데 마법지도 상에서 밝은 점이 남

쪽으로 쭉 이동했다. 그러다 다시 멈칫멈칫했고, 그 다음 남서쪽으로 한 번 더 방향을 틀었다.

이탄은 그 지점을 향해 방향을 꺾었다.

네트워크가 또 작동했다.

⊗ [싸쿤] 술리드//형님, 나무에 피를 뿌렸습니다. 서두르십시오. 적들에게 곧 따라잡힐지 모릅니다. 저도 포위망을 뚫다가 등에 한 칼 먹었습니다. 크윽.

⊗ [술리드] 싸쿤//가는 중이다. 점프 완료까지 4분 남았으니 조금만 기다려.

둘의 대화를 듣다 보니 이탄의 셈법도 복잡해졌다.

'점프 완료까지 4분이라고? 그럼 술리드가 복제 큐브를 건네받은 뒤 피사노교로 점프할 때도 4분은 걸리겠네? 그럼 총 8분. 큐브 전달 과정에서 시간이 약간 걸린다고 해도 9분.'

이탄이 마법지도를 내려다보았다.

목표물까지 8~9분이면 아슬아슬하게 도착할 것 같았다. 이탄은 이를 악물고 뛰었다. 숨이 목구멍 끝까지 차올랐다.

5분 뒤, 마법지도 상에서 밝은 점이 다시 움직이기 시작했다. 그런데 이동 속도가 이전보다 현저하게 느려졌다.

'술라드다. 술라드가 복제 큐브를 손에 넣었어.'

싸쿤은 이렇게 느리지 않았다. 점의 이동 속도를 보면 복제 큐브가 싸쿤으로부터 술라드에게로 넘어간 것이 확실했다.

'옳거니. 잘되었다.'

이탄이 쾌재를 불렀다.

솔직히 이탄은 싸쿤과 푸엉이 마음에 들었다. 군기반장노릇을 하던 코투는 내심 고까웠으나, 최근에 직접 대면을한 뒤에는 코투도 괜찮다고 생각했다.

술라드는 아니었다.

'그는 속을 알 수 없는 인물이야. 마음에 들지 않아.'

이것이 이탄의 본심이었다.

이탄은 '만약에 내가 피사노교의 혈족들 가운데 한 명을 붙잡아 은화 반 닢 기사단에 넘겨야 한다면, 술라드를 그대상으로 삼고 싶다.'라고 생각했다.

다행히 조건이 갖춰졌다. 복제 큐브는 술라드의 손에 들어갔고, 이탄은 술라드의 위치를 마법지도를 통해 훤히 들여다보게 되었다.

'잡아야지.'

이탄이 술라드를 향해 전속력으로 치달렸다.

마침 술라드는 한 곳에 가만히 머무는 중이었다.

'점프 마법을 펼치려면 4분 정도 꼼짝 못 할 테지? 그 전에 따라잡아야 해.'

이탄은 목표에 도착하기 1분 전 네트워크에 벼락처럼 접속하여 급박한 상황을 알렸다.

⊗ [쿠퍼] 큰일 났습니다. 아울 검탑에서 외곽 지역 전역에 점프 방지 마법진을 가동했다고 합니다. 혹시라도 형님들 가운데 점프를 하실 분이 있으시다면 즉시 중단해 주십시오. 방지 마법진과 충돌했다가는 형님들의 목숨이 위험할 뿐 아니라 물건도 상할 수 있습니다.

⊗ [술리드] 뭣?

⊗ [싸쿤] 쿠퍼//그게 정말이냣?

⊗ [쿠퍼] 제 부인이 아울 검탑 소속 아닙니까? 조금 전에 들은 소식입니다.

⊗ [술리드] 쿠퍼//말도 안 돼. 시시퍼 마탑이라면 모를까, 아울 검탑에서 무슨 방지 마법진이야?

술리드가 대놓고 이탄의 말을 무시했다.

이탄이 재빨리 말을 보냈다.

　∞ [쿠퍼] 술리드//시시퍼 마탑의 마법사들이
우호의 표시로 깔아준 마법진이라고 합니다.
　∞ [싸쿤] 뭣? 그럼 안 되잖아. 방지 마법진이 깔
린 상태에서 점프를 했다가는 자칫 법보가 깨질
수 있어.
　∞ [술리드] ....

싸쿤의 말에 술리드가 입을 꾹 다물었다. 술라드는 지금
똥 씹은 표정이 되었다. 이탄도 그럴 것이라 짐작했다.
　싸쿤이 술리드를 재촉했다.

　∞ [싸쿤] 술리드//형님. 지금 어디입니까? 물건
을 다시 제게 넘기십시오. 방지 마법진이 깔렸다
면 제가 신속으로 뚫는 편이 안전합니다. 자칫하
다가 싸마니야 님의 안배를 망칠 수 있습니다.
　∞ [술리드] 씨팔.
　∞ [싸쿤] 술리드//네?
　∞ [술리드] 싸쿤//네게 한 욕이 아니다. 흥분하
지 말고 내게로 와라. 조금 전 너와 헤어졌던 곳

에서 동서쪽으로 100미터쯤 오면 된다.

◉ [싸쿤] 슐리드//즉각 가겠습니다. 휘잉~.

싸쿤이 슐리드를 향해 벼락처럼 날아갔다.

싸쿤이 신속의 권능을 발휘하는 동안, 이탄도 슐리드를 향해 전속력으로 뛰었다.

이탄의 뒤에는 333호가 따라붙었다. 물론 333호는 네트워크에서 오고간 대화를 알지 못하였다.

'아직까지 주변엔 아울 검탑의 검수들이 보이지 않는구나.'

이탄은 겨우 한시름 놓았다.

이탄이 막 현장에 도착했을 때, 싸쿤은 높은 나뭇가지 위로 점프하여 벼락처럼 멀어지는 중이었다. 이탄이 싸쿤의 뒷모습을 확인했다.

'이크.'

이탄은 적당히 위치를 선점하여 333호의 시야를 가렸다. 덕분에 333호는 싸쿤의 모습을 보지 못했다.

이탄이 복제 큐브에 발라놓은 향도 이제 슬슬 효력이 다해갔다. 마법지도에 표시된 점은 차츰차츰 강도가 약해져 희미하게 깜빡거렸다. 조금만 더 시간이 흐르면 마법지도에 아무것도 표시되지 않을 것이다.

'일이 계획대로 풀리는구나.'

이탄이 속으로 쾌재를 불렀다.

이대로 싸쿤이 복제 큐브를 가지고 피사노교로 복귀하면 싸마니야가 내린 퀘스트는 성공이었다.

'그리고 나는 술라드를 붙잡아서 은화 반 닢 기사단에 넘기면 된단 말이지.'

이것만 성취하면 이탄이 처음 계획한 '흑과 백 양 진영 사이에서 아슬아슬한 줄타기'는 대성공이었다.

Chapter 3

이탄이 술라드를 향해 휙 뛰어내렸다.

마침 술라드는 낭패한 표정으로 얼굴을 구기고 있던 중이었다. 이탄이 그런 술라드를 잽싸게 덮쳤다. 그 모습이 마치 나무 위에서 뚝 뛰어내려 가젤을 낚아채는 표범 같았다.

"뭐냣?"

술라드가 벼락처럼 위를 올려다보았다.

지금 술라드는 거의 다 세운 공을 싸쿤에게 다시 빼앗긴 것이 분하여 부글부글 끓어오르던 중이었다. 그 와중에 뒤에서 적이 덮치자 성질이 났다.

"요놈. 잘 만났다. 아울 검탑의 개자식이렷다?"

술라드는 반사적으로 이탄에게 반격을 퍼부었다.

부왁—.

술라드의 손등에서 솟구친 클러(Claw: 발톱형 무기)가 이탄의 얼굴을 긁었다. 바로 이어서 이탄의 가슴 바로 앞쪽 공기가 부글부글 끓어올랐다.

콰앙!

느닷없는 폭발이 이탄의 상체를 휩쓸었다.

공기를 자유자재로 폭발시키는 것이야말로 술라드의 특성 스킬 가운데 하나였다. 술라드의 공격 방식을 알지 못하는 상대는 이 급작스러운 폭발에 휘말려 크게 당하기 마련이었다.

이탄은 예외였다.

이탄의 단단한 신체는 공기 폭발 정도로 상처 입지 않았다. 이런 위력의 공격쯤은 봄바람처럼 훈훈할 뿐이었다.

게다가 이탄은 술라드의 특성 스킬을 이미 파악한 상태였다. 이탄의 왼쪽 눈에 술라드의 정보가 낱낱이 표시되었다.

— 종족: 필드 일족 (주술사형 점퍼)
— 주무기: 클러(Claw: 발톱형 무기)

— 특성 스킬: 블러드 쉴드(Blood Shield), 공기 폭발, 악마종 소환

　　— 성향: 흑

　　— 레벨: A—

　　— 주 출몰지역: 언노운 월드 평야

　　— 출몰빈도: 희박

　이탄은 가슴팍에서 공기가 터지는 것을 무시하고 그대로 상대를 덮치더니, 맨손으로 술라드의 클러를 붙잡았다.

　까앙!

　금속도 치즈처럼 베어내는 것이 술라드의 클러였다. 하지만 이탄의 손바닥과 맞부딪치면서 그대로 휘어져버렸다.

　무지막지한 악력으로 술라드의 클러를 구겨버린 뒤, 이탄은 그 여세를 몰아 술라드의 주먹마저 으스러뜨렸다.

　"으악!"

　술라드가 비명을 질렀다.

　이탄은 상대의 오른 주먹을 붙잡아 쭉 잡아끌었다. 술라드의 상체가 이탄의 괴력을 감당하지 못하고 훅 딸려왔다.

　화들짝 놀란 술라드의 표정이 이탄의 망막에 맺혔다.

　그때까지도 이탄의 몸은 투명 상태라 술라드의 눈에는 아무것도 보이지 않았다. 그저 눈앞의 공기가 꿀렁꿀렁 움

직이는 것처럼만 느껴졌다.

이탄이 술라드의 클러를 구겨버리고, 술라드의 주먹을 잘게 으스러뜨리고, 술라드를 확 잡아끌고, 강제로 딸려온 술라드의 목을 붙잡은 것이 거의 눈 한 번 깜빡일 사이에 이루어졌다.

술라드는 반사적으로 블러드 쉴드를 펼쳤다.

후왕!

거무튀튀한 묵빛 쉴드가 환상처럼 일어나 술라드의 목 부위를 보호했다.

아울 검탑의 77검 웨이투의 오러도 거뜬히 막아내었던 것이 바로 이 묵빛 쉴드였다. 그런데 이탄의 손끝에서 붉은 기운이 일어난다 싶더니, 묵빛 쉴드를 그대로 해체해버렸다.

"우헉?"

술라드가 기겁했다.

눈 깜짝할 사이에 묵빛 쉴드를 찢고 들어온 이탄의 손이 술라드의 멱을 단숨에 따버렸다.

푸확!

술라드의 목에서 피가 분수처럼 터졌다. 술라드의 입에선 꾸룩 꾸룩 바람 빠지는 소리가 새어내왔다.

"끄어어."

눈 깜짝할 사이에 목의 절반을 잃은 술라드가 앞으로 고꾸라질 듯이 휘청거렸다.

이탄이 왼손이 옆에서 날아와 술라드의 관자놀이를 후려쳤다.

손바닥으로 꽝!

이 한 방에 술라드의 얼굴 전체가 형체를 잃고 박살 났다. 우선 술라드의 두개골이 산산이 터졌다. 이어서 해골 파편 사이로 뇌수가 비산하여 사방으로 튀었다. 술라드의 두 눈에서 뽑혀나간 눈알은 허공에서 찍 터져버렸다.

머리를 잃은 술라드가 좌우로 비틀거렸다. 이탄이 지켜보는 가운데 술라드의 몸통이 풀썩 무릎을 꿇었다. 이탄은 술라드의 시체를 발로 툭 차 땅바닥에 드러눕혔다.

"헙!"

333호가 손으로 입을 막고 그 장면을 지켜보았다.

"333호."

"……."

333호는 대답이 없었다.

이탄이 눈을 찌푸렸다.

"333호?"

이탄의 언성이 살짝 높아졌다.

333호가 바짝 긴장했다.

"네넷? 죄송합니다. 부르셨습니까?"

"마교의 사도를 생포하려 하였으나, 반항이 심하고 곧 아울 검탑의 검수들이 들이닥칠 판국이라 어쩔 수 없이 사살하였다. 전담 보조팀에서 이자의 시신과 유품을 수습하여 은화 반 닢 기사단의 어르신들께 보내라."

"네넵."

333호가 군기가 바짝 들어 대답했다.

이탄은 투명화 상태를 풀지도 않은 채 자리를 이탈했다.

홀로 남은 333호가 진저리를 쳤다.

'49호님의 무력이 이토록 무지막지했단 말인가? 으으으.'

333호는 부르르 몸을 한 번 떨더니, 퍼뜩 정신을 차리고 동료들을 불렀다.

상황이 워낙 급박하게 돌아가고, 목표가 빠르게 이동하던 터라 은화 반 닢 기사단의 전담 보조팀은 제대로 이탄을 쫓아오지 못했다. 그들은 333호의 신호를 보고는 겨우 현장에 달려왔다.

전담 보조팀이 술라드의 시체를 수습하는 동안, 333호는 마법 통신구를 이용하여 은화 반 닢 기사단의 원로 기사들에게 상황을 보고했다.

그 짧은 시간 동안 보조팀은 장내 정리를 끝마쳤다. 바닥에 뿌려진 술라드의 핏자국과 뇌수는 모두 약품으로 지웠다. 이탄과 술라드가 맞붙은 흔적도 모두 삭제했다.

정리를 마친 전담 보조팀이 술라드의 시체를 운반하기 시작했다. 333호는 마지막까지 뒤에 남아서 꼼꼼하게 현장을 점검했다.

아울 검탑의 검수들은 333호가 현장을 이탈할 때까지도 모습을 보이지 않았다. 그들은 벼락처럼 포위망을 돌파하는 싸쿤을 뒤쫓느라 여념이 없었다.

Chapter 4

이탄이 숙소에 돌아온 것은 저녁 무렵이었다. 뉘엿뉘엿 지는 해가 서쪽 산봉우리 위에 걸렸다. 뭉게구름의 밑바닥이 선혈처럼 붉게 물들었다.

이탄은 투명한 몸으로 숙소로 들어왔고, 방에 들어온 이후에야 비로소 은신의 가호를 해제했다.

이탄이 복귀하자마자 밍니야는 곧바로 이탄의 인형을 없앴다. 싸쿤과 푸엉의 인형은 당연히 그대로 유지했다.

이탄은 각반과 토시를 풀고 하얀 무복을 벗었다. 서둘러 의복을 갈아입으면서 이곳에서 벌어졌던 일들을 되새겼다.

이탄의 분혼 한 조각이 밍니야에게 깃든 연유로, 이탄은 밍니야가 겪은 모든 일들을 자기 일처럼 기억했다.

"역시 검탑의 예산처장 살라루가 이곳에 또 와보았군. 게다가 인원 점검도 했어. 밍니야의 현혹 권능으로 인형을 만들어두기 잘했지."

이탄이 히죽 웃었다.

밍니야의 권능 덕분에 살라루는 이탄의 숙소에서 아무것도 건지지 못했다. 살라루와 도제생들의 눈에는 '쿠퍼 가문의 사절단 전원이 제자리를 지키고 있고, 수상한 요소는 없다.'는 점만이 비쳤/춰졌/다.

아울 검탑의 감시는 거기서 끝나지 않았다. 이탄의 부인인 프레야 피요르드가 언질도 없이 이탄을 기습 방문했다. 그리고는 이탄—사실은 이탄의 인형에 불과하지만—이 한창 재정 운용 전략을 짜는 모습을 목격하고는 조용히 돌아갔다.

저녁이 되자 살라루가 한 번 더 이탄을 방문했다.

"쿠퍼 공."

"하하. 예산처장님께서 오늘 자주 들리시네요. 무슨 일이신가요?"

이탄이 반갑게 살라루를 맞았다.

살라루는 민망한 듯 머리를 긁적이다가, 대충 말을 둘러대었다.

"그냥 뭐. 재정 운용 계획이 잘 진행되나 궁금해서 들렀습니다. 혹시 식사 전이시면 저와 함께 드실까요?"

"저야 대환영이죠. 함께 드십시다."

이탄이 선뜻 살라루를 반겼다.

사실 살라루의 입장에서는 이탄을 떠보려는 것일 뿐, 함께 저녁식사를 할 상황은 아니었다. 아울 검탑에 침입했던 괴한을 아직까지 붙잡지 못해 검탑 전체에 비상이 걸린 상태였다. 살라루도 눈코 뜰 새 없이 바빴다.

"아이고. 제가 선약이 있는 것을 깜빡 잊었네요. 쿠퍼 공. 정말 죄송합니다. 제 입으로 식사 제안을 하고 제가 깨다니, 이거 면목이 없습니다."

"이런. 중요한 선약인가 봅니다?"

"네에, 네. 중요한 선약인데 제가 깜빡했습니다. 용서하십시오."

꼬장꼬장한 살라루가 이탄에게 목례까지 했다.

이탄은 푸근한 웃음으로 살라루의 사과를 받았다.

"하하하. 뭐 깜빡하실 수도 있죠. 그럼 식사는 다음에 하시는 것으로 알겠습니다. 하하하. 그런데 좀 아쉽기는 하네요. 지금이라도 선약을 바꾸실 수 있다면 좋겠는데요."

"아이고, 아닙니다. 대신 다음에는 꼭 함께 식사하겠습니다."

살라루가 이탄과 대화를 주고받는 동안 검탑의 도제생들이 사절단이 머무는 숙소 전체를 다시 한 번 훑었다.

수상한 점은 이번에도 발견되지 않았다. 사절단 인원수도 딱 맞았다. 도제생들의 대표가 살라루에게 눈짓을 보냈다.

"후우—."

살라루는 한숨을 한 번 내쉬고는 이탄에게 작별인사를 건넸다.

"쿠퍼 공, 제가 자꾸 어수선하게 굴어서 송구합니다. 조만간 또 들리겠습니다."

"어수선하기요? 전혀 어수선하지 않으니까 언제든지 방문해 주십시오. 멀리 나가지는 않겠습니다."

이탄은 상냥한 말투로 살라루를 돌려보냈다.

손님 접대를 끝낸 이탄은 뜨거운 물을 틀어놓고 몸을 적셨다. 이탄의 오른쪽 망막에 피사노 싸마니야 혈족들의 대화가 떠올랐다.

⊛ [싸쿤] 헉헉. 포위망을 겨우 돌파한 듯. 제기랄.

⊛ [푸엉] 싸쿤//형, 검탑 놈들을 따돌렸어? 물건은?

∞ [싸쿤] 푸엉//물건은 무사함. 대신 내 팔 한쪽은 내줘야 했지만. 헉헉헉.

∞ [푸엉] 싸쿤//허걱? 팔을 내줬다고?

∞ [싸쿤] 푸엉//아, 젠장. 아울 검탑의 9검이 나섰더라고. 으으으. 그 늙탱이의 검이 정말 무섭던데? 진짜로 골로 갈 뻔했다니까. 임무도 완수하지 못하고 말이야.

∞ [푸엉] 싸쿤//코투 형님은 6검과 부딪쳤다는데, 형은 9검이야? 다들 난리도 아니군.

∞ [싸쿤] 푸엉//그러게나 말이다. 진짜로 내 목이 아직 붙어 있는 것이 기적이다. 으으으. 9검 늙탱이는 정말 무시무시했어.

∞ [푸엉] 싸쿤//그래도 형이니까 9검을 따돌리고 포위망을 뚫었지. 나 같으면 어림도 없어.

∞ [싸쿤] 그나저나 술라드 형님은 무사하신가 모르겠네? 술라드 형님? 술라드 형님?

∞ [푸엉] 술라드 형님, 어디 계십니까? 무사하신지 연락 좀 남겨주세요.

싸쿤과 푸엉이 연신 술라드를 불렀다.

혈족들이 아무리 기다려도 술라드는 접속하지 않았다.

이미 이탄의 손에 죽은 몸이니 접속할 리 없었다.

대신 피사노 싸마니야 혈족들 가운데 맏이인 소리샤가 네트워크에 모습을 보였다.

∞ [소리샤] 싸쿤//포위망을 뚫었다니 다행이구나. 그런데 코투뿐 아니라 술라드도 연락이 완전히 끊겼어. 걱정되네.

∞ [푸엉] 소리샤//제가 코투 형님을 열심히 찾아다니고 있는데, 쉽지 않습니다. 검탑 놈들이 포위망을 단단히 쳐놔서 돌아다니는 것도 조심스럽네요.

∞ [소리샤] 밍니야와 쿠퍼는 이상 없나?

∞ [밍니야] 소리샤//저희는 아직 괜찮습니다. 다만 오늘 검탑 놈들이 여러 번 다녀갔습니다. 숙소 주변에 감시자들도 쫙 깔렸습니다. 다행히 막내가 적절히 대응을 하고 있어서 아주 갑갑한 상태는 아닙니다.

∞ [소리샤] 이번에 막내의 활약이 컸어. 물론 코투와 싸쿤의 공이 제일 컸지만.

Chapter 5

소리샤의 칭찬에 이탄도 한마디 달았다.

　⊗ [쿠퍼] 소리샤//과찬이십니다. 저보다는 밍니
야 누님이 더 활약했습니다.
　⊗ [소리샤] 쿠퍼//크큭큭. 막내가 참 겸손해.
　⊗ [푸엉] 그러게 말입니다.

그때 피사노 싸마니야가 네트워크에 들어왔다.

　⊗ [피사노 싸마니야] 검은 드래곤의 아들들아.
　⊗ [싸쿤] 헉! 싸마니야 님을 뵙습니다.
　⊗ [소리샤] 싸마니야 님을 뵙습니다.

싸쿤과 소리샤에 이어서 밍니야와 이탄도 피사노 싸마니
야에게 인사를 올렸다. 피사노 싸마니야가 대화를 이끌었
다.

　⊗ [피사노 싸마니야] 싸쿤이 팔을 잃은 것이
가슴 아프구나. 그 와중에도 법보를 끝까지 지켜

낸 점이 참으로 기특하다.

∞ [싸쿤] 마땅히 제가 할 일을 했을 뿐입니다.

∞ [피사노 싸마니야] 비록 싸쿤이 포위망을 돌파했다고 하나, 아직 안심할 때는 아니다. 서둘러 교로 돌아오너라.

∞ [싸쿤] 명을 따르겠습니다.

∞ [피사노 싸마니야] 밍니야와 쿠퍼도 몸을 낮추고 검탑의 권역에서 무사히 빠져나오너라. 괜히 실종된 형제들을 찾겠다고 나서지 마라. 그러다 너희들까지 다칠까 두렵구나.

∞ [밍니야] 싸마니야 님의 걱정에 몸 둘 바를 모르겠습니다.

∞ [쿠퍼] 싸마니야 님께 심려를 끼쳐드리지 않도록 잘 마무리를 짓겠습니다.

∞ [피사노 싸마니야] 오냐. 오냐. 너희가 나의 피를 이었다는 것이 자랑스럽구나. 오로지 피사노의 이름으로 다시 전하마.

피사노 싸마니야는 짧게 등장했다가 네트워크를 종료했다. 싸마니야의 혈족들도 몇 마디 더 나누다가 대화를 멈췄다.

어느새 밤이 깊었다. 사절단이 머무는 숙소 굴뚝에선 저녁식사를 위한 연기가 모락모락 피어올랐다. 구수한 빵 냄새가 멀리까지 솔솔 풍겼다.

이탄은 창가에 기대어 밖을 물끄러미 바라보았다. 저 멀리 안개 위에 우뚝 솟은 아울 검탑의 모습이 이탄의 눈에 들어왔다. 이탄의 손가락 위에선 고대 문명의 법보 아조브가 좌라락 좌라락 변형을 거듭했다.

평화로운 밤이었다.

사건이 터진 지 한 달이 훌쩍 흘렀다.

지난 한 달간 세상은 조용하였다. 아울 검탑에서 한바탕 소동이 벌어졌으나, 그 사실은 세간에 널리 알려지지 않았다. 한 달 전의 소동 이후로 불행해진 사람도 거의 없었다. 결과는 다섯 부류의 당사들에게 모두 해피였다.

첫째, 이탄은 고대 문명의 법보인 아조브를 얻어서 흡족했다. 흑과 백 양 진영 사이에서 줄타기를 무사히 해낸 것도 나름 뿌듯했다.

둘째, 피사노교의 입장에서는 복제 큐브를 손에 넣은 것만으로도 대만족이었다. 어차피 피사노교에서는 진짜 아조브의 성능을 알지 못했다. 아조브가 만자비문과 반응한다는 사실도 아는 사람이 없었다.

셋째, 모레툼 교단과 은화 반 닢 기사단에서는 피사노교 사도의 시체와 유품을 얻은 것만으로도 충분히 만족했다. 은화 반 닢 기사단의 원로기사들은 술라드의 시체를 연구하고 유품을 조사하느라 정신없었다.

넷째, 피해자인 아울 검탑도 나름 괜찮았다. 아울 검탑에서는 법보를 탈취당했다는 사실을 몰랐다. 그들은 그저 "마교 놈들이 다시 행동을 개시했다는 점을 파악한 것만으로도 큰 다행이다."라고 생각했다.

다섯째, 쿠퍼 가문에서는 아울 검탑을 새로운 고객으로 삼게 되어 나름 만족했다. 액수는 그리 크지 않았으나, 아울 검탑이라는 이름이 주는 무게감 때문에 가문의 상단주들이 기뻐했다. 신임 가주, 즉 이탄에 대한 평가도 올라갔다.

결국 다섯 부류의 당사들이 모두 좋았다. 억울한 것은 아조브 쟁탈전에 휘말려 목숨을 잃은 두 사람, 즉 코투와 술라드뿐이었다.

아울 검탑에 머무는 동안 이탄은 조용히 지냈다. 7월의 검탑에는 비가 자주 내렸다. 이탄은 홀로 창문 앞에 앉아 쏟아지는 비를 물끄러미 바라보았다. 예산처장 살라루가 찾아오면 함께 식사를 하고 재정 운용 방법에 대하여 이야기를 나누기도 했다. 이탄의 일상사는 평온하고 지루했다.

가끔씩 프레야도 이탄을 찾아왔다.

검술에 미친 선머슴 같은 여자와 신전에서 일하는 언데드가 만나서 결혼한 이 기묘한 부부는, 서먹서먹하고 어색하고 불편함의 극치를 이루었다.

그런데 희한하게도 외부에서는 이탄과 프레야 부부를 한 쌍의 잉꼬처럼 여겼다. 둘이 아무런 대화도 없이 숙소 주변 오솔길을 거니는 모습을 목격한 까닭이었다.

"가주님과 가모님은 정말 잘 어울리시는 것 같습니다."

"그러게 말입니다. 정말 사이가 좋아 보이십니다."

쿠퍼 가문의 호위무사들이 이탄에게 이런 말을 건네곤 했다.

"누가? 나와 프레야가?"

이탄은 영문을 몰라 눈만 껌뻑거렸다.

한 달이 지나자 사절단의 업무가 모두 끝났다. 쿠퍼 가문의 상인들이 지난 30일 동안 심혈을 기울여서 만들어낸 [아울검탑 재정 운용 계획서]는 살라루에게 깊은 감명을 주었다.

"허어, 정말 이 정도의 수익률이 나올 수 있단 말씀입니까? 이러면 검의 구도자들이 수련에만 몰두할 수 있겠습니다. 허허허. 정말 고맙습니다."

살라루는 이탄의 손을 꼭 잡고 감사를 표했다.

이탄이 슬쩍 손을 빼냈다. 언데드인 이탄은 마음속으로

'아, 이 아저씨는 왜 자꾸 내 손을 잡고 지랄이야?' 라고 욕을 했으나, 겉으로는 환하게 웃었다.

"하하하. 예산처장님께서 별 말씀을 다 하십니다. 마땅히 저희가 도와드려야지요. 검의 구도자들이 오롯이 검에만 몰두하실 수 있도록 저희 같은 상인들이 노력을 해야지요. 암요. 그렇고말고요."

"어허허허. 쿠퍼 공께서 그리 말씀해주니 고맙습니다."

살라루는 이탄이 무척 마음에 든 모양이었다.

이탄은 살라루를 적당히 응대한 다음 돌려보냈다. 그리곤 사절단을 재촉하여 본가로 복귀할 준비에 나섰다.

'부엉이 작전 퀘스트도 무사히 마쳤겠다, 흑과 백 양 진영 사이에서 줄타기도 성공적으로 해냈겠다, 이제 아울 검탑에서 할 일은 다 했구나. 한시라도 빨리 가문으로 돌아가야지. 이곳에 오래 머물다가는 언제 꼬리가 밟힐지 몰라.'

이것이 이탄의 속마음이었다.

Chapter 6

무더위가 본격적으로 시작되는 7월 말, 이탄을 포함한 사절단 전원이 무사히 쿠퍼 본가로 돌아왔다.

복귀 직후, 밍니야와 푸엉은 조용히 가문에서 사라졌다. 임무가 끝났으니 피사노교로 돌아간 것이다.

7월에 이어서 8월도 무더웠다. 한여름의 태양은 대지를 펄펄 끓게 만들었다. 잔뜩 달구어진 땅바닥에서 지열이 쏟아져 나와 농작물이 축축 쳐지고 사람들이 힘들어했다. 글자 그대로 불볕더위였다.

여름은 8월 끝 무렵이 되어서야 비로소 물러날 기미를 보였다. 여름의 여신이 한 발 후퇴할 즈음, 이탄에게는 한 가지 좋은 일이 생겼다. 그동안 답보 상태였던 '방패의 가호'가 다음 단계인 '지둔의 가호'로 업그레이드된 것이다.

이탄이 그토록 염원했던 업그레이드는 어느 한 순간에 벼락처럼 이루어졌다. 어쩌면 이것은 간철호의 영향일지도 몰랐다.

간철호는 대지의 소서러였다. 흙과 땅에 대한 간철호의 깊은 이해가 이탄에게 이어졌고, 그것이 다시 방패의 가호를 지둔, 즉 땅의 방패로 발전시키는데 도움을 주었다. 덕분에 이탄은 스물하나라는 젊은 나이에 주교급의 가호를 보유하게 되었다.

가호가 발전하면서 이탄의 신성력도 한결 깊어졌다. 신성력의 보유 총량도 늘어났고, 신성력의 질도 올라갔다.

'언데드인 내가 이렇게 고위 신관으로 발돋움해도 되는 걸까?'

이탄은 기쁘면서도 어이가 없었다.

'이러다 난리 나는 거 아냐? 설마 내가 주교나 추기경까지 올라가 버리지는 않겠지? 아니면 교황이 된다거나.'

어둠의 정수인 듀라한이 성스러운 교황이 되다니. 이건 정말로 말도 안 되는 소리였다. 이탄이 머리를 좌우로 흔들어 쓸데 없는 생각을 털어버렸다.

"그나저나 업그레이드 된 가호를 한 번 써먹어 보고 싶어지네. 어디 쓸 만한 곳이 없을까?"

이탄은 아무런 개념 없이 이렇게 중얼거렸다.

입이 방정이라고, 곧 지둔의 가호를 사용할 일이 생겼다. 무더위가 완연히 누그러지고 밤과 새벽에 으스스하게 소슬 바람이 부는 9월의 첫 날, 집사장 세실이 이탄에게 은화 반닢 기사단의 명령서를 전달했다.

이탄은 찻잔에 명령서를 담갔다가 건진 다음, 홀수 번째 글자만 따서 읽었다.

"추이타 대초원으로 출동. 케레이트족 지원."

이탄이 팔짱을 끼고 묵묵히 명령서를 내려다보았다.

"아, 젠장. 아울 검탑에서 돌아온 지 얼마나 되었다고 또 부려먹어?"

짜증이 난 이탄이 축축하게 젖은 명령서를 구겨서 벽난로에 던져버렸다. 젖은 종이가 벽난로 속 장작에 찰싹 달라붙었다가 호르륵 타버렸다. 이탄은 벌떡 일어나 쿵쿵 발소리를 내면서 방안을 돌아다녔다.

비록 이렇게 화를 내는 척했지만 사실 새 퀘스트가 싫지만은 않았다.

'빨리 퀘스트를 채워야 이 지긋지긋한 노예 생활에서 벗어나지.'

이것이 이탄의 진정한 속마음이었다.

요 며칠 이탄은 책을 끼고 살았다.

주로 추이타 대초원에 관한 서적들이었다.

추이타는 이곳 피요르드 시에서 북쪽으로 1,000 킬로미터 떨어진 곳에 위치한 드넓은 평야였다. 평야 전체가 목초지나 다름없어 예로부터 유목민들이 모여 사는 지역으로 유명했다.

유목민들 가운데는 꼭 인간만 있는 것이 아니었다. 아인종들도 추이타 대초원에서 유목 생활을 하는 경우가 많았다.

대표적인 경우가 타우너스족과 타르타르족, 폰스족, 그리고 케레이트족이었다. 추이타 대초원에서는 인간족을 제외하면 이 4개 종족이 가장 머릿수가 많았다.

4개 종족 가운데 타우너스족은 대부분 2미터가 훌쩍 넘는 거구에 나무껍질과 같은 피부를 지닌 아인종들이었다.

타우너스 전사들의 눈은 노랗고, 동공은 뱀의 그것처럼 세로로 길게 쪼개졌으며, 멧돼지처럼 긴 어금니에 혀끝이 두 갈래로 갈라진 것이 특징이었다. 또한 타우너스 전사들은 물소처럼 둥글게 휜 뿔을 지녔다.

이탄은 오래전에 마주쳤던 타우너스 전사를 떠올렸다.

이탄이 처음 언노운 월드에 정착했을 때, 타우너스 전사가 이탄을 마녀의 실험실로 끌고 가서 펄펄 끓는 가마솥에 처넣어 버렸다.

"크으윽. 나중에 다시 만나기만 해봐라. 내가 당했던 것처럼 네놈들도 끓는 물에 처넣어서 통째로 삶아버릴 테다."

과거를 떠올린 이탄이 이빨을 뿌드득 갈았다.

어쨌거나 타우너스족은 추이타 대초원의 일각을 지배하는 강자들이었다. 타우너스의 전사들은 주로 해머나 도끼와 같은 중병기를 사용하였으며, 용맹무쌍한 전사와 빼어난 주술사들을 다수 배출하는 것으로 유명했다.

단순히 무력만 따지면 타우너스족은 모든 아인종들을 통틀어서 가장 강력한 편에 속했다. 방어력으로는 모든 아인종 가운데 단연 최강이었다.

타우너스족이 물소형 수인족이라면, 타르타르족은 늑대형 수인족의 대표 주자였다. 2미터에 육박하는 신체에 날카로운 발톱, 뛰어난 민첩성, 그리고 집단사냥에 능한 것이 타르타르족의 특징이었다.

또한 타르타르족은 아인종 가운데 가장 회복력이 뛰어난 것으로 유명했다. 몇몇 전설 속에 등장하는 타르타르 대전사들은 상처를 입자마자 바로 그 자리에서 상처가 치유되었다고 했다.

추이타 대초원을 지배하는 세 번째 아인종은 바로 폰스족이었다.

대초원의 늪지를 지배하는 폰스족은 온몸에 비늘이 돋아 있고 맹독을 주무기로 사용한다고 알려져 있었다.

폰스족 전사들은 타우너스족처럼 힘이 센 것도 아니고 타르타르족처럼 민첩하지도 않았다. 대신 그들은 집요하고 끈질긴 특성을 지녔다. 따라서 고향을 떠난 폰스족 전사 대부분이 암살자로 활동하곤 했다.

추이타 대초원을 지배하는 네 번째 아인종은 케레이트족이었다.

커다란 독수리를 길들여서 타고 다니는 케레이트족은 추이타의 하늘을 지배하는 종족이었다.

이들 케레이트족은 외모가 인간과 다를 바 없었다. 하지만 심장이 2개고 장기의 구조가 인간과 달라서 아인종으로 분류되었다.

케레이트족의 주무기는 활이었다. 케레이트족 전사들이 독수리를 타고 날아와 하늘에서 화살을 날리면 그 위력이 어마어마했다. 특히 기마대를 상대로는 백전백승의 승률을 자랑하는 것이 케레이트의 비행궁수부대였다.

다만, 케레이트족에게는 타우너스족이 천적이었다. 피부가 철갑과 같고 중병기를 사용하는 타우너스들에게는 케레이트족의 화살이 잘 통하지 않기 때문이었다.

Chapter 7

추이타 대초원의 구성원들이 모두 그러하듯이, 이들 네 종족도 주로 유목생활을 했다. 심지어 늪에서 생활하는 폰스족마저도 이 늪 저 늪을 옮겨 다니며 유목민적 특성을 보였다.

하지만 종 별로 성향은 조금씩 달랐다.

타우너스는 중립 흑.

폰스도 중립 흑.

타르타르는 완전 중립.

반면 케레이트족은 중립 백, 혹은 백 성향으로 구분되곤 했다. 역사적으로도 케레이트족은 흑과 백이 크게 맞붙었을 때 중립을 지키지 않고 백의 편에 서서 흑 진영을 공격한 전례가 많았다.

모레툼 교단이 케레이트족과 친하게 지내는 것도 바로 이러한 성향 덕분이었다.

그 케레이트족이 최근 모레툼 교단에 지원요청을 보냈다. 타우너스족의 동향이 심상치 않으니 지원을 해달라는 것이 케레이트족의 요구였다.

이탄은 케레이트족의 지원요청 내역을 쭉 훑어보았다.

1월 13일. 타우너스족에 정체불명의 흑마법사들이 합류한 것처럼 보임. 흑마법에 대항 가능한 신관이나 마법사를 지원 요청함.

5월 20일. 타우너스족이 우리 영역을 지속적으로 침범 중. 중간 교전 48회. 최근엔 흑마법도 교전 중에 사용되었음. 흑마법에 대항 가능한 신관이나 마법사를 지원 요청함.

7월 10일. 타우너스족과 중급 규모의 접전 발생. 최소한 6명 이상의 흑마법사들이 교전에 참여하였음. 아군 피해 큼. 흑마법에 대항 가능한 신관이나 마법사를 지원 요청함.

8월 7일, 타우너스족과 두 번째 중급 규모의 접전 발생. 아군 피해 큼. 흑마법에 대항 가능한 신관이나 마법사를 지원 요청함.

8월 19일, 타우너스족과 세 번째 중급 규모의 접전 발생. 아군 피해 큼. 흑마법에 대항 가능한 신관이나 마법사를 지원 요청함.

8월 25일, 타우너스족과 네 번째 중급 규모의 접전 발생. 종족의 고위인사 피랍. 모레툼 교단에서 응답이 없으면 더 이상 지원요청하지 않겠음.

이상이 케레이트족에서 보내온 지원요청 내역들이었다. 은화 반 닢 기사단에서는 이 내역을 정리하여 이탄에게 보내주었다.

이탄이 혀를 찼다.

"쯧쯧쯧. 지원요청 간격이 점점 급박해지고 내용도 심각해지네. 결국 8월 25일에 케레이트족의 고위인사가 타우너스 놈들에게 납치당했다는 것 아냐?"

케레이트족이 지속적으로 지원요청을 보내는 동안, 모레툼 교단에서는 제대로 대응하지 않았다. 신임 교황 비크가 추이타 대초원의 변화를 심각하게 여기지 않아서였다.

그런데 8월 25일에 날아온 편지가 모레툼 교단 수뇌부를 발칵 뒤집었다. '모레툼 교단에 더 이상 지원요청하지 않겠음.'이라는 문장은 다시 말해서 '앞으로 케레이트족은 모레툼 교단과 혈맹관계를 끊겠음.'이라는 선포였다.

당황한 비크가 부랴부랴 대책을 마련하라고 지시했다.

교단의 추기경들은 이번 사태의 처리를 은화 반 닢 기사단에게 떠맡겼다.

은화 반 닢 기사단의 어르신들이 머리를 맞댔다. 그리곤 다음과 같은 원칙 아래 작전에 투입할 요원들을 추렸다.

현재 작전에 투입 중인 요원들은 제외.

원로급 성기사들은 제외.

거리가 멀어서 긴급 투입이 불가능한 요원들은 제외.

실력이 검증되지 않은 신참 요원들도 가급적 열외.

"이상의 원칙을 적용한 결과, 이번 추이타 대초원에 파병할 요원들은 다음과 같다. 28호. 37호. 40호. 49호. 55호. 이상 5명. 그리고 이 5명에게 배속된 전담 보조팀 전원을 추이타 대초원으로 보낸다."

5호 어르신이 이렇게 선포했다.

이어서 6호 어르신이 나섰다.

"또한 이번 작전명은 새끼독수리 구출 작전이라 명명할 것이며, 다섯 요원들 사이에 경쟁 구도를 도입하여 작전의 효율성을 높이고자 한다. 퀘스트를 먼저 달성한 요원에게

만 작전 성공의 과실을 주겠다는 의미이다."

최근 은화 반 닢 기사단은 침체기였다. 이탄이 투입된 몇몇 케이스를 제외하면 작전 성공률이 계속 낮아지는 중이었다.

보다 못해 원로기사들이 채찍을 꺼내들었다. 요원들 간에 경쟁 체재를 도입하여 무뎌진 요원들의 각오를 자극하겠다는 것이 원로기사들의 생각이었다.

이탄이 투입된 것도 비슷한 이유에서였다.

원래 이탄은 신참 요원이라 작전에서 열외 되어야 마땅했다. 하지만 이탄의 능력을 높이 평가한 원로기사들이 적극 추천하여 이번 작전에 강제로 투입 되었다. 원로기사들은 이탄이 기존 요원들에게 좋은 자극이 될 수 있을 거라 믿었다.

전담 보조팀의 389호, 즉 집사장 세실이 원로기사들의 명령을 이탄에게 전달했다. 이것이 지난 9월 1일에 벌어진 일이었다.

그 후 이탄은 추이타 대초원에 대한 서적 및 자료들을 찾아서 머릿속에 담아두었다.

"요놈의 입이 방정이지. 내 비록 지둔의 가호를 한 번 써먹어보고 싶다고 중얼거리기는 했지만, 이렇게 빨리 퀘스트가 떨어질 줄은 몰랐네. 하아아."

이탄이 한숨으로 답답한 심정을 토로했다.

그래도 별 수 없었다. 일단 퀘스트가 발동한 이상 주어진 임무를 해내야했다.

9월 4일.

은화 반 늪 기사단에서는 5명의 베테랑 성기사, 즉 베테랑 요원들을 추이타 대초원으로 점프시켰다.

요원들을 도와줄 전담 보조팀도 함께 파병했다.

물론 이 5명의 요원들이 한 자리에 다 같이 모여서 점프를 한 것은 아니었다. 은화 반 늪 기사단의 요원들 개인 정보는 극비 중의 극비라 요원들끼리도 서로의 정체를 정확하게 알지 못하였다.

특히 이번 새끼독수리 구출 작전은 요원들끼리 내부 경쟁 체제로 진행되는 터라 더더욱 정보를 감추었다.

오직 5호부터 16호까지 12명의 어르신들만이 요원들의 정체를 들여다볼 수 있었다. 심지어 1호부터 4호까지 최상위 수뇌부들도 요원들의 정체를 모두 파악하지는 못했다.

솔직히 말해서 은화 반 늪 기사단의 1호부터 4호까지 수뇌부 4명은 성기사라기 보다는 교단의 추기경들이었다. 그들은 그저 상징적인 명예직일 뿐, 실제로 은화 반 늪 기사단을 움직이는 것은 12명의 어르신들이었다.

어쨌거나 새끼독수리 구출 작전에 투입된 5명의 요원들은 각기 다른 장소에서 출발을 했다. 대초원에 도착하는 시간이나 도착 장소도 당연히 서로 달랐다.

이탄도 은화 반 닢 기사단이 지시한 시간, 지시한 장소에서 공간 점프를 했다.

은화 반 닢 기사단에서는 이탄을 위하여 쿠퍼 가문에 대행자를 앉혀 놓았다. 이탄과 거의 동일한 체격에 얼굴도 이탄으로 위장한 가짜가 쿠퍼 가문에 들어왔다. 그는 이탄이 임무를 수행할 동안 가주 역할을 맡았다.

Chapter 8

이탄이 추이타 대초원에 도착한 시각이 오후 2시 7분.

이탄의 전담 보조팀은 그보다 한 발 앞서 대초원으로 점프했다. 이탄이 마음껏 작전을 펼칠 수 있도록 미리 준비하기 위함이었다.

이탄이 풀밭 한 복판에 도착하자 단발머리 미녀 333호가 이탄을 맞았다.

"49호님, 어서 오십시오."

인사와 함께 333호가 이탄에게 마법지도를 건넸다.

이탄은 지도를 펼친 다음, 눈앞의 실제 풍경과 비교해 보았다.

333호가 손가락으로 저 멀리 보이는 하얀 산맥을 가리켰다.

"저 멀리 보이는 산맥이 추이타 북산입니다. 마법지도에는 여기 하얀 선으로 표시되어 있습니다."

"음. 그렇군."

이탄은 적당한 추임새를 넣으며 333호의 설명을 들었다.

333호가 말을 계속했다.

"저희 팀에서 선행 조사한 바에 따르면, 케레이트족과 타우너스족은 저기 추이타 북산 기슭과 이곳 평야 사이를 오가며 전투를 벌였다고 합니다. 그러다 8월 25일 전투에서 케레이트족의 후계자가 타우너스 무리에게 납치를 당했습니다."

"타우너스족의 본거지는?"

333호가 마법지도의 한 지점을 짚었다.

"일단 저희 보조팀에서는 타우너스족의 이동 경로를 파악하여 마법지도에 붉은 원으로 표시하고 있습니다. 여기이 원이 타우너스족의 현재 위치입니다."

"그럼 케레이트족의 후계자도 붉은 점이 찍힌 곳에 있겠네?"

이탄이 떠보듯이 물었다.

333호가 냉큼 고개를 끄덕였다.

"그럴 확률이 큽니다."

이탄이 곧바로 반론을 제시했다.

"하지만 아닐 수도 있잖아? 타우너스 놈들도 머리가 있을 것 아냐. 케레이트족의 후계자가 중요한 인질이라면 다른 곳에 숨겨놓았을 수도 있지."

333호는 줏대 없이 그 말에도 동의했다.

"물론 그럴 개연성도 있습니다. 저희 보조팀의 능력으로는 그런 것까지 밝혀내지는 못합니다. 다만 49호님께서 활동하시기에 불편함이 없으시도록 타우너스족의 위치를 알려드리고 보급품을 제공해드릴 뿐입니다. 죄송합니다."

333호는 깍듯한 사과로 말을 마무리 지었다.

이탄이 심드렁하게 대꾸했다.

"그렇다면 역시 내가 직접 부딪쳐서 알아낼 수밖에 없겠군?"

"죄송합니다."

333호가 거듭 사과를 할 동안, 이탄은 주변 지형을 꼼꼼하게 눈으로 훑었다.

이탄은 추이타 대초원으로 파병을 나오기 전에 유목민족

들의 풍습이나 습관, 대초원의 기후와 지리, 그 밖의 자질 구레한 정보들을 머릿속에 담아둔 상태였다. 하지만 이렇 게 직접 눈으로 확인하는 것이 더 효과적이었다.

이탄이 문득 화제를 돌렸다.

"나 말고도 어르신들이 파견한 요원들이 더 있지?"

333호가 곧바로 대답했다.

"그렇다고 들었습니다. 하지만 그분들의 신상이나 생김 새, 성별, 현재 머무는 곳 등은 저도 알지 못합니다."

"총 몇 명이나 투입되었지?"

"죄송합니다. 그것도 모릅니다."

333호가 딱 잘라 말했다.

이탄이 불평을 내뱉었다.

"하아, 이건 좀 아니지 않나? 동일한 작전에 투입되었는 데 동료들끼리 서로를 알지 못한다는 것이 말이 돼? 아군끼 리 경쟁하라는 취지는 알겠는데, 이러다가 사고가 터지면 어 쩔 건데? 작전 중에 피아식별을 하지 못하고 아군을 죽이면 어쩔 거냐고? 예를 들어서 요원 가운데 한 명이 내가 세운 작전에 방해가 된다? 그런데 나는 그 요원이 아군인지 적인 지 구별할 수 없다? 그럼 아군을 죽일 수도 있는 것 아냐?"

"그 정도는 어쩔 수 없는 희생이라고 생각합니다. 아군에 게 방해가 될 정도라면 요원의 자격이 없는 것 아닐까요?"

333호는 의외로 단호했다.

"응?"

이탄이 묘한 눈으로 333호를 바라보았다.

333호가 냉큼 뒷말을 덧붙였다.

"물론 저는 49호님께서 아군에게 방해가 되거나 아군에게 죽임을 당할 것이라고는 생각하지 않습니다."

그 말에 이탄이 하얗게 웃었다.

사사삭―.

이탄이 풀숲을 기었다.

추이타 대초원의 풀들은 키가 크고 무성하여 몸을 숨기기에 적합했다. 이탄은 풀숲 사이로 빠르게 이동하며 타우너스족의 막사 주변을 크게 돌았다.

"꽤 오래 이동하였건만 아직도 타우너스족의 거주지 4분의 1 바퀴도 돌지 못한 것 같구나."

이탄이 탄식했다.

언노운 월드에 서식하는 타우너스족이 총 몇 명이나 되는지는 알 수 없었다. 어쩌면 수십만? 아니면 수백만? 혹은 그 이상일지도 몰랐다.

어쨌거나 그 많은 타우너스들 가운데 최소한 절반 이상이 이곳 추이타 대초원에서 살아가는 것은 분명했다.

그러다 보니 타우너스족의 거주지는 광활하기 이를 데 없었다. 이탄의 어림짐작으로는 막사의 개수만 족히 수십만 개는 되는 듯했다. 타우노스족이 기르는 가축과 노예들까지 합치면 그 규모를 가늠키 어려웠다.

"쳇. 이건 부족이 아니라 차라리 하나의 도시구먼. 움직이는 도시."

이탄이 혀를 찼다.

추이타 대초원의 타 종족들이 그러하듯이, 타우너스족도 기본적으로 유목 생활을 했다. 그들은 대초원 이곳저곳을 이동하며 막사를 치고 목초지에 가축을 풀어서 키웠다. 이탄이 반나절을 꼬박 둘러보았지만 타우너스족 본거지의 반의 반도 확인하지 못한 것은, 이들 종족의 규모가 그만큼 방대하기 때문이었다.

Chapter 9

"이거 퀘스트를 어떻게 달성해야할지 막막하네. 인간의 모습으로 타우너스족 거주지에 침투할 수도 없고, 그렇다고 이렇게 외곽만 돌다가는 케레이트족의 후계자를 구출하기란 불가능할 텐데?"

이탄은 속이 갑갑했다. 아직 작전을 시작하지도 않았는데 벌써부터 앞일이 막막하고 피로감부터 밀려왔다.

"하아아. 답이 없구나. 일단 오늘은 여기까지만 하자."

이탄이 포복자세로 기어서 타우너스족의 영역에서 물러났다. 한참을 후퇴하여 미리 약속된 장소로 돌아오자 333호가 이탄을 맞았다.

"49호님."

333호는 나무그늘 아래서 말 두 마리의 고삐를 쥐고 있었다. 그 중 한 마리의 등에는 유목민들이 즐겨 사용하는 막사 뭉치가 얹혀 있었다. 나머지 한 마리의 등에는 건조식량이 자리했다.

이탄이 다가오자 333호가 이탄에게 말고삐를 건넸다.

"49호님, 여기 말씀하신 것들을 구해놓았습니다."

타우너스족의 거주지를 정찰하기 전, 이탄은 전담 보조팀에 "유목민으로 위장하기 위한 도구들을 준비하라."고 요청했다. 대표적으로 유목용 막사, 말, 양, 건조식량, 유목민족의 의복 등이 여기에 해당했다.

333호가 이탄의 요구사항들을 준비해서 가져왔다. 이탄은 333호로부터 말고삐를 넘겨받았다. 333호가 부연설명을 덧붙였다.

"유목민들의 막사 설치법을 알아내서 배낭 안에 넣어놓

았습니다. 이곳 추이타 대초원에는 부족에서 추방을 당해 혼자서 살아가는 유목민들이 많다고 합니다. 그러니 위장만 잘 하시면 별다른 의심을 받지 않으실 겁니다. 그리고 여기 양들도 몇 마리 준비했습니다."

333호는 이탄에게 양 네 마리도 넘겨주었다.

메에에, 메에에에~.

줄에 묶인 양들이 이탄에게 가까이 다가오지 않으려고 버텼다. 이탄이 쭉 잡아당기자 더욱 서럽게 울면서 버둥거렸다. 겁먹은 양들이 바닥에 똥을 찍찍 싸댔다.

"하아. 갑갑하구나."

이탄이 손으로 얼굴을 쓸어내렸다.

"저는 이 근처에서 대기하고 있겠습니다. 추가로 필요한 것이 있으시면 언제든지 마법 통신구를 통해 연락하십시오."

이 말을 끝으로 333호가 자취를 감추었다.

이탄은 나무 그늘 아래 털썩 주저앉았다. 줄에 묶인 말 두 마리와 양 네 마리가 이탄을 힐끗힐끗 곁눈질했다.

"하아아아아—."

이탄의 입에서 한 번 더 무거운 한숨이 새어나왔다.

이탄이 타우너스족의 거주지 근처에서 홀로 고민에 빠져 있을 동안, 나머지 4명의 요원들은 한 결 같이 동일한 생각을 했다. 그들은 타우너스족을 정찰하기에 앞서 케레이트족을 먼저 방문했다.

'케레이트족의 후계자가 납치를 당했으니 핵심 정보도 케레이트족이 잘 알고 있을 거다.'

이것이 요원들의 공통된 생각이었다.

실제로 그 생각은 틀리지 않았다. 케레이트족은 숙적인 타우너스 무리와 한바탕 전면전을 치를 각오였다. 따라서 타우너스족에 대한 정보도 잔뜩 모아둔 상태였다.

"우리가 원수 놈들과 전면전을 벌일 동안, 너희는 적진 후방으로 침투하여 우리의 후계자를 구출해 오너라. 그러면 우리 케레이트와 모레툼 교단의 형제 관계가 지속될 것이다. 만약 구출에 실패한다면 혈맹은 단절이다."

케레이트 대족장은 그렇지 않아도 매서워 보이는 눈꼬리를 더욱 매섭게 치켜올리며 이렇게 주문했다.

은화 반 닢 기사단에서 파견한 4명의 베테랑 요원들, 즉 28호, 37호, 40호, 55호는 따로따로 족장 앞에 불려가 똑같은 이야기를 들어야 했다.

뚝딱뚝딱.

이탄이 막사를 쳤다.

해머 대신 손바닥으로 나무말뚝을 박고, 그 위에 밧줄을 팽팽히 매고, 기름을 먹인 천막을 올렸다. 바람에 천막이 날아가지 않도록 밧줄로 한 번 더 동여매자 그럴 듯한 유목민 막사가 완성되었다.

"오오! 제법 아늑하네."

막사 안은 의외로 훈훈했다. 이탄은 접이식 침대를 바닥에 놓고 막사 중앙에 모닥불도 피웠다. 말과 양은 막사 입구에 잘 묶어놓았다.

이탄이 나무를 주먹으로 톡톡 건드리자 나무가 알아서 쩍쩍 갈라졌다.

"옛다."

이탄은 손으로 팬 장작을 모닥불에 던져 넣었다. 마른 나무가 타닥타닥 소리를 내며 타들어갔다. 붉은 불꽃이 마른 장작 위를 넘실거리며 힘을 키웠다. 불꽃에서 솟구친 매캐한 연기는 막사 위쪽 공기통로로 쪼르륵 빨려나갔다.

"연기 배출도 잘 되고, 막사의 구조가 나름 괜찮네."

이탄은 모닥불 양옆에 Y자 모양의 나뭇가지 2개를 꽂아놓고는 그 위에 모닥불 상공을 가로지르는 긴 쇠꼬챙이를 얹었다. 그런 다음 쇠꼬챙이에 철통 몇 개를 걸었다. 첫 번째 철통에는 물이, 두 번째 철통에는 물에 적당히 불린 건조식량이, 세 번째 철통에는 양젖이 담겨 있었다.

언데드인 이탄은 물도 마시지 않고 음식도 먹지 않지만,

이렇게 그럴 듯한 음식 냄새가 나야 유목민답기에 대충 흉내만 내었다. 건조식량과 양젖이 보글보글 끓으면서 냄새가 막사 위 공기통로로 배출되었다. 이탄은 접이식 간이침대에 팔베개를 하고 누워서 발갛게 달궈진 장작을 쳐다보았다.

"어떻게 퀘스트를 해결할지 막막하긴 한데, 그래도 여기서 기다리는 게 나을 거야. 괜히 케레이트족에 접근해 봤자 좋을 거 없어."

케레이트족은 지난 몇 달간 지속적으로 모레툼 교단에 지원요청을 보냈다. 한데 모레툼 교단이 그 요청을 묵살했다.

지난 8월 25일, 케레이트족의 후계자가 타우너스족에게 납치를 당했다. 잔뜩 분노한 케레이트족의 족장이 모레툼 교단에 최후의 통첩을 날렸다. 이 따위로 행동하면 혈맹관계를 파기하겠다는 통첩이었다.

"그러니 케레이트 족장이 우리를 곱게 보겠어? 내가 케레이트 족장이라고 쳐봐. 모레툼 교단에서 뒤늦게 보내준 요원 몇 명이 마음에 차겠냐고? 분명 족장은 우리 요원들에게 얼토당토않은 요구를 하거나, 전쟁의 희생양으로 써먹으려고 들 거야."

더불어서 이탄은 한 가지 점을 더 염두에 두었다.

"책에서 읽은 바에 따르면, 케레이트족은 종족에 대한 애착이 깊다고 했다. 족장은 분명 후계자를 구출하기 위해서 적극적인 행동을 취할 거야. 그 타이밍을 잡아야 해. 그때 뭔가를 해내지 못하면 이번 퀘스트는 망한 거라고."

이탄은 어떻게든 그 타이밍을 잡아야한다고 다짐했다. 그러는 사이 막사 주변에 밤이 찾아왔다. 막사 위에 뚫린 조그만 공기통로를 통해 별이 흐르는 것이 보였다. 대초원의 밤하늘은 높았고, 도시보다 별이 많았다.

Chapter 10

새벽이 되자 이탄이 막사 밖으로 나와 말먹이를 주었다.

양들은 스스로 알아서 주변의 풀을 뜯어먹었다. 이슬에 흠뻑 젖은 풀에서 싱그러운 냄새가 났다. 이탄은 땅속에 깊이 박힌 말뚝을 맨손으로 쑥쑥 뽑아내었다. 이른 아침부터 막사를 접고 이동할 준비를 하는 것이다.

그때 구릉 저편에서 몇몇 보병들이 다가오는 모습이 보였다. 육중한 갑주를 걸치고 어깨에 커다란 해머를 얹은 보병들은, 하나 같이 아랫니가 코 위까지 치솟았고 양 갈래 뿔이 크게 돋은 모습들이었다.

'타우너스족이구나.'

이탄의 눈이 순간적으로 스산하게 빛났다. 오래전 이탄이 언노운 월드에 처음 정착했을 당시, 어린 이탄을 마녀에게 끌고 간 종족이 바로 타우너스였다. 이때 이후로 이탄은 타우너스족에 대한 감정이 좋지 않았다.

이탄이 지켜보는 가운데 타우너스 보병 5명이 이탄을 향해 똑바로 다가왔다.

이탄은 뽑던 말뚝을 바닥에 내팽개치고 상대가 가까이 오기를 기다렸다.

타우너스 보병들이 몇 마디 대화를 주고받았다.

"저기 언덕 위의 저놈 말입니다. 우리를 보고도 두려워하거나 도망치지 않습니다."

"저런 놈들이 위험해. 부족에서 쫓겨나 홀로 떠도는 인간 주제에 우리를 무서워하지 않는다? 그건 둘 중 하나야. 머리가 헤까닥 돌은 놈이거나, 아니면 실력에 자신이 있거나."

이탄은 수백 미터 밖에서도 타우너스 보병들이 주고받는 대화를 모조리 파악했다. 비록 소리가 들리는 것은 아니지만 입 모양만 보고도 타우너스들이 무슨 말을 주고받는지 훤히 읽혔다.

이탄이 지켜보는 가운데 타우너스 보병들이 점차 가까워

졌다. 그 가운데 3명은 어깨에 걸쳤던 해머를 손에 들고 언제라도 휘두를 태세를 갖췄다. 하지만 선두의 2명은 여전히 여유로운 자세였다.

이탄은 타우너스 보병들이 막사 앞 10미터 지점까지 다가올 때까지 가만히 내버려 두었다. 무기를 꺼내들지도 않았고, 활로 위협하거나 마법을 캐스팅하지도 않았다. 당연히 뒷걸음을 칠 리도 없었다.

그 대담한 행동이 오히려 타우너스 보병들을 찜찜하게 만들었다. 타우너스 보병들은 이탄의 10미터 앞에 멈춰서 더 이상 다가오지 않았다.

선임보병이 어깨에 얹은 해머를 바닥에 쿵 내려놓았다. 그 다음 양손을 해머 손잡이에 얹고 오만하게 이탄을 내려다보았다.

타우너스 보병의 평균 신장이 230센티미터였다.

반면 이탄은 그보다 52센티미터나 작았다. 얼굴도 곱상하여 실제 나이보다 어려 보이기까지 했다. 이탄의 실제 나이는 21세지만, 외모만 보면 동안의 미소년 같았다.

"여어, 형제."

타우너스 선임보병이 먼저 말을 걸었다.

이탄이 슬쩍 상대를 훑었다.

"내가 왜 네 형제지?"

"쿡쿡쿡. 대초원에 살면 다 형제 아닌가?"

타우너스 선임보병이 얼토당토않은 말로 이탄을 떠봤다.

이탄이 심드렁하게 뇌까렸다.

"또 그놈의 올―인―원 설인가? 나는 그 따위 말을 믿지 않아. 그쪽도 올―인―원에 반대하는 입장 아니야?"

이탄의 입에서 튀어나온 올―인―원(All―in―One: 모두를 한 울타리에)이란, 오랜 옛날 추이타 대초원을 질타하던 다섯 종족의 영웅들, 즉 인간족, 타우너스속, 타르타르족, 폰스족, 그리고 케레이트족의 족장들이 한 울타리에 모여서 하나의 유목 왕국을 만들어보자고 주장한 데서 기인한 설이었다.

하지만 타우너스족과 케레이트족, 그리고 인간족과 타르타르족 사이에 내분이 일어나면서 올―인―원은 한낱 물거품이 되어버렸다.

그 이후로도 추이타 대초원에선 가끔씩 올―인―원을 주장하는 권력자들이 나타나곤 했다. 물론 올―인―원이 한 번도 실현된 적은 없었지만 말이다.

타우너스 선임보병이 이탄을 '형제'라고 부른 것은 한번 떠보기 위함이었다. 만약 이탄이 추이타 대초원의 유목민이 아니라면 올―원―원에 대해서 모를 것이라 여긴 것.

다행히 이탄은 상대의 수작에 넘어가지 않았다. 서적을 통해 올—인—원 설을 읽어둔 덕분이었다.

타우너스 선임보병이 어금니를 씰룩거리며 웃었다.

"쿡쿡쿡. 뭐, 그렇게 봐도 무방하지. 사실 우리도 너희 인간들과 한 형제라고 불리고 싶지는 않아. 그나저나 인간. 우리 종족의 거주지에는 어쩐 일이냐?"

"너희의 거주지? 광활한 대초원에 그런 개념이 있었던 가? 이 일대가 언제부터 타우너스의 땅이었는데?"

이탄이 어이없다는 듯이 두 팔을 벌렸다.

타우너스족 선임보병이 샛노란 눈으로 이탄을 노려보았 다.

"쿡쿡쿡. 여기가 우리 땅이라고 말하지는 않았다. 하지 만 우리의 주력이 마침 이 근처에 짐을 푼 것은 사실이다. 너는 겁대가리 없이 우리 근처에 막사를 설치한 것이고."

"그랬나? 이 근처에 타우너스들이 짐을 풀었다고? 나는 전혀 몰랐다. 그저 양을 먹일 풀을 찾아 이동하다가 어젯밤 에 우연히 이곳에 짐을 풀었을 뿐이야. 그런데 내가 타우너 스들에게 위협이 되나? 나는 부족에서 떨어져 나온 홀몸이 고, 양도 고작 네 마리밖에 되지 않아서 풀을 고갈시킬 염 려도 없을 텐데?"

뒤에서 가만히 듣고 있던 타우너스 보병이 거칠게 콧김

을 뿜었다.

"푸흥? 위협? 같잖군. 너 따위 비리비리한 인간족 나부랭이가 어떻게 우리에게 위협이 된다는 게지?"

"그만. 어디서 감히 끼어드나?"

선임보병이 부하를 향해 도끼눈을 부라렸다.

"죄송합니다."

대화에 끼어들었던 타우너스 보병이 곧바로 사과했다.

선임보병이 다시 이탄에게 고개를 돌렸다.

"인간. 딱히 네가 우리에게 위협이 되는 건 아니다. 하지만 요새 우리가 케레이트 놈들과 전쟁 중이라 신경이 좀 날카롭거든."

"어어, 전쟁인가?"

"그래. 전쟁."

"그렇다면 자리를 비켜줘야지. 피를 보는 신성한 행사에 나 같은 외부인이 끼어들면 안 되지."

이탄의 말에 타우너스 보병들의 눈빛이 살짝 변했다. 호전적인 성격의 타우너스들은 입버릇처럼 "전쟁이란 피를 보는 신성한 행사."라고 말해왔다. 그런데 그 익숙한 표현을 인간에게 듣게 될 줄은 몰랐다.

Chapter 11

선임보병이 어금니를 위아래로 흔들며 웃었다.

"쿡쿡쿡쿡쿡. 쿡쿡크하하학."

"뭐가 그렇게 웃기지?"

이탄이 눈을 찌푸렸다.

선임보병이 커다란 손을 좌우로 흔들었다.

"아니. 아니. 너를 비웃는 건 아니다. 오히려 나는 네가 마음에 든다. 나중에 너희 인간족과 우리가 전쟁을 벌이게 되면 특별히 너는 살려주지. 쿡쿡쿡쿡."

"어, 그래."

이탄은 아무렇지도 않게 상대의 말을 받았다.

선임보병이 더욱 크게 웃었다.

"쿡쿡쿡쿡쿡쿡. 역시 웃긴 놈이라니까. 좋아. 인간. 너 스스로 알아서 비킨다고 했으니 적당히 물러나라. 괜히 피를 보는 신성한 행사에 휘말리지 말고."

용건을 끝마친 선임보병이 손을 슥 들었다.

"되었다. 돌아가자."

"넵."

타우너스 보병들이 육중한 해머를 어깨에 걸치고 구릉을 내려갔다. 이탄은 타우너스 보병들의 뒷모습을 빤히 바라보다가 다시 말뚝을 뽑았다.

"저 녀석들의 표정을 보아하니 다음 전투가 멀지 않았군. 케레이트족이 먼저 쳐들어오지 않더라도 조만간 타우너스족이 움직이겠어."

이탄의 판단이 옳았다. 타우너스족은 사흘 뒤인 9월 9일에 전력을 쏟아부어 케레이트족을 섬멸할 작정이었다.

그보다 한 발 앞서 케레이트족이 선수를 쳤다.

원래 케레이트족은 타우너스족을 꺼려 했다. 활이 주무기인 케레이트족 입장에서 온몸에 장갑을 두른 타우너스들은 상극이기 때문이었다.

하지만 이제는 어쩔 수 없었다. 케레이트족의 후계자가 납치를 당했으니 상대가 제아무리 타우너스라고 해도 덤벼들 수밖에.

9월 6일 아침, 이탄은 막사를 철거하여 반시계방향으로 크게 돌았다. 그다음 북쪽 방향에서 타우너스족의 거주지로 접근했다.

땅거미가 지고 밤이 찾아오자 이탄은 적당한 곳에 막사를 설치하고 말과 양을 말뚝에 묶어놓았다.

이탄의 막사 꼭대기에서 양젖 끓이는 냄새가 고소하게 올라왔다. 이탄은 접이식 간이침대에 앉아 주변에서 들리는 소리에 귀를 기울였다.

찌르르 찌르르, 풀벌레 우는 소리.

휘잉 휘잉 휘잉, 밤바람 부는 소리.

서걱 서걱, 풀 흔들리는 소리.

그 사이에서 쐐애액, 날카롭게 활공하는 소리가 포착되었다. 그것도 하나가 아니라 수천, 수만 개의 활공 소리가 동시에 들렸다.

"왔구나."

이탄이 벌떡 일어나 막사 밖으로 뛰쳐나갔다.

이제 어설프게 유목민 행세를 할 때가 아니었다. 이 활공 소리는 케레이트족이 기습공격을 하는 소리가 분명했다.

'케레이트족이 후계자 구출을 위해 벼락처럼 기습 공격을 감행했으니, 나는 그 틈을 노려서 퀘스트를 완료해야지.'

이탄은 전력을 다해 타우너스족 거주지를 향해 치달렸다. 이탄은 언제라도 출동할 수 있도록 유목민들의 펑퍼짐한 옷 속에 은화 반 닢 기사단 특유의 하얀 무복과 토시, 각반, 마스크를 미리 착용해 놓은 상태였다. 그래서 활공 소리가 들리자마자 지체 없이 뛰쳐나올 수 있었다.

슈우웅—.

한 줄기 질풍이 되어 밤공기를 가로지르면서 이탄은 입술을 굳게 다물었다. 어둠 속에서 이탄의 눈이 휘황찬란하게 타올랐다.

이탄의 머리 위에서는 수만 마리의 독수리 떼가 무서운 속도로 활공했다. 그 가운데는 온몸이 하얗고 한쪽 날개의 길이가 3미터나 되는 초대형 독수리도 끼어 있었다. 그 독수리 위에서 케레이트의 대족장이 공격명령을 내렸다.

"쏴라!"

명이 떨어지기 무섭게 케레이트 전사들이 독수리의 등에서 활시위를 당겼다. 팽팽하게 당겨진 활시위가 겨냥한 곳은 구름 아래 위치한 타우너스족의 거주지였다. 전사들의 화살촉에는 어느새 이글거리는 불덩이가 자리했다.

한순간, 독수리 편대가 구름 아래로 쑤와악 낙하했다. 케레이트 전사들은 눈앞에 드러난 적의 막사들을 향해 활시위를 놓았다.

퓨퓨퓨퓨퓻!

일직선으로 쏘아진 수만 발의 불화살이 타우너스족의 본거지를 무섭게 때렸다. 막사에 꽂힌 불화살이 이내 거대한 화염을 내뿜으며 타올랐다.

"적이닷."

"케레이트 놈들이 쳐들어왔다."

타우너스들이 막사에서 우르르 뛰쳐나왔다.

제8화
퀘스트3: 새끼독수리 구출 작전

Chapter 1

수인족들이 화공에 약하다는 속설은 타우너스족에게는 통하지 않았다. 타우너스의 두꺼운 피부는 물리적인 공격뿐 아니라 전기나 불에도 강했다. 수만 개의 막사가 활활 타오르고 있건만 타우너스 전사들은 거의 화상을 입지 않았다. 그들은 대형 도끼와 해머를 들고 막사 밖으로 뛰쳐나와 전쟁의 함성을 내질렀다.

"쿠우오오오오오!"

"쿠워어어!"

타우너스 전사들이 터뜨리는 선 굵은 함성이 추이타 대초원을 뒤흔들었다.

그 거친 함성에 케레이트족 전사들의 피부에 소름이 돋았다.

물론 타우너스족의 피해가 전혀 없는 것은 아니었다. 타우너스족이 부리는 노예들, 타우너스족이 기르는 가축들, 타우너스족의 노인과 갓난아이들은 거센 화마에 휩싸여 죽어갔다. 운이 나쁘게 눈알에 화살이 꽂힌 전사들도 큰 고통을 받아야 했다.

하지만 케레이트족이 대대적인 기습공격을 펼친 것에 비하면, 타우너스족 전사들이 입은 피해는 상대적으로 미미했다.

1차 공격에 실패하자 케레이트 대족장이 대궁을 하늘로 들었다.

와악—.

독수리들이 부리를 위로 들고 다시 구름 위로 비행했다.

그렇게 구름 위에서 크게 방향을 선회한 독수리 편대는 남쪽 구름에서 불쑥 튀어나오며 다시금 불화살을 날렸다.

화르륵! 화르륵! 화르르륵!

수만 개의 불화살이 폭우처럼 쏟아지는 장면은 실로 장관이었다. 깜깜하던 밤하늘이 한순간에 대낮처럼 환하게 타올랐다. 타우너스족의 거주지 남쪽 지역도 온통 불바다로 변했다.

"으아아아악."

히이이이힝.

노예들이 온몸에 불을 뒤집어쓰고 비명을 질러댔다. 꼬리에 불이 붙은 말과 양, 개와 고양이가 사방으로 날뛰며 난동을 피웠다.

"저리 비켜."

타우너스 전사들은 앞길에 방해가 되는 노예들과 가축들을 도끼로 쾅쾅 찍어 넘기며 거주지 밖으로 집결했다.

일부 운 좋게 화마를 피한 노예나 가축들도 불길을 피해 안전한 곳으로 대피했다.

'기회다.'

이탄은 이 혼란스러운 틈을 노렸다. 풀숲에서 불쑥 뛰쳐나온 이탄은 타우너스족의 노예들 틈에 슬그머니 끼어들었다.

타우너스족의 노예들은 대부분 전쟁포로들이었다. 그 가운데는 인간족과 케레이트족, 폰스족, 타르타르족이 섞여 있었다.

물론 노예들 가운데 대부분은 케레이트족과 인간족이었다. 타르타르나 폰스들은 보기 드물었다.

그런데 케레이트족은 인간과 겉모습이 똑같아서 구별이 잘 되지 않았다. 다만 가슴을 갈라보면 케레이트족의 심장이 2개라는 점이 다를 뿐이었다. 따라서 이탄이 은근슬쩍 노예들 사이에 끼어들어도 이상하게 여기는 자는 없었다.

타우너스 전사들은 무사히 불길을 피한 노예와 가축들을 한 곳에 몰아넣었다. 그 다음 케레이트족과 싸울 태세를 갖췄다.

일반 전사들의 뿔이 물소의 그것처럼 둥글게 휘어진 형태라면, 타우너스 주술사들의 뿔은 좀 더 복잡하게 갈라져 마치 수사슴의 뿔을 보는 것 같았다.

펑퍼짐한 로브로 얼굴을 가린 타우너스 주술사들이 꾸불꾸불한 나무지팡이를 들고 주문을 외웠다.

주술사들로부터 뻗어나간 시커먼 구름이 이내 한 줄기 연기가 되어 밤하늘로 솟구쳤다.

씨이잉― 씨이잉― 씨이잉―, 씨이이잉―.

그 검은 연기가 한두 개가 아니었다. 수백 가닥의 검은 연기가 동시에 하늘로 승천하는 모습이 연출되었다. 구름 바로 아래까지 솟구친 검은 연기는 이내 그곳에서 하나로 모여서 거미줄과 같은 형태를 갖추었다.

쐐애액.

케레이트족의 독수리들이 구름 위에서 고꾸라지듯 낙하하며 편대비행을 했다. 구름을 뚫고 불쑥 나타나 불화살을 날린 다음, 다시 구름 위로 도망치려는 것이 케레이트족의 전략이었다. 케레이트족은 지금까지 이 전략으로 타우너스족의 노예와 가축에게 큰 피해를 주었다.

한데 이번에는 통하지 않았다.

끼야악, 께룩, 께룩.

케레이트족의 독수리들이 구름 아래쪽에 깔린 거미줄에 걸려 비명을 질렀다. 독수리들이 퍼덕일 때마다 거미줄은 더욱 집요하게 달라붙어 독수리의 날개를 휘감았다. 발톱을 칭칭 묶었다.

케레이트족이 활로 거미줄을 제거하려 들었다.

하지만 흑주술로 만들어진 거미줄은 쉽게 해결되지 않았다. 날개가 꼬인 독수리들이 지상으로 추락했다.

빙글빙글 돌면서 추락하는 독수리의 등에서 케레이트족 전사들이 뛰어내렸다.

케레이트족은 인간보다 훨씬 더 민첩하고 뼈대가 튼튼한 터라 까마득한 높이에서 떨어지고도 쉽게 죽지 않았다.

문제는 그 밑에 타우너스들이 대기하고 있다는 점이었다. 분노한 타우너스 전사들은 추락한 케레이트 전사들에게 달려들어 해머로 머리를 찍고 도끼로 팔다리를 잘랐다.

케레이트족의 대족장이 구름 위에서 악을 썼다.

"후퇴, 후퇴. 다시 창공으로 물러나서 전열을 정비하라."

거미줄에 걸리지 않은 독수리들이 구름 위로 치솟아 전열을 가다듬었다.

타우너스 대족장이 쿵쿵 발걸음을 옮겼다. 시커먼 수염을 배까지 늘어뜨리고, 거대한 뿔을 크게 일렁이면서 등장한 대족장은 노란 눈으로 주변을 둘러보았다.

"대족장님, 우리를 찾으셨습니까?"

대족장의 눈빛을 받은 흑마법사들이 앞으로 나섰다.

칙칙한 회색 수도복을 입은 흑마법사들은, 하나 같이 빡빡머리였다. 그렇게 반들반들하게 밀어버린 머리 꼭대기 정수리에 뱀의 눈 문신을 그려 넣은 점도 특이했다.

'회색 옷에 빡빡머리. 정수리에 새긴 뱀의 눈.'

이탄은 흑마법사들의 정체를 한눈에 알아보았다.

이들의 정체는 '고요의 사원'에 소속된 몽크들.

흑 진영에서 열 손가락 안에 꼽히는 무서운 집단이 추이타 대초원의 세력 다툼에 개입한 것이다.

고요의 사원에서 파견한 흑마법사의 숫자는 생각보다 많았다. 이탄이 얼핏 헤아린 것만 따져도 100명은 족히 넘었다.

'흑마법사 100명이면 상당한 전력인데?'

이탄의 얼굴이 심각해졌다.

Chapter 2

이탄이 지켜보는 가운데 고요의 사원 흑마법사들이 활동을 개시했다. 회색 수도복을 입은 흑마법사들은 풀밭에 털썩 주저앉아 가슴께에 손을 모았다. 그렇게 정자세로 마나를 모으자 흑마법사들의 몸에서 은은한 빛이 발현되었다.

그 빛이 정수리의 문신으로 집결되었다.

후오옹!

100명이 넘는 빡빡머리 흑마법사들이 온몸에서 끌어모은 마나를 정수리로 집결시켜서 그 정수리 부근에서 노란 광채가 알처럼 치솟는 모습이 실로 기괴했다.

그렇게 솟구친 노란 광채가 한순간 퓨욱! 튀어나와 구름을 향해 무섭게 쏘아졌다. 100개가 넘는 광채가 지상에서 하늘로 일제히 뻗어올라갔다.

눈 깜짝할 사이에 구름에 도착한 알 모양의 광채들은, 구름 속에서 알을 깨고 뇌조, 즉 벼락의 새로 부화했다.

뇌조들이 빛으로 이루어진 깃털을 펄럭였다. 뇌조들이 빛으로 이루어진 기다란 꼬리를 좌우로 살랑살랑 흔들었다.

그렇게 구름 속을 헤집는 뇌조의 수가 무려 100마리가 넘었다.

지상에 있는 사람들의 눈에는 뇌조들이 비행하는 모습이 보이지 않았다. 구름에 가린 탓이었다.

하지만 뇌조의 비행을 간접적으로 느낄 수는 있었다.

쩌저저저적!

뇌조들이 비행을 할 때마다 구름 속에서 노란 번개가 번쩍거렸기 때문이었다.

그 번개들이 구름 사이를 헤집고 다니며 전하를 끌어모았다. 그렇게 증폭된 전하들이 이내 노란 벼락이 되어 구름 위로 강하게 방사되었다.

쩌저적! 쩌저적! 쩌저저저적!

노랗게 튀어 오른 번개들이 수천 가닥, 수만 가닥으로 분열했다. 그 모습이 마치 뇌신이 벼락으로 그물을 만들어서 구름 위 창공을 싹 쓸어버리는 것 같았다.

끼야아악—.

구름 위에서 독수리들이 비명을 질렀다.

케레이트족의 독수리들이 제아무리 빠르다고 해도 번개보다 더 빠를 수는 없었다. 벼락의 그물에 휩싸인 독수리들은 이내 새카맣게 타버려서 지상으로 추락했다. 독수리의 등에 타고 있던 케레이트족 전사들도 전기통구이가 되어 그대로 감전사했다.

"안 돼."

케레이트족 대족장이 대궁을 한 발 쏘았다. 대족장의 대궁에서 쏘아진 투명한 화살이 허공에 둥그런 구 형태의 방어막을 형성했다.

쩌저적! 쩌저적! 쩌저적! 쩌저저저저적!

뇌조가 뿜어낸 벼락의 그물도 케레이트 대족장의 방어막을 뚫지는 못하였다. 방어막의 표면에 벼락이 부딪치면서 요란하게 불똥이 튀었다.

대족장 덕분에 방어막 안쪽에 머물던 케레이트족 전사들은 무사했다.

반면 방어막 바깥쪽의 전사들은 뇌조의 공격 한 방에 떼몰살을 당했다.

"끄아아악, 안 돼."

케레이트 대족장의 눈에서 피눈물이 흘렀다.

대족장이 대궁을 몇 발 더 쏴서 방어막을 쳐주었으나, 이미 죽어버린 전사의 수가 너무 많았다.

분노한 대족장이 구름 아래로 대궁을 쏘았다.

하늘에서 지상까지 일직선으로 쏘아진 화살이 고요의 사원 흑마법사들 한복판에 작렬했다. 그 화살에서 뿜어진 소용돌이가 날카로운 바람의 발톱이 되어 흑마법사들을 할퀴었다.

촤촤촤촤촥!

"끄악!"

소용돌이에 가까이 있던 흑마법사 대여섯 명이 단숨에 온몸이 찢겼다.

소용돌이로부터 비교적 멀리 떨어져 있던 흑마법사들도 표범과 사투를 벌인 듯 온몸이 피투성이가 되었다.

퓨욱!

케레이트족 대족장이 또다시 대궁을 날렸다.

이번엔 타우너스족의 대족장도 그냥 두고 보지 않았다. 대궁으로부터 쏘아진 화살이 지상에 작렬하고, 날카로운 소용돌이가 크게 일어나려는 순간, 타우너스 대족장이 육중한 몸을 날려 그 소용돌이를 온몸으로 틀어막았다.

커다란 물소도 단숨에 찢어발길 수 있는 소용돌이가 타우너스 대족장의 피부를 뚫지 못하고 사그라들었다.

콰아아앙!

타우너스 대족장이 거대한 해머로 대지를 내리찍었다. 땅거죽이 수 센티미터 높이로 튀어 올랐다. 그 속에서 솟구친 시퍼런 기운이 커다란 돔이 되어 흑마법사들을 보호했다.

대족장의 보호막 속에서 흑마법사들이 다시 한 번 마나를 응집시켰다. 빡빡머리 꼭대기로 모여든 마나가 노란 알의 형태가 되어 하늘로 솟구쳤다. 그 알에서 부화한 뇌조가 구름 속을 헤집으며 전하를 모았다.

쩌저저적! 쩌저저적!

샛노란 벼락의 그물이 다시 한 번 상공을 휩쓸었다. 그 그물에 스친 독수리들이 속절없이 추락했다. 케레이트족의 능숙한 활잡이들이 제대로 활약 한 번 해보지 못하고 안타깝게 스러져야만 했다.

"이놈들!"

케레이트족 대족장의 눈에서 피눈물이 흘렀다. 케레이트 대족장은 지상을 향해 미친 듯이 대궁을 쏘았다.

콰콰! 콰콰콰! 콰콰콰콰!

대궁에서 뿜어진 소용돌이가 날카롭게 발톱을 곤두세우고 적을 공격했으나, 타우너스 대족장이 만들어낸 시퍼런 돔을 뚫지는 못했다.

시간이 갈수록 케레이트족의 전력은 줄어들었다.

그에 반비례하여 타우너스족의 사기는 올라갔다.

이탄은 굳이 케레이트족을 도울 마음은 없었다. 그것은 이탄에게 내려온 명령이 아니었다.

'전쟁의 승패야 내 알 바가 아니지. 나는 단지 케레이트족의 후계자만 구출하면 돼.'

노예로 위장한 이탄은 사방이 소란스러운 틈을 타서 타우너스 진영을 헤집었다.

'중요한 인질을 아무 데나 방치했을 리는 없어. 분명 타우너스 대족장 근처에 붙잡아 두었을 거야.'

이탄은 타우너스 대족장이 머무는 인근을 집요하게 훑었다.

그 순간에도 타우너스 대족장은 시퍼런 돔을 하나 더 만들어내어 하늘에서 떨어지는 소용돌이를 막아내었다.

'저기다!'

마침내 이탄이 목표물을 발견했다.

타우너스 전사들에게 꽁꽁 둘러싸인 포로 한 명이 이탄의 눈에 띄었다. 포로의 외모는 인간과 다를 바 없었으나, 이탄의 감각에는 포로의 양쪽 가슴에서 울리는 심장 고동이 훤히 포착되었다.

포로는 굵은 쇠사슬에 양쪽 손목과 발목이 묶인 채 타우너스 전사들 사이에 무릎을 꿇고 있었다. 포로의 얼굴은 피투성이에 등에는 채찍 자국이 가득했다.

스르륵

이탄은 은신의 가호로 온몸을 투명하게 만들었다.

주변에는 타우너스 전사들이 잔뜩 깔려 있었으되 그중 누구도 이탄의 움직임을 알아차리지 못했다. 다들 고개를 치켜들고 하늘과 구름을 오가며 벌어지는 치열한 전투를 지켜보느라 정신이 없었다.

살금 살금 살금.

이탄은 그 틈을 노려 케레이트족 후계자 근처까지 접근했다.

일단은 차분하게, 또 침착하게. 그러다 거리가 어느 정도 가까워지자 케레이트족 후계자를 향해 벼락처럼 치달렸다.

　후와아앙—.

　치열한 밤, 대초원에 한 줄기 질풍이 불었다. 투명화 상태에서 이탄의 두 눈이 벌겋게 달아올랐다.

〈다음 권에 계속〉

DREAMBOOKS